QUE LA BÊTE MEURE

ABONNEMENTS - REABONNEMENTS

Je souhaite m'abonner aux collections suivantes
Merci de préciser le numéro à partir duquel vous le souhaitez

☐ BLADE, du N°. ..
1 an - 8 numéros 44,08 €

☐ L'EXECUTEUR, du N°.. .
1 an - 10 numéros 56,90 €

☐ BRIGADE MOND. du N° ...
1 an - 11 numéros 60,61 €

☐ HANK, du N°. ..
1 an - 6 numéros 38,57 €

☐ BRUSSOLO, du N ..
1 an - 8 numéros 45,60 €

☐ POLICE DES MŒURS, du N°. ..
1 an - 7 numéros 44,08 €

☐ LE CELTE, du N°. ..
1 an - 8 numéros 44,08 €

☐ SAS du N°...
1 an - 4 numéros 26,56 €

FRAIS DE PORT par coll 4,90 €   PORT EUROPE par titre 3,50 €,

TOTAL GdV =..

TOTAL GECEP =..,

Paiement par chèque à
GECEP
15, chemin des Courtilles
92600 Asnières
tél. 01 47 98 31 58

Paiement par chèque à
éditions Gérard de Villiers
14, rue Léonce Reynaud
75116 Paris
tél. 01 40 70 95 57

Nom :................................Prénom............................

Adresse..

....

Code postal..................Ville................................

DU MÊME AUTEUR

(* TITRES ÉPUISÉS)

GÉRARD DE VILLIERS

QUE LA BÊTE MEURE

Éditions Gérard de Villiers

COUVERTURE
photographie : Thierry Vasseur
casting : le Mag des castings
armurerie : Courty et fils
44, rue des Petits-Champs 75002 Paris

© Éditions Gérard de Villiers, 2006.

ISBN 2-84267-789-7

CHAPITRE PREMIER

— Hugo Chavez, le chef de l'État, doit être abattu comme un chien immonde, sans vouloir offenser ces nobles animaux !

Francisco Cardenas, après avoir prononcé cette sentence sans appel, de sa voix rauque et basse, teintée d'un léger chuintement dû à un asthme chronique, se tourna vers le canapé en argent massif et soie rouge, où se trouvaient une superbe brune et un homme au visage émacié, coupé d'une fine moustache, le regard farouche, ressemblant vaguement à l'acteur Sean Connery, et leva dans sa direction sa flûte de champagne.

Droit comme un i, flottant un peu dans sa chemise brodée et son pantalon de lin beige, ses yeux globuleux de batracien éclairés d'une sombre exaltation, il continua avec un timbre plus chaleureux :

— *Ahorita*[1], je bois au retour parmi nous de notre très cher ami Gustavo Berlusco, héros de notre *golpe*[2].

Le général Gustavo Berlusco prit sa flûte de champagne de la main gauche et, après s'être levé, la choqua contre celle de son hôte, en proférant la formule rituelle au Venezuela :

1. Maintenant.
2. Coup d'État.

– *¡ Con la mano izquierda, por que se repeta* [1] *!*

La brune en chignon, sa veste noir et or ouverte sur un chemisier rose très échancré, se leva à son tour pour se joindre au toast, enveloppant d'un regard humide le héros du jour. Avec sa courte jupe de soie noire, ses bas noirs « stay-up », ses très hauts talons et ses ongles laqués éclatants, elle était extrêmement désirable. Ses étincelantes prunelles vertes devinrent comme deux lacs glacés et elle lança d'une voix vibrante de haine :

– *¡ Muerte à la Bicha* [2] *!*

Le surnom donné par les durs de l'opposition vénézuélienne au président Hugo Chavez.

Le général Gustavo Berlusco approuva d'un léger signe de tête. Sorti le matin même de la prison de San Carlos, après quarante mois d'incarcération, il avait payé son écot au putsch raté du 11 avril 2002 monté par une partie de l'armée vénézuélienne. Chef d'état-major de l'armée de terre, il avait été un des premiers à signer l'Acte constitutionnel du nouveau gouvernement dirigé par Pedro Carmona, l'âme du *golpe*.

Sa femme et ses enfants étaient allés se réfugier en Colombie chez des amis, comme la plupart de ses proches, répartis entre Bogota et Miami.

Ils vidèrent leurs flûtes et Francisco Cardenas, arrachant d'un seau en cristal posé sur la table basse une bouteille de Taittinger Comtes de Champagne Blanc de Blancs, s'empressa de les remplir à nouveau. Il se tourna ensuite vers un petit moustachu aux cheveux gris taillés en brosse, assis dans un des fauteuils, eux aussi en argent massif, qui faisaient pendant au canapé.

– *¡ Hola !* Teodoro ! Tu ne te réjouis pas du retour de notre ami ?

1. De la main gauche, pour nous retrouver souvent !
2. Mort à la bête !

Teodoro Molov esquissa un sourire et leva mollement sa flûte encore pleine.

– *¡ Claro que si !* C'est un homme courageux. Qui a été jusqu'au bout de ses idées.

Teodoro Molov, éditorialiste au quotidien *Tal Qual*, membre du Parti communiste vénézuélien comme son père qui, jadis, avait fondé le Parti communiste bulgare dans les années 1920 en Europe, s'était, après une longue carrière à gauche, éloigné de Hugo Chavez, qu'il attaquait régulièrement dans son journal et traitait de *caudillo*, à la suite de son putsch manqué de 1992, étiquette infamante en Amérique latine.

Ses éditoriaux avaient été remarqués par Marisabel Mendoza, une des figures de proue de l'opposition à Chavez qui, depuis, allait régulièrement lui rendre visite dans son petit bureau du cinquième étage, à *Tal Qual*, pour le « nourrir » des derniers potins antichavistes. Transfuge de gauche dans une mouvance très conservatrice, plutôt oligarchique, il était particulièrement soigné.

C'est aussi Marisabel Mendoza qui, sous le sceau du secret, l'avait convié à ces retrouvailles avec le général Gustavo Berlusco. Cependant, depuis le début de la soirée, il ne s'était guère mêlé à la conversation, le regard irrésistiblement attiré par les cuisses gainées de noir de Marisabel Mendoza. Lorsqu'elle décroisait les jambes, une bande de peau blanche apparaissait fugitivement au-dessus du bas « stay-up », faisant considérablement fantasmer Teodoro Molov. Ces cuisses, pleines de sensualité, le fascinaient bien plus que les propos lyriques de ces révolutionnaires amateurs.

Lui était tombé dans la Révolution dès son plus jeune âge. Avant même d'être né… Son père, condamné à mort en Bulgarie pour ses activités communistes, avait dû fuir dans la jeune URSS, où il n'était pas resté longtemps. La superbe polonaise qu'il avait épousée durant sa cavale était juive et les révolutionnaires de 1917 n'aimaient pas les juifs polonais, surtout issus d'un milieu bourgeois. Déçu, le père de Teodoro Molov avait mis le cap sur le Venezuela, qui ne comptait encore que deux millions d'habitants, et y avait implanté le communisme. Il avait fait des séjours en prison dès 1953, comme membre actif du Parti communiste vénézuélien. À l'époque, le pays était dirigé par un *caudillo* plutôt féroce, Manuel Perez Jimenez, qui pourchassait les *subversivos* d'une haine tenace lui attirant l'amitié et les faveurs du grand voisin du Nord, les États-Unis.

Chassé du pouvoir en 1958, il s'était enfui à Miami, avec quelques dizaines de millions de dollars.

Suivant les traces de son père, Teodoro Molov s'était épanoui, au sein de l'opposition de gauche, porté par le vent éphémère de l'Histoire. Bien qu'au Venezuela les communistes n'aient jamais été au pouvoir, il avait été plusieurs fois ministre. Intellectuel d'origine européenne, communiste, il avait entretenu des liens amicaux avec Fidel Castro et, bien sûr, avec Hugo Chavez. Après la condamnation de ce dernier à trente ans de prison pour son *golpe* de 1992, Teodoro lui avait rendu visite dans sa prison, et s'était lié avec lui. Plus tard, leurs routes s'étaient séparées pour d'obscures raisons idéologiques. Teodoro Molov clamait à qui voulait l'entendre que Hugo Chavez n'était pas la réincarnation de Simon Bolivar, le Libertador, mais un vulgaire *caudillo*, comme l'Amérique latine en fabriquait à la chaîne. Un homme sans conscience prolétarienne, en dépit de son amitié affichée avec Fidel Castro.

Comme Marisabel Mendoza lui avait fait jurer de ne pas mentionner dans les colonnes de *Tal Qual* ces discrètes retrouvailles avec le général putschiste, il ne lui restait que la contemplation des cuisses de la jeune femme.

Celle-ci s'était rassise, les jambes croisées très haut, révélant à nouveau cette bande de peau blanche qui réchauffait agréablement les neurones du vieux révolutionnaire. Lequel avait au moins un point commun avec la jeune femme : comme lui, elle ne vivait que pour la politique.

Pasionaria des « caceroleros[1] », elle faisait démarrer des manifs à partir du balcon de son appartement d'Altamira, dès que Hugo Chavez apparaissait à la télévision. Chaussée de baskets, elle avait arpenté des dizaines de kilomètres durant les grands défilés de 2003, lorsque l'opposition réclamait la démission du président, en hurlant à plein gosier : « *¡ Chávez, se va[2] !* »

Riche propriétaire terrienne, elle passait ses week-ends dans sa *finca*[3] d'El Hatillo, au sud de Caracas, utilisant durant la semaine l'appartement d'Altamira, plus pratique à cause de la circulation démente qui faisait perdre des heures pour le moindre déplacement.

Divorcée, elle vivait avec sa fille et ne comptait plus ses amants, choisis sur des critères assez flous. Comme toutes les *Caraquenas*[4], elle s'habillait très sexy, conduisant elle-même sa Jeep Cherokee noire aux vitres fumées. Légèrement parano, elle avait toujours un pistolet automatique Glock 9 mm dans sa boîte à gants, une bombe lacrymogène et deux portables. Régulièrement, elle s'entraînait au tir dans sa *finca* et grillait de mettre en pratique ses aptitudes. Sa haine de Chavez et de sa République « bolivarienne », calquée sur le régime cubain, lui servait de raison de

---

1. Concerts de casseroles.
2. Chavez, va-t'en !
3. Propriété foncière.
4. Habitantes de Caracas.

vivre. Une pincée de cocaïne, de temps à autre, la relançait avec une vigueur nouvelle…

Teodoro Molov laissa glisser les bulles du Taittinger sur sa langue, le regard glué au coin de paradis d'un blanc laiteux émergeant de la jupe noire, et laissa son esprit divaguer dans une rêverie beaucoup plus sexuelle que révolutionnaire. À voix basse, Marisabel Mendoza, le général Berlusco et le maître de maison s'étaient lancés dans une conversation mystérieuse. Intrigué, Teodoro Molov se demanda de quoi il s'agissait. En prêtant l'oreille, il en saisit assez pour comprendre qu'il assistait à l'éclosion d'un nouveau complot.

La phrase lancée en début de soirée par Francisco Cardenas n'était pas une simple figure de style. D'ailleurs, la personnalité de leur hôte ne prêtait pas à confusion. Richissime industriel, Francisco Cardenas n'avait jamais caché sa détestation de Hugo Chavez. Il n'avait pas participé directement au *golpe* de 2002, le jugeant mal organisé par des gens maladroits et peu fiables. Il s'était contenté de tirer quelques ficelles et de motiver, à coups de *bolos*[1], quelques indécis.

De santé fragile, il se partageait entre un somptueux penthouse à South Beach, la partie chic de Miami Beach, et cette villa cossue collée au Country Club d'Altamira. Un petit bijou défendu par de hauts murs surmontés de barbelés fortement électrifiés, de caméras et de projecteurs, surveillé vingt-quatre heures sur vingt-quatre par des vigiles armés de fusils d'assaut.

Il ne manquait que des mines dans le jardin où s'alignaient des cages de perruches, passion du vieux milliardaire.

Atteint d'un léger goitre exophtalmique qui lui donnait, avec ses yeux exorbités, cette allure de batra-

---

1. Diminutif du bolivar, la monnaie vénézuélienne, tombée à 2 000 bolivars pour 1 euro.

cien, il avait de surcroît subi une opération à cœur ouvert six mois plus tôt, dont il ne s'était pas encore remis. Dieu merci, ses multiples affaires, gérées par des dirigeants compétents, continuaient à faire pleuvoir sur son cuir chevelu dégarni une pluie de bolivars et de dollars. Longtemps, il avait parcouru le monde à la recherche d'œuvres d'art dont sa villa était bourrée : sculptures, tableaux, miniatures, meubles, dont cet extraordinaire salon en argent massif du XVIIIe siècle, racheté à un maharadjah du Rajasthan frappé par des revers de fortune.

Désormais, Francisco Cardenas sortait peu de Caracas, canalisant toute son énergie vers un but unique : chasser la *Bicha*, l'abominable Hugo Chavez, du pouvoir. Il s'était juré de ne pas mettre un pied dans la tombe tant qu'il n'aurait pas atteint son but. Or, à cause de sa santé fragile, le temps pressait…

L'exemple à suivre était celui de Salvador Allende, président du Chili, qui avait dû se suicider dans les ruines du palais présidentiel de la Moneda, suite à un *golpe* réussi par un général d'aviation alors inconnu, célèbre ensuite, du nom d'Augusto Pinochet.

Seulement – l'expérience de 2002 l'avait prouvé – un *golpe* ne marche pas à tous les coups. Il fallait donc utiliser une méthode plus directe.

Se penchant pour reverser du champagne, il s'aperçut que la bouteille de Taittinger était vide. Et qu'il avait faim. Interrompant la conversation portant sur les moyens de se débarrasser de Hugo Chavez, il lança à la cantonade :

– ¡ *Vamos a comer*[1] !

Donnant l'exemple, il se leva pour gagner la salle à manger attenante où Sinaia, la petite *chula*[2], avait dressé un buffet raffiné.

---

1. Allons dîner !
2. Métisse indienne.

*
* *

À la seconde où Marisabel Mendoza rabattit sa jupe noire sur ses longues cuisses, le fantasme de Teodoro Molov se brisa net. Depuis quelques minutes, il avait intercepté plusieurs regards de la jeune femme en direction du général Berlusco et sa libido en avait pris un coup. Visiblement, pour ce soir, le pasionaria anti-Chavez avait fait son choix. Inutile de se faire du mal plus longtemps. S'approchant de Francisco Cardenas, Teodoro Molov s'excusa d'un sourire.

— Je ne vais pas dîner avec vous, je dois retourner au journal pour le bouclage. *Me disculpe*[1].

— Quel dommage ! répondit poliment le maître de maison. J'aime beaucoup vos analyses.

Teodoro Molov n'avait pratiquement pas ouvert la bouche de toute la soirée. Il prit congé du général Berlusco, baisa la main de Marisabel, en profitant pour humer à pleines narines son parfum, ce qui lui procura instantanément un début d'érection. Francisco Cardenas le raccompagna jusqu'au perron, ordonnant aux vigiles de faire coulisser le portail d'acier noir, et regarda le journaliste monter dans sa petite Kia. Pas mécontent qu'il s'en aille : au fond, il n'était pas vraiment des leurs.

Marisabel, le général Berlusco et leur hôte venaient de regagner les sièges en argent massif du salon, l'estomac lesté d'un lourd vin chilien qui pesait déjà sur leurs paupières. Ils attendirent que le café soit servi par la petite *chula* pieds nus, au visage plat et rond,

---

1. Je suis désolé.

pour reprendre leur discussion. Francisco Cardenas se tourna vers Gustavo Berlusco.

– *Hermano*[1], es-tu d'accord pour te charger du plan opérationnel qui va nous débarrasser de la *Bicha*? Je mets à ta disposition autant d'argent qu'il te faudra.

Moi aussi, renchérit Marisabel.

– Si tu acceptes, insista Francisco Cardenas, tu retrouveras ton honneur.

Et sa villa de fonction, au minimum.

Gustavo Berlusco garda le silence quelques secondes, afin de donner plus de poids à ses paroles. Il écrasa sa cigarette dans un cendrier de cristal de toute beauté et laissa tomber d'une voix grave :

– J'accepte, pour sauver notre pays. Mais il ne faudra *rien* laisser au hasard. Hugo Chavez a calqué sa sécurité rapprochée sur celle de Fidel Castro. C'est une coquille très difficile à briser. En plus, il est très prudent, n'avertit jamais de ses itinéraires et ne couche pas toujours au même endroit. Quand il se déplace en voiture, c'est en convoi de Mercedes 560 ou de Toyota blindées et identiques. Il choisit au dernier moment celle qu'il utilise. Les autres sont des leurres…

– Il ne couche pas à *La Casona*? interrogea Marisabel.

La résidence officielle du président. Une grosse *quinta*[2] au milieu d'un parc, terrain militaire.

– Non, précisa aussitôt le général, il y reçoit parfois dans la journée, sous la véranda, toujours le dos au mur, entouré de ses fidèles Bérets rouges.

– Et où dort-il? demanda Marisabel.

– D'après ce que je sais, répondit Gustavo Berlusco,

1. Frère.
2. Villa.

il a réquisitionné la résidence du ministre de la Défense, à Forte Tiuna. Mais il n'y est pas toujours.

Forte Tiuna était un énorme camp militaire, sur l'*autopista*[1] Caracas-Valencia, à quelques kilomètres du centre. Le cœur de l'armée vénézuélienne, défendu comme Fort Alamo. Des dizaines de bâtiments, des casernes, des points de décollage d'hélicoptères, une ville dans la ville.

Ces précisions ne semblèrent pas décourager Francisco Cardenas qui demanda :

– Pourrait-on acheter quelqu'un dans son entourage ?

Au Venezuela, tout avait un prix. La corruption y atteignait un niveau olympique. Pourtant la suggestion du maître de maison ne sembla pas enthousiasmer le général Berlusco.

– Non, trancha-t-il. Trop dangereux. Les gens autour de Chavez sont maintenant tous des fanatiques. Il a épuré l'armée, ne gardant que les gens sûrs politiquement, sans parler des conseillers cubains qui sont partout.

– Avec un bon fusil à lunette ? conseilla, gourmande, Marisabel, qui allait beaucoup au cinéma.

Gustavo Berlusco fit la moue.

– Hugo Chavez ne se déplace que dans une voiture blindée qui résiste aux armes de guerre. Le vrai problème, c'est de pouvoir connaître à l'avance ses déplacements. Or, il ne faut pas compter sur une fuite à Miraflores[2] ou à Forte Tiuna.

– C'est une question à laquelle j'ai déjà réfléchi, annonça posément Francisco Cardenas, et je crois avoir trouvé une solution. Mais, je ne voulais pas m'avancer avant d'être certain de ta collaboration, Gustavo.

1. Autoroute.
2. Palais présidentiel.

– À quoi as-tu pensé ? demanda le général.

Francisco Cardenas lui opposa un sourire plein de retenue.

– Je t'en parlerai lorsque tu auras avancé de ton côté. Mais sache que l'action est déjà enclenchée. Disons que d'ici deux semaines, je pense avoir une «fenêtre de tir», comme disent les militaires. Seulement, elle ne durera pas éternellement. Il faudra pouvoir en profiter.

Le général Berlusco et Marisabel Mendoza n'osèrent pas questionner plus le vieux milliardaire qui semblait très sûr de lui. La petite *chula* profita du silence pour se glisser sans bruit dans le salon et remettre une bouteille de Taittinger Comtes de Champagne dans le seau en cristal.

– *Bueno*, reprit Francisco Cardena, il faut que je dise quelque chose à nos amis de Miami, ils savent que je te rencontre ce soir.

Les amis de Miami étaient un quarteron de généraux vénézuéliens organisateurs du *golpe* de 2002, réfugiés à Miami : Felipe Rodriguez, Ovidio Poggioli, Nestor Gonzales et Julio Rodriguez. Ils avaient fait leur jonction avec le clan puissant des anticastristes de Floride et ne se cachaient pas de vouloir renverser Hugo Chavez. Celui-ci avait d'ailleurs promis une récompense de deux cents millions de bolivars [1] pour leur arrestation…

Grâce à leurs amis anticastristes, la CIA surveillait discrètement leurs projets, sans intervenir.

Gustavo Berlusco reprit la parole.

– Nous ne devons pas rater notre coup et faire vite. Dans six mois, il sera trop tard.

– Pourquoi ?

– Chavez aura eu le temps de mettre en place son système répressif. Même s'il disparaît, quelqu'un lui

1. Cent mille dollars.

succédera, avec l'appui de Fidel Castro. Je connais dans son entourage quelques jeunes généraux qui en ont le désir et crèvent d'envie d'étendre la «révolution bolivarienne» à tout le continent.

Francisco Cardenas s'assit sur son siège d'argent massif.

– Cela ne devrait pas prendre longtemps.

– Si, laissa tomber le général Berlusco, c'est une opération *très* délicate à monter, sans la moindre complicité extérieure, si nous voulons avoir une chance de réussite : Chavez est sur ses gardes, protégé par sa garde rapprochée et la DISIP[1], sans parler des conseillers cubains qui fourmillent à Miraflores. Donc, il faut oublier toute idée d'infiltration, frapper brutalement à un endroit déterminé d'avance… Pour cela, il faut un certain nombre d'éléments difficiles à réunir.

– Lesquels ? demanda aussitôt le maître de maison.

Ils étaient suspendus à ses lèvres. Eux n'étaient que des *golpistas* amateurs, mus par la haine. Lui était un technicien de l'action.

– D'abord, annonça tranquillement le général Berlusco, environ une tonne d'explosif militaire, du C.4, du Semtex ou du RDX.

Francisco Cardenas sursauta.

– C'est énorme !

– C'est ce qu'il faut, confirma le général. Chavez se déplace en voiture blindée, mais aucun blindage ne résiste à cette quantité d'explosifs.

Un ange traversa la pièce dans un nuage de fumée noire, dans le silence des comploteurs. Marisabel, penché vers son voisin, buvait les paroles du général. À l'idée de voir Hugo Chavez transformé en chaleur et en lumière, elle en avait presque un orgasme… Elle le haïssait viscéralement, comme la moitié du Vene-

1. Dirección de Inteligencia y Prevención.

zuela pour qui Chavez était le fils spirituel de Fidel Castro.

– Une telle explosion dégage une chaleur de 4 000 degrés, précisa doctement Gustavo Berlusco, et son souffle est capable de désarticuler un tank...

– Cela va être difficile à trouver à Caracas, remarqua Francisco Cardenas. Il n'y a que l'armée qui en a. Et l'armée, désormais, n'est plus de notre côté...

Contrairement à d'autres pays d'Amérique latine, l'armée vénézuélienne recrutait ses cadres dans le peuple et la plupart de ses officiers venaient des *barrios*[1], les quartiers misérables où végétaient à peu près la moitié de la population. Depuis son arrivée au pouvoir, Hugo Chavez avait éliminé les officiers supérieurs ayant des liens avec l'oligarchie, les remplaçant par des hommes sûrs de la promotion « Fidel Castro », formés en même temps que lui.

– Je crois que je pourrai y parvenir grâce à mes amis de Colombie, répondit le général Berlusco. Là-bas, on trouve ce type de produit.

Marisabel le fixa, le regard humide de bonheur anticipé.

– *¡ Que bueno !* murmura-t-elle.

Brusquement, elle réalisa que le général était plutôt bel homme et sa robe remonta encore un peu sur ses cuisses. Cette ambiance de complot l'excitait prodigieusement. C'était quand même mieux que les *caceroleros* ou les défilés.

Posément, le général continua son énumération :

– Il me faudra également un fourgon. Celui-là devra venir d'ici.

– Je pourrai en faire voler un, avança aussitôt Marisabel Mendoza. Un *buhonero*[2] qui me rend de petits services.

1. Bidonvilles.
2. Vendeur ambulant.

Un petit voyou qui lui vendait de la cocaïne et travaillait comme videur dans une discothèque qu'elle fréquentait.

Le général doucha son enthousiasme d'un regard froid.

– Ce genre de personnage a *toujours* des relations avec la police. C'est dangereux. Si nous adoptons cette solution, il ne faudra pas qu'il reste dans le paysage.

L'ange repassa, les yeux bandés, les ailes peintes en noir. Le ton du général Berlusco était égal, pourtant Marisabel en eut la chair de poule. Sous ses yeux, on venait de décider la mort d'un homme. L'humidité entre ses cuisses augmenta.

– Tout cela me semble parfait, conclut Francisco Cardenas, en reversant du Taittinger dans les flûtes vides.

– ¡ Mira[1] ! reprit le général Berlusco, nous avons *aussi* besoin de bons artificiers. Des gens capables de préparer un *carro-bomba*[2].

– Ah *si*, fit le maître de maison, avec un regard interrogateur.

En dépit de sa volonté d'en finir avec Chavez, il était à mille lieues de ces impératifs techniques. Le général Berlusco le rassura aussitôt, avec un sourire.

– *Bueno*, je pense pouvoir trouver ce que je cherche en Colombie. Ici, nous n'avons pas les compétences nécessaires. Et ensuite, lorsque ces éléments seront réunis, il faudra préparer la « rencontre » entre ce *carro-bomba* et la cible. C'est le plus difficile.

– Je t'ai dit que je pensais avoir la solution, répéta Francisco Cardenas. Je t'en parlerai quand tu reviendras de Colombie.

La dernière voiture piégée utilisée au Venezuela remontait à une quarantaine d'années, à l'époque de

1. Écoute.
2. Voiture piégée.

Romulio Bétancourt. Alors que les différents cartels de la cocaïne, en Colombie, en utilisaient à profusion, les Vénézuéliens, pacifiques et nonchalants, n'étaient jamais parvenus à ces extrémités.

Francisco Cardenas commençait à se sentir fatigué. Il vida sa flûte de Taittinger, ravi de sa soirée. Il allait pouvoir apporter de bonnes nouvelles à ses commanditaires de Miami. L'opposition vénézuélienne légale, complètement déconsidérée, écrasée, dépourvue de leader, était bien incapable de s'opposer à Chavez. Le général avait raison : le temps pressait.

Systématiquement, le chef de l'État verrouillait sa position en prévision du moment où l'extraordinaire popularité dont il jouissait dans les *barrios* diminuerait. Ses partisans commençaient à se rendre compte que rien ne changeait, qu'il n'y avait pas plus de travail ni de constructions neuves, et qu'à part l'essence subventionnée qui valait moins cher que l'eau, la vie était de plus en plus chère. Seulement, quand ses opposants se réveilleraient, ce serait trop tard. Le système répressif mis en place empêcherait tout retour en arrière.

– *¡ Bueno !* conclut-il, on a bien travaillé.

Le général Berlusco lui jeta un coup d'œil interrogateur.

– Je dors chez toi ?

Francisco Cardenas allait accepter quand il réalisa que sa *quinta* risquait d'être surveillée par la DISIP. Il se tourna vers Marisabel Mendoza.

– Tu peux t'occuper de notre ami ?

– *Claro que si*, fit aussitôt Marisabel avec enthousiasme. Pas à Altamira, mais à El Hatillo, il n'y a pas de problème.

Le général Berlusco était déjà debout. Il s'inclina profondément devant la jeune femme.

– Doña Marisabel, votre offre me va droit au cœur

Francisco Cardenas les raccompagna jusqu'à la

Cherokee noire. Dehors, l'air était tiède et humide, avec de rares étoiles. La saison des pluies se prolongeait outre mesure et le soleil n'apparaissait timidement qu'une heure ou deux par jour. Encaissée entre deux contreforts montagneux, Caracas alignait ses *barrios* misérables et ses cubes de béton le long d'une vallée est-ouest, à 1 100 mètres d'altitude. Arrêtés par le massif montagneux d'Avila, les nuages s'attardaient au-dessus de la ville comme un couvercle gris et triste.

Les deux gardes faisaient coulisser la lourde porte blindée. Francisco Cardenas baisa la main de Marisabel Mendoza. Avec une petite pointe de jalousie, il vit le général Berlusco grimper dans la Cherokee noire, puis rentra dans la villa. En dépit de sa fatigue, il était satisfait, ayant enfin réussi à mettre sur les rails l'improbable projet auquel il avait déjà commencé à travailler. Ceux qui l'encourageaient dans cette voie allaient être contents. Après de nombreuses discussions, ils s'étaient rendus à ses raisons : dans les circonstances actuelles, un *golpe* était impossible au Venezuela... La CIA, en encourageant celui de 2002, avait voulu rejouer le coup de Salvador Allende. Seulement, le Venezuela n'était pas le Chili, et Hugo Chavez était beaucoup plus malin que Salvador Allende, qui avait ignoré les conseils de Fidel Castro de durcir sa révolution et de donner des armes au peuple.

Comme disent les Américains : *Fools die*[1].

Hugo Chavez avait compris la leçon. Le *golpe* mou qui lui avait fait perdre le pouvoir pendant quarante-huit heures ne pouvait pas réussir, en dépit des encouragements américains et du soutien d'une partie de la population. Ce n'est pas avec des concerts de casse-

---

1. Les imbéciles meurent.

roles qu'on renverse un président en Amérique du Sud.

Les généraux vénézuéliens qui avaient promis monts et merveilles à leurs amis *gringos* s'étaient dégonflés comme des baudruches devant la résistance passive de Hugo Chavez qui avait refusé de signer sa lettre de démission... Ensuite, tout s'était délité. Épouvanté par sa propre audace, le chef militaire des putschistes s'était rallié au président qu'il avait arrêté !

Signant l'acte de décès du *golpe*.

Toujours légalistes, les représentants de la CIA avaient eu du mal à écouter les arguments de leurs « amis » vénézuéliens qui soutenaient une thèse simple et directe. Le seul moyen de se débarrasser de Chavez, c'était de le tuer.

Seulement, au Venezuela, les F-16 de l'armée de l'air nationale ne bombarderaient pas le palais de Miraflores pour une raison simple : leurs pilotes étaient chavistes... Il fallait donc employer d'autres méthodes, plus clandestines.

Au moment d'éteindre dans le salon, il réalisa que le parfum de Marisabel flottait encore dans la pièce. C'était une bonne recrue. Si elle avait pu, elle aurait arraché les couilles d'Hugo Chavez avec ses dents. Seules les femmes nourrissaient ces haines viscérales ; Francisco Cardenas, lui, se contenterait d'une balle dans la tête.

Ce n'était pas un sanguinaire.

CHAPITRE II

Teodoro Molov venait de relire le dernier papier qu'il envoyait à l'imprimerie et décida de se détendre un peu. Il alluma un *puro* [1] pris dans sa boîte à cigares et repensa à sa soirée. Marisabel Mendoza était vraiment une éblouissante créature débordante de sexualité, en dépit de son côté pétroleuse. Un jour, il finirait bien par la culbuter sur un coin de son bureau. Affaire de circonstances.

Il éprouvait des sentiments confus et un peu contradictoires au sujet de la partie politique de cette réunion. Certes, ni Francisco Cardenas ni Marisabel n'étaient des révolutionnaires professionnels, et le général Berlusco n'avait pas montré un talent de putschiste particulier au cours de ce piteux *golpe* avorté. Pourtant, son sixième sens lui soufflait que, sous les déclarations lyriques et hyperboliques, il y avait quelque chose de plus solide.

Peut-être avait-il assisté aux prémices d'un *vrai* complot pour assassiner Hugo Chavez... Son vieil instinct révolutionnaire l'incitait à le croire.

Chaque dimanche, durant son émission télévisée « Allô Presidente », Hugo Chavez accusait la CIA de vouloir l'assassiner. À part ses partisans les plus

1. Cigare cubain.

aveugles, personne ne le croyait. Depuis longemps, le lion américain avait perdu la plupart de ses dents, sauf dans la lutte contre Al-Qaida. Ce serait drôle s'il y avait un *véritable* complot pour le tuer, pas américain, mais vénézuélien.

Il se promit de cultiver Marisabel, le maillon faible de l'équipe.

En jetant un coup d'œil sur son agenda du lendemain, il vit qu'il devait déjeuner avec un de ses contacts, Angel Santano, le numéro 2 de la DISIP, chargé de la partie opérationnelle. Ils se voyaient régulièrement depuis longtemps, échangeant avec prudence des informations qui étaient parfois authentiques. Teodoro avait toujours gardé plusieurs fers au feu. Son expérience révolutionnaire lui avait enseigné à parler à tout le monde, sans qu'on sache réellement de quel côté il penchait. En donnant par-ci par-là de petits gages, il brouillait les pistes. Et puis, un service en appelle un autre.

Après avoir refermé son agenda, il éteignit et se dirigea vers l'ascenseur pour regagner son appartement de Parque Avila, quartier chic du sud-est de la ville. Satisfait : au moins, il aurait de quoi appâter son interlocuteur de la DISIP.

La Cherokee noire descendait à bonne allure l'avenida principal del Country-Club, en direction de l'avenida Francisco-de-Miranda qui traversait d'est en ouest les quartiers chics d'Altamira et de Chacao. C'était bien le seul moment de la journée où on circulait à peu près normalement. Dans la journée, le million de voitures qui encombraient les *autopistas* et les rues de Caracas se traînaient à une allure d'escargot, pare-chocs contre pare-chocs, dans des nuages de vapeurs toxiques. Au prix où était l'essence – on faisait le plein avec 3 500 bolivars, moins de deux euros – même les épaves de vieilles américaines, véritables gouffres à essence, continuaient à rouler.

Le parfum de Marisabel Mendoza emplissait les narines du général Berlusco, accroissant encore son désir. Cela faisait des mois qu'il n'avait pas touché une femme.

Ils arrivaient au croisement avec l'avenida Francisco-de-Miranda et le feu était au rouge. Marisabel appuya sur le frein et ce simple mouvement fit remonter sa jupe sur ses cuisses, découvrant la bande de peau blanche. Gustavo Berlusco sentit son cœur s'emballer. Au cours de la soirée, il avait aperçu à plusieurs reprises cette chair appétissante, au-dessus du bas noir, mais il était en société.

Ici, dans cet espace étroit, c'était différent. Marisabel tourna la tête dans sa direction avec un sourire.

– Je suis heureuse de vous donner l'hospitalité.

Le général ne répondit pas, la gorge sèche. Il avait l'impression de se retrouver le jour de son premier saut en parachute, accroché à la *static line*, prêt à sauter dans le vide, le cœur dans l'estomac.

D'un geste brusque, il allongea soudain le bras, plongeant la main entre les cuisses de la conductrice. La jupe remonta encore et ses doigts, après avoir frôlé le haut rugueux du bas et la chair tiède, atteignirent le satin d'une culotte encore invisible, se crispant sur la chair élastique. À ce contact, le général, noyé par un flot d'adrénaline, sentit toutes ses terminaisons nerveuses se chauffer à blanc.

Malgré lui, un grognement sauvage filtra de sa bouche, venu de la préhistoire. Il s'attendait quand même à une réaction de la jeune femme et rentra la tête dans les épaules.

Miracle, Marisabel fit seulement d'une voix mal assurée :

– *Tu estas rapido*[1].

En même temps, ses cuisses s'ouvrirent un peu plus, permettant à son agresseur de glisser plusieurs doigts sous l'élastique de la culotte. Gustavo Berlusco vit le paradis s'ouvrir devant cette absence de résistance.

– *Me disculpe*, bredouilla-t-il, je n'ai pas eu de femme depuis longemps et tu es si belle !

Marisabel tourna la tête vers lui et murmura :

– Tu as le feu dans les yeux.

Elle se sentait fondre. Déjà, durant la soirée, le regard dur du général l'avait troublée. Elle s'était bien rendu compte qu'il avait envie d'elle. Une sensation qu'elle adorait. Son geste audacieux, ces doigts maladroits et brutaux qui fouillaient maintenant son ventre, la respiration saccadée de l'homme penché sur elle, tout cela lui enflamma soudain le ventre. Sournoisement, elle fit glisser son bassin vers l'avant, pour faciliter l'intrusion des doigts qui s'agitaient frénétiquement pour l'envahir. Brutalement, elle se mit à couler. Elle n'avait jamais pu résister à une caresse directe. Constatant sa réaction, Gustavo Berlusco se sentit pousser des ailes. S'il avait pu, il aurait enfoncé sa main dans ce ventre offert jusqu'au poignet. Marisabel allongea le bras droit et ses doigts effleurèrent la bosse qui déformait le pantalon de son passager.

Pendant quelques instants, dans un silence troublé seulement par leurs repirations haletantes, leurs mains s'activèrent à leurs tâches respectives. Le général fouillait à pleine main le ventre de la jeune femme, tandis qu'elle massait furieusement la bosse qui n'arrêtait pas de prendre de l'ampleur.

Un coup de klaxon les fit sursauter, suivi d'un appel de phares. Une voiture était arrêtée derrière eux

1. Tu es rapide.

et le feu venait de repasser au vert pour la troisième fois…

Comme une automate, Marisabel appuya sur l'accélérateur et tourna dans l'avenida Francisco-de-Miranda, s'arrêtant ausssitôt le long du trottoir. Ses doigts entouraient toujours la bosse et se remirent à bouger. Le général poussa un grognement d'agonie.

– *¡ Cochina ! ¡ Para*[1] *!*

Elle allait le faire jouir. Il n'en pouvait plus. Obéissante, Marisabel retira ses doigts.

– *¡ Vamos a tu casa*[2] *!* suggéra d'une voix étranglée le général.

– *No es posible*, souffla Marisabel.

– *Bueno, vamos à l'Aladdin*[3].

Un hôtel de rendez-vous au bord de l'*autopista* Francisco-Fajardo, vers le centre. Célèbre pour les décors variés de ses chambres et la discrétion de son accès : on y entrait par un parking souterrain pour gagner directement les chambres. Du temps de son mariage, Marisabel l'avait utilisé parfois, pour une rapide aventure.

Elle redémarra pour gagner l'avenida del Libertador, tandis que le général continuait à lui pétrir le sexe, en soufflant comme un phoque. Cinq minutes après, les coupoles de fil de fer simulant des dômes orientaux de l'*Aladdin* apparurent dans le halo de l'*autopista*. Marisabel, la main posée bien à plat sur le sexe du général, pour ne pas le faire exploser, rêvait à l'instant où cette bielle de chair durcie allait s'enfoncer dans son ventre. Elle se gara et ils gagnèrent la réception où un employé blasé leur tendit un dépliant présentant les décors des chambres. Sans

1. Salope ! Arrête !
2. Allons chez toi !
3. Allons à l'*Aladdin*.

hésiter, Marisabel posa un ongle rouge sur la chambre aux miroirs.

— *Esta habitación*[1].

Gustavo Berlusco avait déjà jeté un gros paquet de *bolos* sur le comptoir et raflé la clef.

À peine dans l'ascenseur, il se rua sur Marisabel avec une telle violence que les parois de la cabine en tremblèrent. Avant d'arriver au sixième, il lui avait arraché sa culotte. La jeune femme le regarda avec un sourire plein d'indulgence.

— Depuis combien de temps tu n'as pas fait l'amour avec une femme ?

— Trois ans ! lâcha Gustavo Berlusco, au moment où les portes s'ouvraient.

Il était déjà dans la chambre, petite, minable, avec des miroirs un peu partout. Marisabel n'eut même pas le temps de retirer sa veste noir et or. Comme un fou, Gustavo Berlusco défit la ceinture de son pantalon, le descendit sur ses chevilles en même temps que son slip et poussa la jeune femme sur le lit. Elle aperçut à peine l'énorme tige violacée du général avant qu'elle s'enfonce d'un trait au fond de son ventre. Elle eut l'impression d'accueillir un arbre. Si elle n'avait pas été aussi excitée, il l'aurait blessée.

Le général Berlusco la saisit sous les genoux pour lui replier les jambes comme une grenouille et se mit à la marteler comme un fou. Marisabel crut qu'il allait lui défoncer la matrice. Tout son corps en tremblait.

C'était si excitant qu'elle jouit en quelques secondes, en criant comme une damnée.

Gustavo Berlusco, lui, tint environ trente-sept secondes, avant de s'écraser sur sa partenaire comme un cadavre.

---

1. Cette chambre-là.

*
* *

N'en croyant pas ses yeux, Marisabel contemplait le sexe de Gustave Berlusco, jaillissant d'un buisson de poils noirs, droit comme un mât. Il était sorti de son ventre à peine cinq minutes plus tôt ! Le général avait mis à profit ce court laps de temps pour se défaire de ses vêtements, dévoilant un corps musclé, couvert de poils et un peu enveloppé.

Marisabel, débarrassée de sa jupe, n'avait gardé que son soutien-gorge noir et ses bas.

Agenouillée sur le lit, elle se préparait à le prendre dans sa bouche quand le général la devança. Enfonçant ses doigts dans son chignon, il colla son visage contre son sexe. Docile, Marisabel ouvrit la bouche et en engloutit une partie, surprise par sa dureté. Après tous ces mois d'abstinence, le général était un vrai jeune homme.

Celui-ci, debout, observait dans la glace son membre s'enfoncer jusqu'à la luette de sa complaisante partenaire. Il revivait. Soudain, il éprouva une irrésistible envie de se replonger dans le ventre si accueillant. Il recula et prit Marisabel par les hanches, la faisant s'agenouiller sur le lit. Quand la jeune femme sentit le gros sexe brûlant la frôler par-derrière, elle ne put s'empêcher de mettre en garde son amant :

– *No en el culo, mi vida, estas mucho gordo* [1].

Elle connaissait les hommes et le goût qu'ils avaient toujours eu pour sa croupe. Dans l'état de surexcitation où il se trouvait, le général était capable de l'estropier.

Gustavo Berlusco était un militaire discipliné. Il s'enfonça, certes d'un coup, mais lentement, dans le

_____

1. Pas dans le cul, mon chéri, tu es trop gros.

ventre offert, guignant du coin de l'œil dans un des innombrables miroirs la disparition progressive de son sexe. Ce qui accrut encore son désir.

Cette fois, Marisabel eut le temps de profiter de son étalon. Dans cette position le général la pénétrait si loin qu'elle se sentit défaillir de plaisir sous cet énorme piston qui l'ouvrait en deux. La croupe haute, les reins creusés, elle se mit à gémir sans arrêt. Stimulé par cette réaction, Gustavo Berlusco l'empoigna par les hanches et, d'un puissant coup de reins, cracha pour la seconde fois sa semence au fond du ventre de la jeune femme.

Celle-ci eut un nouvel orgasme et retomba à plat ventre, avec la sensation de ne plus avoir d'os, le cœur battant la chamade. Ce n'est que quelques instants plus tard qu'elle réalisa que le général, allongé sur elle, était toujours fiché dans son ventre.

Et toujours aussi dur.

Décidément, c'était une expérience unique de faire l'amour avec un mâle à jeun.

Elle le sentit enfin se retirer d'elle et s'apprêtait à gagner la salle de bains lorsqu'elle sentit quelque chose de brûlant et de dur se poser sur l'entrée de ses reins. Complètement détendue, elle n'eut pas le temps de réagir lorsque le membre s'enfonça d'un coup en elle d'une dizaine de centimètres, écartant la corolle brune par surprise.

– ¡*No, mi amor!*

Trop tard, elle était déjà solidement emmanchée. Presque avec douceur, Gustavo Berlusco acheva de s'enfoncer dans ses reins, jusqu'à la garde.

Marisabel ne sentait plus la douleur. Peu à peu, elle fut envahie d'une sensation indescriptible. Elle avait déjà été sodomisée mais jamais avec cette puissance. Inconsciemment, elle se mit à bouger sous son violeur, ce qui déchaîna Gustavo Berlusco. Il poussa un rugissement de fauve et se mit à la pilonner de tout son poids.

Marisabel Mendoza, sous ce forage sauvage, hurlait sans discontinuer. Du coin de l'œil, elle aperçut leurs deux silhouettes dans un des miroirs et cela l'excita encore plus. Avec son corps couvert de poils noirs, le général évoquait plus King Kong qu'un *caballero*. Enfin, il se planta définitivement au fond de ses reins, figé par son troisième orgasme.

Écrasée, inondée, déchirée et heureuse, Marisabel se dit que ce complot commençait bien.

La Cherokee noire était le seul véhicule sur l'*autopista* de Baruta, filant vers le sud. El Hatillo se trouvait à une dizaine de kilomètres du centre. Marisabel avait les jambes en coton et, si le général avait toujours une main enfouie entre ses cuisses, c'était plus un geste de politesse qu'une invite.

La jeune femme pouffa brusquement. Réalisant qu'elle avait oublié sa culotte dans la chambre d'*El Aladdin*. Elle ne devait pas être la première.

– Qu'est-ce qu'il y a ? demanda le général.

– *Nada, mi vida*, assura la jeune femme.

Dix minutes plus tard, elle s'arrêta en face du portail d'une grande *quinta*, un kilomètre après le Country Club d'El Hatillo. Elle déclencha l'ouverture avec son bip et se tourna vers son nouvel amant.

– Tu vas rester longtemps ?

– Non, dit Gustavo Berlusco. Je repars demain matin pour Bogota. J'ai à faire là-bas. Mais nous resterons en contact.

Le restaurant *El Barquero* était considéré comme le meilleur de Caracas pour le poisson. Teodoro Molov fixa avec gourmandise les deux énormes langoustes qu'on venait de déposer devant eux. À 100 000 *bolos*[1] le déjeuner, cela mesurait l'intérêt que la DISIP lui portait… En face de lui, Angel Santano, cheveux gris ras, lunettes à monture métallique et corpulence imposante, lui lança :

– Bon appétit.

Le restaurant était presque vide, peu fréquenté au déjeuner à cause des prix exorbitants pour le Venezuela. Ce qui permettait une rencontre discrète. Après avoir entamé sa langouste, Teodoro demanda d'un ton badin :

– Alors, comment va l'« hélicoïde » ?

Le nom des bâtiments de la DISIP, étagés en forme d'escargot sur une colline, dont une route en pas de vis montant jusqu'au sommet desservait les étages.

– *Bueno*, il n'y a pas grand-chose de nouveau, admit Angel Santano. Mon nouveau patron, le général Miguel Torrès, est sympa. S'il n'y avait pas tous ces Cubains…

– Il y en a beaucoup ? demanda aussitôt Teodoro, dressant l'oreille.

Le numéro 2 de la DISIP comprit qu'il avait fait une gaffe et se reprit aussitôt.

– Non, quelques-uns. Des conseillers, mais ils veulent tout savoir.

Après un nouveau morceau de langouste, Teodoro lança d'une voix égale :

– Ils ont peut-être raison…

– Ah bon, pourquoi ?

Le journaliste hocha la tête.

– J'ai entendu des bruits, des rumeurs, des

1. 50 dollars.

chismes[1], ces jours-ci, confia-t-il à son vis-à-vis. Et puis, j'ai eu quelques informations de bonne source. Il semble que quelque chose se prépare contre *El Presidente*...

Angel Santano en posa sa fourchette.

— Quoi?

— Un attentat, répondit à voix basse Teodoro Molov, mais je ne sais rien de précis.

L'information, c'est comme le chantage : on ne peut s'en servir qu'une fois. En arrivant au déjeuner, il ne savait pas encore ce qu'il allait dire à Angel Santano. Puis l'envie de se sentir important avait été la plus forte. Et aussi le sentiment que Hugo Chavez était là pour un bon moment et qu'il valait mieux être bien avec lui.

Sans se couper des autres, bien entendu.

Angel Santano abandonna sa langouste et, penché au-dessus de la table, lança à voix basse :

— *Bueno*, tu m'en as dit trop ou pas assez. On te considère comme un type sérieux. Alors?

Teodoro baissa modestement les yeux.

— C'est lié à l'équipe de Miami.

— La CIA?

— Non, c'est vénézuélien. Mais j'en saurai plus dans quelque temps. Moi aussi, je dois faire très attention.

— Tu veux qu'on te protège? suggéra le policier de la DISIP.

— Surtout pas!

— Il faut que tu m'en dises plus.

Teodoro sourit.

— Si tu m'invites encore à déjeuner dans un aussi bon restaurant dans quelque temps, je te donnerai le nom de l'homme qui dirige ce complot.

— Pourquoi pas maintenant?

1. Ragots.

– Parce que je ne le sais pas encore, mentit sans vergogne le journaliste. Il faut que tu me fasses confiance.

Le déjeuner se termina sans autre fait marquant. En regagnant sa petite Kia, Teodoro Molov était très content de lui. Quelle que soit l'issue du complot contre Chavez, il en retirerait un bénéfice. N'ayant plus depuis longtemps aucune conviction politique, il évoluait dans la trahison comme un poisson dans l'eau.

CHAPITRE III

Frank Capistrano avait pris quelques kilos. Son teint jaunâtre, les poches sous ses yeux et le léger affaissement de ses épaules indiquaient une fatigue sournoise, même s'il se tenait toujours aussi droit. Sa poignée de main, toutefois, était toujours aussi puissante, et Malko sentit sa chevalière s'enfoncer dans sa peau.

– *Long time no see*[1], lança de sa voix rocailleuse le *Special Advisor for Security* de la Maison Blanche, avec un sourire complice. Venez, je meurs de faim...

Malko le suivit vers la petite salle à manger de l'hôtel *Hay-Adams*, à deux pas de la Maison Blanche, endroit sélect fréquenté par le haut-de-gamme des politiciens et quelques créatures sulfureuses naviguant dans leur sillage. Le personnel de l'établissement était rodé à une discrétion absolue. Il n'était pas rare qu'un sénateur, en sortant du Capitole, prolonge un bon repas dans cette salle à manger lambrissée et toujours sombre par une sieste crapuleuse dans une des chambres de l'hôtel, facturée à prix d'or.

Le maître d'hôtel, cassé en deux de respect, installa les deux hommes à une banquette de la salle du fond, encadrée de deux tables vides pour la tranquillité. À

1. Longtemps qu'on ne s'est pas vus.

une table peu éloignée, une brune piquante encore fraîche faisait semblant de lire le *Wall Street Journal*, en attendant son amant. Très élégante, le visage dissimulé par une voilette à l'ancienne mode qui ne laissait dépasser qu'une grosse bouche rouge, le cou entouré de renard blond.

Il faisait un froid de gueux à Washington.

À peine Frank Capistrano et Malko étaient-ils assis que le maître d'hôtel apporta des verres, une bouteille de Defender « 5 ans d'âge » et une Stolychnaya Cristal. Il avait de la mémoire. Après les avoir servis, il s'éclipsa sur la pointe des pieds. Frank Capistrano leva son verre.

– *Welcome to Washington!* lança-t-il de sa voix rugueuse.

– Content de vous retrouver ! assura Malko, en écho. Vous avez l'air fatigué…

Frank Capistrano souffla comme un pachyderme épuisé.

– *I am out!* 2005 a été l'année la plus difficile de ma carrière. Ça fout le camp de tous les côtés. L'Irak, l'Iran, la Syrie, les Chinois ! Ils nous piquent tous des banderilles, sachant que le Président est usé. En tout cas, vous nous avez rendu un sacré service sur l'Iran. On leur a mis leur nez dans leur merde[1] !

– J'en suis heureux, fit Malko, qui avait failli laisser sa peau dans cette aventure.

Frank Capistrano reposa son verre de scotch où ne demeuraient que quelques glaçons et laissa tomber :

– Ils vont nous baiser quand même ! Quoi qu'il arrive, ils sont en train de faire leur bombe et rien ne les arrêtera. Ni le Conseil de Sécurité ni les menaces. Il faudrait les vitrifier, mais ce n'est plus « tendance ».

– Les Israéliens ne vont pas s'en charger ?

– Pas sans notre feu vert… Les conséquences

1. Voir SAS n° 160 : *Le Programme 111.*

politiques seraient trop graves. Et je me demande si les Iraniens n'attendent pas que cela.

– Pourquoi ?

– Cela leur donnerait un prétexte pour balancer leur première bombe encore toute chaude, sortie du four, sur Tel-Aviv. Aux applaudissements de tout le monde musulman...

Un ange traversa la salle à manger à basse altitude et s'enfuit, horrifié. Les Iraniens, déchaînés de haine, proposaient toutes les semaines une nouvelle idée pour se débarrasser d'Israël : l'Allemagne, l'Autriche, le Canada, l'Alaska...

Le maître d'hôtel revint avec deux *Caesar Salad* et une bouteille de Château La Lagune 1986, qu'il présenta respectueusement.

Le visage de Frank Capistrano s'éclaira.

– *Good choice !* approuva-t-il Qu'est-ce qu'on attend pour attaquer ?

Le La Lagune était exquis. Un velours ! Malko faillit se resservir tout de suite... Arrivé à Washington la veille, il avait eu le temps de se reposer un peu. Il était rare que le *Special Advisor* de la Maison Blanche le convoque ainsi, sans raison particulière. Bêtement, il en avait conclu que c'était pour le remercier de sa mission à Téhéran, terminée dans la férocité. Il avait laissé sa fiancée Alexandra à New York où elle mourait d'envie d'effectuer une razzia de shopping, bien méritée après son kidnapping par les Iraniens. Elle détestait Washington et ses *spooks*[1] qui, pourtant, assuraient le modeste train de vie de Malko. Celui-ci avait décidé de l'y rejoindre après son déjeuner, par le train. En quatre heures, l'Amtrak le mettrait au cœur de Manhattan.

– Vous connaissez le Venezuela ? demanda tout à coup Frank Capistrano.

1. Espions.

– J'y suis allé, il y a longtemps, répliqua Malko. Pourquoi ?

– Nous avons un problème là-bas, soupira Frank Capistrano, en se reservant de Defender « 5 ans d'âge ».

Douche froide pour Malko qui réalisa soudain que ce n'était pas seulement pour le féliciter que Frank Capistrano l'avait fait venir à Washington. Le maître d'hôtel apporta les New York steaks. En attaquant le sien, Frank Capistrano demanda, la bouche pleine :

– Entendu parler de Hugo Chavez ?

– Évidemment.

Le président du Venezuela était devenu une des bêtes noires des États-Unis. Au pouvoir depuis 1999, très lié à Fidel Castro, il offrait à Cuba 100 000 barils de pétrole par jour, après avoir rebaptisé le Venezuela « République bolivarienne » et inondé son pays de trente mille Cubains, principalement des médecins ! En 2002, Washington avait cru au miracle pendant quarante-huit heures, grâce au putsch mené contre Chavez, reconnaissant dans un délai record le nouveau régime. Hélas, l'éviction de Hugo Chavez n'avait duré que trente-six heures… Redevenu chef de l'État, sa haine des États-Unis s'était transformée en paranoïa écumante. À chaque occasion, il insultait publiquement George W. Bush. Il avait expulsé les conseillers du Pentagone, présents depuis des années à Forte Tiuna, et, dans la foulée, changé tous les dirigeants de la compagnie pétrolière nationale, PDVSA, pour y mettre des hommes à sa solde.

L'armée avait été épurée, l'administration aussi, une télé de choc, Telesur, attaquait désormais tous les jours les USA. L'opposition politique, déconsidérée par son *golpe* raté, s'était dissoute dans des combats fratricides et personne n'émergeait pour tenir tête au nouveau *caudillo* en train de remodeler le pays.

Si cela avait été le Paraguay, tout le monde s'en

serait moqué, mais un pays, cinquième exportateur mondial de pétrole, qui produit 2,5 millions de barils par jour, dont les trois-quarts vont aux États-Unis, ne laisse pas indifférent…

Encouragée par les Américains en 2003, l'opposition avait essayé de chasser Hugo Chavez grâce à un référendum populaire. Nouvel échec. Conseillé par Fidel Castro, le chef de l'État vénézuélien avait, à la hâte, donné des papiers à deux millions de Vénézuéliens qui n'en possédaient pas. Évidemment, ils avaient voté pour lui comme un seul homme.

Conforté par ce nouveau succès, Chavez s'était lancé dans une croisade antiaméricaine, qui avait connu son apogée quelques semaines plus tôt. Le Venezuela, contre l'Accord de libre commerce des Amériques patronné par Washington, avait promu avec treize pays du bassin caraïbe un accord pétrolier, premier pas de l'Alternative bolivarienne pour les Amériques. Après avoir rejoint le Mercosur, le marché commun du cône Sud, Brésil, Argentine, Uruguay, Paraguay. Toutes ces alliances, généreusement arrosées de pétrole par Hugo Chavez, qui chaque semaine dans son émission « Allô Presidente » pérorait pendant des heures, à la Fidel Castro, sur la révolution bolivarienne désormais en route, donnaient des boutons à la Maison Blanche.

– Ce fils de pute de Chavez, *he is a pain in the ass* [1], grommela Frank Capistrano, en avalant une énorme bouchée de steak.

– À cause du Mercosur ?

Le *Special Advisor* secoua la tête.

– *Nope.* Il y a bien pire. Chavez est en train de transformer le Venezuela en un nouveau Cuba. Là-bas, les gens n'y croient pas encore, mais nous pos-

---

1. Il me fait mal au cul.

sédons des éléments extrêmement inquiétants. Le Venezuela est sur la pente totalitaire.

– Comment, s'étonna Malko, Chavez a été élu démocratiquement, en 1998, et réélu en 2000.

– Hitler aussi en 1933 ! laissa tomber Frank Capistrano. Chavez est en train de mettre en place un système qui lui est tout dévoué. D'abord, il s'est fait nommer patron de l'armée, à titre militaire, lui qui n'est toujours que lieutenant-colonel. Il a ensuite placé la réserve sous ses ordres directs. Il contrôle l'argent du pétrole, tout le secteur public où il a placé ses *croonies*[1], et les conseillers cubains sont partout.

– Tout cela est réversible, objecta Malko. C'est le *spoil system*.

– Pas tout à fait.

– Qu'est-ce qui vous fait peur ?

– Deux choses, fit Frank Capistrano, baissant la voix. Une qui est publique : il vient de commander en Russie cent mille kalachnikovs AK-74, pour équiper les *Unidades Populares de Defensa*, commandées par un de ses proches, Julio Domitero, une version vénézuélienne des Comités de défense de la révolution cubaine, qui verrouilleront tout le pays au niveau des quartiers…

– Et les Vénézuéliens ne disent rien ?

– Ils tapent sur des casseroles et protestent dans la presse. Chavez s'en fout : il a tous les pouvoirs légaux, contrôle entièrement le pays. Nous savons par des indiscrétions qu'il se prépare à nationaliser une grande partie du secteur privé et à faire une réforme agraire qui dépossédera tous les gros propriétaires. Il a la majorité absolue au parlement et peut faire voter les lois qu'il veut. Mais le projet qui nous inquiète le plus est encore secret. Il se prépare à annoncer une fusion Venezuela-Cuba ! Une union des deux pays,

1. Affidés.

avec tout ce que cela implique. Autrement dit, les Cubains pourront déployer des troupes au Venezuela... Pour venir en aide à leur ami, au cas où... Il reste quelques mois pour arrêter Chavez. Sinon, nous aurons un second Cuba sur les bras, infiniment plus dangereux. Hugo Chavez a trente ans de moins que Castro, du pétrole, et il nous hait.

– Les Vénézuéliens ne vont pas le stopper ?

– Ils s'y prendront trop tard.

– Et l'opposition ?

Frank Capistrano réunit son index et son pouce en un cercle parfait et poilu.

– Ils sont nuls, dit-il d'un ton méprisant.

– Que faut-il faire alors ? interrogea Malko, impressionné par ce tableau apocalyptique.

Frank Capistrano se pencha au-dessus de la table et dit, si bas que Malko dut lire sur ses lèvres :

– Tuer cet enfant de salaud.

Malko se souvint brusquement d'une déclaration publique du célèbre évangéliste américain Pat Robertson, qui, au cours d'un prêche, avait dit exactement la même chose. L'idée était dans l'air. Mais c'était intéressant de l'entendre dans la bouche d'un conseiller de la Maison Blanche... Malko, ayant été récemment à Cuba, savait ce qu'il fallait penser du régime cubain et imaginait le sort d'un Venezuela acquis aux idées castristes. C'est, comme toujours, le peuple qui en souffrirait, les riches ayant le temps de se replier sur Miami, comme les Cubains. Fidel Castro durait depuis quarante-cinq ans et il n'était même pas sûr que son régime s'effondre avec sa disparition. Pouvait-on souhaiter le même sort aux vingt-cinq millions de Vénézuéliens ? Il but un peu de bordeaux et regarda Frank Capistrano bien en face.

Pendant des années, la CIA avait sous-traité de multiples tentatives d'élimination physique de Fidel Castro, sans le moindre succès. Frank Capistrano arbora une mimique découragée.

– Vous savez bien que nous ne pouvons pas nous impliquer directement. Mais je crois que certains Vénézuéliens sont en train de prendre leur sort en mains.

Pourtant, depuis le 11 septembre 2001, les États-Unis prenaient pas mal de liberté avec les droits de l'homme : arrestations illégales dans des pays étrangers, prisons secrètes de la CIA, liquidations discrètes de terroristes par des «escadrons de la mort». L'élimination physique de Hugo Chavez ne devrait pas poser de problème insurmontable à une Agence comme la CIA.

– Avec Al-Qaida, vous ne prenez pas de gants, remarqua Malko.

– C'est vrai, reconnut Frank Capistrano. Mais, même là, on nous cherche des poux dans la tête… La moitié du monde nous hait. Le Président a signé un *executive order* secret qui recommande de faire tout ce qui est possible pour que Hugo Chavez ne reste pas à la tête du Venezuela. Mais il ne peut pas aller plus loin…

– C'est déjà pas mal, remarqua Malko. Hugo Chavez se répand partout en proclamant qu'il y a un «contrat» sur sa tête…

– C'est inexact, protesta pudiquement Frank Capistrano. Nous n'avons mis aucun contrat sur la tête de Chavez, même si nous prions très fort pour qu'il ne meure pas de vieillesse.

Bel euphémisme.

L'Américain termina son New York steak et précisa :

– Il y a une chose que nous ne pouvons pas nous permettre : nous faire prendre la main dans le sac. Les conséquences politiques en Amérique latine seraient incommensurables.

Malko ne voyait pas très bien où voulait en venir l'Américain.

– Qu'allez-vous faire ? demanda-t-il. Appuyer un putsch ?

Frank Capistrano secoua tristement la tête.

– Avec qui ? L'armée vénézuélienne a été purgée. Tous ceux qui avaient été formés chez nous écartés. Les conseillers cubains sont partout et « criblent » ceux qui ont des positions stratégiques. Nous y comptons encore quelques amis et des déçus du chavisme, mais ils ne bougeront pas tant que Chavez sera là…

Il laissa sa phrase en suspens. Malko écoutait, perplexe. L'Amérique latine ne portait pas chance à la Maison Blanche. Son aventure cubaine [1] lui en avait appris beaucoup, quelques mois plus tôt. Les Américains, paralysés par la peur politique, ne voulaient plus opérer directement. Ce qui amenait des dérives dangereuses. Pourtant, la CIA était techniquement très capable d'organiser la liquidation physique de Hugo Chavez. Mais il fallait un feu vert politique.

Il posa ses couverts et fixa Frank Capistrano.

– Frank, dit-il, *come to the point* [2].

Le conseiller de la Maison Blanche prit le temps de vider son verre de bordeaux.

– O.K., répondit-il, à vous, je peux tout dire. Il y a en ce moment un projet en cours pour éliminer Chavez mais nous n'y sommes pour rien. C'est *purement* national, vénézuélien à 100 %.

– Vous êtes quand même au courant, remarqua Malko.

– Bien sûr, reconnut Frank Capistrano, mais nous n'en sommes pas les sponsors. Depuis le putsch raté

1. Voir SAS n° 159 : *Mission Cuba*.
2. Venons-en au fait.

contre Hugo Chavez en avril 2002, nous avons gardé le contact avec certains de ses instigateurs qui se trouvent maintenant à Miami, où ils se sont rapprochés du clan des anticastristes installés en Floride. Grâce aux contacts de l'Agence avec eux, nous surveillons leurs activités.

— Et vous les aidez à renverser Chavez ? demanda perfidement Malko.

— Non, bien sûr, s'insurgea Frank Capistrano avec une vertueuse indignation. *En aucun cas*, le gouvernement américain ne doit être impliqué dans une élimination physique d'Hugo Chavez. Bien sûr, si cela se produisait, nous ne pleurerions pas des larmes de sang.

La médaille d'or de l'hypocrisie allait être difficile à attribuer aux prochains Jeux olympiques...

— Donc, conclut Malko, vous attendez et vous priez...

Frank Capistrano tordit sa bouche en un ricanement.

— Nous prions *très* fort. Et nous veillons de loin sur ces généraux en exil pour qui nous éprouvons une certaine sympathie...

C'était bien dit.

— Alors, reprit Malko avec une pointe d'ironie, vous ne m'avez pas convié à Washington pour me demander d'assassiner Hugo Chavez ?

— *My God*, non ! Mais nous avons appris quelque chose qui pourrait être utile à ces courageux citoyens vénézuéliens. Une information vitale pour eux que nous aimerions leur communiquer.

— Cela vous est facile, remarqua Malko, grâce à vos contacts indirects avec eux.

— Ce serait intervenir *activement*, rétorqua le conseiller de la Maison Blanche. Le Président s'y oppose. Je vous ai dit que *rien* ne doit nous relier à ces gens qui ont pourtant toute notre estime. C'est lutter pour la liberté que de lutter contre un tyran communiste.

On était de retour en pleine guerre froide.

— Quelle est cette information vitale ? demanda Malko.

La salle à manger était en train de se vider. La brune avait relevé sa voilette pour manger sa glace tandis que son voisin, un chauve corpulent, lui pétrissait la cuisse d'un air franchement libidineux.

— Vous savez que Hugo Chavez et Fidel Castro se téléphonent régulièrement ? demanda Frank Capistrano.

— Vous me l'apprenez.

— Ce n'est pas un secret. Chavez l'appelle pour un oui pour un non. Mais certaines conversations, beaucoup plus secrètes, s'effectuent sur une ligne satellite sécurisée. Dieu merci, grâce à nos contacts anciens dans l'armée vénézuélienne, nous possédons son code de décryptage et nous sommes à même de déchiffrer ces conversations qui portent sur des décisions parfois importantes. Or, récemment, dans l'une d'elles, Hugo Chavez a raconté à Fidel Castro qu'il avait appris l'existence d'un complot monté par des Vénézuéliens en vue de l'assassiner.

— Il le clame partout, remarqua Malko, ce n'est pas un scoop...

— Si, rétorqua Frank Capistrano, il a parlé d'un complot qui venait de démarrer, une information qu'il aurait apprise par une « taupe » à Caracas. Or, cela correspond à ce que nous savons, nous. Et c'est raccroché à un fait précis : la libération récente d'un des instigateurs du putsch de 2002, le général Gustavo Berlusco. Nous savons, par nos amis de Miami, qu'ils comptaient beaucoup sur lui.

— On n'a pas arrêté à nouveau ce général ?

— Berlusco se trouve en Colombie avec sa famille, d'après notre station de Bogota. En plus, Fidel Castro, au cours de cette conversation, a conseillé à Hugo Chavez de laisser se développer ce complot. Afin de prendre la main dans le sac tous les participants et leurs sponsors américains.

– C'est bien vu, reconnut Malko.

Frank Capistrano n'apprécia pas son humour.

– Donc, conclut ce dernier, il faut les avertir d'urgence. Qu'ils arrêtent tout.

– Pourquoi ne l'avez vous pas fait ?

– Nous ne voulons pas mouiller la station de Caracas. L'Agence, avant Chavez, collaborait avec le Service local, la DISIP, et ils échangeaient leurs informations. La DISIP est passée avec armes et bagages dans le camp de Chavez et a balancé les identités de tous nos agents sur place. Nous sommes des pestiférés là-bas et nos rares *case officers* sont aux abois. En plus, le nouvel ambassadeur, William Brownfield, est mort de peur.

– Et vous savez *qui* se prépare à assassiner Hugo Chavez ?

– Non, nous avons fait passer un message par des gens que nous contrôlons à Miami, disant que nous voulions un contact avec leurs amis de Caracas.

– Pourquoi ne pas le transmettre directement par vos amis anticastristes ?

Frank Capistrano eut une moue désabusée.

– Parce qu'ils sont pénétrés jusqu'à l'os par les agents de la DGI cubaine. Je n'ai pas envie que l'information remonte par ce biais jusqu'à Hugo Chavez.

– Vous avez un contact à Caracas ?

L'Américain tira de sa poche intérieure un rectangle de bristol blanc et le posa sur la table.

– Oui. Par Miami, nous savons que l'homme à la tête de cette opération a pour pseudo « Napoléon ». Nous ignorons sa véritable identité. « On » nous a donné un numéro de téléphone d'une personne qui est en contact avec ce « Napoléon ». Un portable :

0414 326 5352. Grâce à la station de Caracas, nous avons pu identifier son propriétaire : une certaine Marisabel Mendoza, demeurant *quinta* California, avenida de la Lagunita, à El Hatillo, une banlieue chic au sud de Caracas.

— Qu'attendez-vous de moi ? demanda Malko, méfiant.

— Que vous alliez à Caracas, sous votre véritable identité, en arrivant par un vol en provenance d'Europe, et que vous contactiez cette personne dans la discrétion la plus absolue. Comme vous avez son adresse, il est préférable de ne pas utiliser le téléphone. Nous ignorons si elle est surveillée.

— Et qu'est-ce que je lui dis ?

— Que vous avez un message pour « Napoléon » de la part de l'Agence. *Normalement*, elle devrait vous faire entrer en contact avec lui.

— Pourquoi ne pas lui délivrer directement le message ?

— Nous ignorons son rôle.

— Quel est exactement le message que vous souhaitez transmettre ?

Frank Capistrano se pencha au dessus de la table et précisa à voix basse :

— C'est d'abord l'information que Hugo Chavez est au courant de leurs projets. Ça, c'est un *fait*. Et ensuite, un conseil : « démonter ».

— Vous avez une idée de la façon dont ces gens veulent se débarrasser de Hugo Chavez ?

— Pas la moindre, avoua le *Special Advisor* de la Maison Blanche. Probablement un *sicario*[1] venu de Colombie. Ils ont peu de chances d'y parvenir.

Malko regarda son expresso, juste apporté par le maître d'hôtel.

---

1. Tueur à gages.

– Et après avoir délivré mon message, qu'est-ce que je fais ?

– *Well*, cette mission est évidemment financée par l'Agence. Or, il n'est pas question de révéler aux contrôleurs financiers qui peuvent être interrogés par une commission parlementaire sa véritable nature. Il suffirait d'une fuite dans le *Washington Post* pour déclencher un séisme politique. Donc, le financement de votre voyage sera affecté à une mission officielle et avouable.

– Une vraie mission ou un leurre ? interrogea Malko.

– Une *vraie* mission pour laquelle vous n'êtes pas obligé de vous défoncer. Vous savez que Hugo Chavez a viré dix-neuf dirigeants de PDVSA pour leurs liens supposés avec l'opposition ? Nous aimerions connaître le profil de ceux qui les ont remplacés. Savoir lesquels sont «retournables». Les deux millions et demi de barils-jour de pétrole nous intéressent beaucoup. Avec votre couverture habituelle de journaliste au *Kurier* de Vienne, vous avez tout à fait le profil.

– Vous voulez donc que j'aille interviewer ces Vénézuéliens ?

– Quelques-uns, au moins, pour justifier les frais de mission. D'ailleurs nous voulons *vraiment* savoir ce qu'ils ont dans le ventre. Nous menons une opération similaire avec certains officiers supérieurs de l'armée vénézuélienne. Si vous restez trois ou quatre jours, ce sera parfait. Le principal est de délivrer votre message à «Napoléon». Cela vous reposera de l'Iran. Quelques jours au soleil en Amérique latine. Je suis sûr que le Venezuela, c'est sympa…

On voit qu'il ne voyageait pas beaucoup… Ostensiblement, Frank Capistrano regarda son énorme Breitling et soupira.

– Il faut que j'y aille.

– La station de Caracas est avertie de ma venue ?

– Nous leur avons transmis un message crypté. Le

COS[1] m'a transmis pour vous un numéro sûr où vous pouvez laisser un message au nom de Norbert. Avec la façon de vous contacter. Mais je ne pense pas que vous en aurez besoin… Voilà tout ce qu'il vous faut, avec la liste des dirigeants de PDVSA.

Il lui tendit une enveloppe cachetée.

– Bien, fit Malko sans enthousiasme, après l'avoir empochée, tandis que l'Américain signait l'addition.

Ils se quittèrent sur le trottoir sur une chaleureuse poignée de main.

– Je ne vous dis pas *good luck* parce que vous n'en aurez pas besoin, conclut Frank Capistrano avec un large sourire. Après l'Iran, vous avez droit à quelque chose de cool.

Il s'éloigna en direction de la Maison Blanche, les mains dans les poches de son manteau, dans l'avenue balayée par un vent glacial. Malko prit la direction de l'*Intercontinental*, le col de son manteau de vigogne relevé. Le seul avantage qu'il voyait à cette étrange mission, c'était de prendre un peu de soleil. Si Alexandra arrivait à se décoller de New York, cela pourrait être effectivement un voyage agréable.

En marchant, il continua à réfléchir aux dernières paroles de Frank Capistrano. Cette mission facile paraissait justement *trop* facile.

Pourquoi utiliser un chef de mission aguerri et le faire venir d'Europe pour quelque chose qui aurait pu être accompli par n'importe quel jeune *case officer* ? Malko était payé pour savoir que dans le monde parallèle, rien n'était gratuit… Plus il y pensait, plus il était convaincu que Frank Capistrano ne lui avait pas tout dit. Cette mission « facile » lui laissait une impression de malaise.

Il avait nettement le sentiment que sous son air bonhomme, Frank Capistrano l'envoyait dans la gueule du loup.

1. Chief of station.

CHAPITRE IV

L'avenida de la Lagunita était bordée de somptueuses villas isolées au milieu de véritables parcs, au gazon impeccable, avec des 4×4 alignés comme à la parade. Ondulant en montagnes russes, elle se perdait ensuite dans une petite forêt abritant le Country Club d'El Hatillo. On se serait cru à Beverly Hills, pas au sud de Caracas. Ici, pas de *barrios* pouilleux, de vieilles demeures décaties ou de piétons loqueteux. Rien que du luxe. Et les barbelés protégeant chaque propriété n'étaient même pas électrifiés ! C'est dire le calme de ce quartier résidentiel.

Malko, au volant de sa Ford de location, étouffa un bâillement. Consciencieux, il avait commencé sa planque à huit heures du matin. Il était arrivé la veille *via* Saint-Domingue et s'était installé à l'hôtel *Tamanaco*, le moins moche de la ville avec sa grande piscine, et une vue imprenable sur l'*autopista* del Este… À cinquante mètres de la *quinta* California, il en surveillait l'entrée sans difficulté. Un peu au petit bonheur la chance. Tout ce qu'il savait, c'est que la personne à contacter, Marisabel Mendoza, habitait là. Il ignorait à quoi elle ressemblait et quel véhicule elle conduisait.

Mais il fallait bien commencer. S'il ne la repérait

pas, il serait toujours temps d'appeler le numéro fourni par Frank Capistrano.

Depuis quelques minutes, l'avenue, jusque-là déserte, s'animait. Des véhicules sortaient d'un peu partout, filant en direction de la Trinidad et Caracas. Malko n'avait pas reconnu la ville ! Toujours aussi laide, pouilleuse, avec ses *barrios* accrochés aux flancs des collines bordant la vallée où se dressait une forêt de buildings tous plus laids les uns que les autres. Étirée d'est en ouest, entre deux *autopistas*, toujours engorgée, la capitale se dégradait en allant vers l'ouest. Le centre historique, de la place Bolivar au palais présidentiel de Miraflores, était devenu un horrible coupe-gorge où on s'aventurait prudemment le jour et pas du tout la nuit… En parcourant le quotidien *El Universal* pour tromper son attente, Malko y avait relevé un fait divers significatif : à deux cents mètres du palais présidentiel, la veille, un jeune homme descendu d'un *barrio* avait logé huit balles dans le corps d'un autre adolescent, simplement pour récupérer ses Nike toutes neuves… Ici aussi régnait la folie des marques…

Férocement.

Il leva les yeux vers le ciel. Quelques pans de bleu. Dans la vallée, un couvercle de nuages gris pesait sur la ville, laissant de temps à autre échapper une pluie tiède. La saison des pluies n'arrivait pas à s'en aller et l'immense piscine du *Tamanaco* demeurait déserte… Malko avait eu un avant-goût de l'atmosphère du pays en empruntant l'*autopista* montant de La Guaira, où se trouvaient le port et l'aéroport, au niveau de la mer, jusqu'à la vallée située à 1 100 mètres d'altitude où s'étalait Caracas. Franchissant l'unique viaduc de cette artère vitale, le chauffeur de taxi s'était retourné, rigolard.

— *Señor*, ce pont va bientôt s'écrouler… On doit le fermer vers Noël. *Es muy malo.*

Depuis une vingtaine d'années, ledit viaduc était en train de s'affaisser, mais toutes les sommes destinées à sa réfection avaient été détournées. La situation devenant urgente, on le bourrait d'injections de béton pour tenter d'éviter la catastrophe absolue. L'*autopista* de La Guaira impraticable, Caracas était coupée du monde ! L'ancienne route, un abominable coupe-gorge, n'était plus qu'un sentier de montagne. Une troisième représentait un détour de quatre heures, et ne pouvait accueillir les camions...

Fatalistes et abrutis par les rythmes endiablés du « regatton », les Vénézuéliens préparaient Noël sans souci.

Malko se raidit : une voiture venait d'émerger de la *quinta* California. Un 4×4 noir aux vitres fumées qui prit la direction de Caracas. Impossible, à cause des vitres noires, de distinguer ceux qui se trouvaient à l'intérieur. Il prit néanmoins le risque de suivre le véhicule. À un moment il s'arrêterait bien et il découvrirait qui s'y trouvait. Son message délivré, il tenterait de contacter quelques dirigeants de PDVSA puis sauterait dans le premier avion pour New York, où Alexandra avait décidé de l'attendre. Il frémissait en pensant à l'orgie d'achats à laquelle elle se livrait. Bientôt, le château de Liezen ne serait plus qu'un immense dressing-room...

Ils traversèrent le ravissant village d'El Hatillo, vitrine de l'artisanat local, pour s'engager sur la vieille *autopista* sinueuse montant vers Caracas. Des collines, encore des collines. Tantôt recouvertes de la lèpre des *barrios*, tantôt de buildings hypermodernes.

La circulation augmenta et bientôt, ils roulèrent au pas. Visiblement conduite par quelqu'un d'énergique, la Jeep Cherokee noire se faufilait entre les files. Les conducteurs vénézuéliens étaient plutôt cool : pas de queues de poisson, pas de coups de klaxon, on se glissait sans hâte et sans règle dans le magma automobile, les feux rouges n'étant qu'indicatifs. Brutalement, Malko dut freiner : un infirme en fauteuil roulant était immobilisé au beau milieu de *l'autopista* !

Il crut à un malheureux égaré, puis aperçut les billets de loterie *cinquo to seis* brandis par l'infirme. C'était tout simplement un *buhonero*, un des vendeurs des rues qui pullulaient dans Caracas.

L'économie parallèle.

Stoïque, le malheureux zigzaguait entre les voitures qui parvenaient à ne pas l'écraser. Ce qu'on appelle gagner sa vie à la sueur de son front.

Un peu plus tard, apparut sur la droite le bâtiment pyramidal du *Tamanaco*. Ils allaient rejoindre *l'autopista* Francisco-Fajardo, filant vers le centre, déjà pratiquement bloquée.

Devant lui, la Cherokee déboîta et il faillit se faire surprendre. Juché sur le mur séparant les deux voies de l'*autopista*, un policier botté regardait, impuissant, les voitures bloquées qui l'asphyxiaient consciencieusement.

Angel Santano, le directeur du département Investigation et action immédiate de la DISIP, s'assit face à la fenêtre à travers laquelle on apercevait un drapeau vénézuélien noirci par la pollution, pendant tristement au milieu de palmiers desséchés. Seul signe extérieur de l'appartenance du Service au ministère de l'Intérieur. À part ce modeste étendard, « l'hélicoïde » pouvait passer pour un temple maya pourri par l'humidité, ou pour un habitat de troglodytes. Coincé entre l'avenida Nueva-Granada toujours encombrée et quelques *barrios* particulièrement pouilleux, on y accédait par une porte d'acier massif, à l'arrière, au bout d'une rue défoncée donnant dans l'avenida Victoria.

Des policiers en uniforme noir, portant dans le dos le sigle DISIP en grandes lettres jaunes, et particulièrement redoutés de la population pour leur brutalité, la gardaient jour et nuit. Il faut dire que les habitants des *barrios* voisins n'étaient pas non plus des anges...

Angel Santano se tourna vers Manuel Cordoba, le responsable de la 4e Section de la DISIP, chargée des écoutes téléphoniques.

— *Bueno*, Manuel, j'espère que tu as quelque chose d'intéressant là-dedans !

Il désignait du regard un énorme dossier vert posé devant le fonctionnaire. Celui-ci, moustachu à l'allure joviale et au crâne dégarni, n'eut pas le temps de répondre. La porte venait de s'ouvrir sur un homme maigre au teint très sombre, la quarantaine, les cheveux frisés.

— *Me disculpe*, dit-il avec un fort accent cubain, *este puta de tráfico !*

— Manuel, tu connais le colonel Montero Vasquez ?

— *Si, si*, assura le responsable de la 4e Section, avec un vague sourire.

Le colonel Montero Vasquez était un des conseillers cubains imposés par la présidence qui pullulaient au sein de la DISIP, rapportant tout ce qui s'y passait, d'abord au conseiller principal cubain, installé au palais Miraflores et, ensuite, à l'ambassadeur de Cuba, en poste à Caracas depuis dix ans. Angel Santano alluma sa dixième cigarette de la journée. Nerveux. Après cette réunion, il devait rencontrer le nouveau patron de la DISIP, le général Miguel Torrès, pour lui remettre un rapport sur l'affaire dont ils allaient discuter. Et il savait que son rapport filerait directement à la présidence.

Manuel Cordoba prit son courage à deux mains et se lança :

— *Bueno*, annonça-t-il, je n'ai encore aucun résultat concret...

Angel Santano fronça les sourcils et ôta ses lunettes rectangulaires, signe d'exaspération.

– Comment ! Après dix jours d'écoutes, tu n'as *rien* !

Les épaules de Manuel Cordoba s'affaissèrent.

– *Si, claro*, j'ai une trentaine d'écoutes, mais rien d'intéressant dedans. Aucun des correspondants de « Mickey » n'est fiché chez nous ou repéré pour des activités ou des contacts avec les *escualidos*[1].

– Qui est « Mickey » ? demanda avec douceur le Cubain.

Angel Santano remit ses lunettes.

– Notre source, dit-il sans s'étendre.

Pas question de livrer aux Cubains un tel secret qui était *son* capital. Déçu, il insista :

– Il a été pris en compte par la Seconde Section ? Celle des filatures et des étrangers.

– Oui. Il rencontre beaucoup de gens et c'est difficile de tous les identifier, mais ils ont été photographiés. Les enquêtes d'environnement sont en cours.

– *Bueno*, marmonna Angel Santano.

Il était bon pour un second déjeuner à *El Barquero*. Il aurait dû se douter qu'on ne piégeait pas facilement un vieux renard comme Teodoro Molov. Au moment où il se levait, le Cubain lança de la même voix douce :

– Pourquoi ne pas interroger cette source de façon efficace ?

C'est-à-dire en le torturant un peu. Angel Santano repoussa sa chaise et répondit sèchement :

– Nous ne travaillons pas comme ça, ici.

Enfin, pas toujours. Mais torturer un homme comme Teodoro Molov était politiquement impossible. Un communiste, un journaliste et un ami de Fidel Castro, même s'il tirait tous les jours à boulets rouges sur Hugo Chavez. Les médias se déchaîne-

---

1. Littéralement, les gringalets : les opposants.

raient contre la DISIP, qui n'avait déjà pas bonne réputation.

Angel Santano se dirigea avec des semelles de plomb vers le bureau du général Miguel Torrès.

* *

Marisabel Mendoza ouvrit la boîte à gants et en sortit le Glock 9 mm qui ne la quittait jamais. Lâchant le volant quelques secondes, elle vérifia, en reculant la culasse, qu'il y avait une cartouche dans le canon et posa l'arme à côté d'elle. Elle reporta les yeux sur le rétroviseur.

Elle était suivie.

Elle s'en était aperçue en traversant Trinidad. Une Ford blanche avait grillé le feu pour la suivre... Depuis, le véhicule blanc ne la lâchait pas. Les prémices d'un kidnapping, ou d'une réaction violente des « talibans », les partisans de Chavez ?

On l'avait déjà mise en garde. Ses déclarations flamboyantes anti-Chavez lui attireraient des ennuis. On la suivrait jusqu'en ville et quand elle s'arrêterait, des complices surgiraient et l'entraîneraient. Ensuite, on négocierait avec la famille en menaçant de la défigurer ou de lui couper une oreille. En quelques heures, tout serait réglé pour quelques millions de *bolos*.

Ou alors, on la suivait pour la dépouiller après ses achats. La tuant au besoin...

Le mieux était de frapper la première.

Elle empoigna son portable et appuya sur une touche, appelant un numéro en mémoire.

* *

La Cherokee noire se traînait avenida del Libertador, après avoir quitté l'*autopista* Francisco-Fajardo. Elle tourna dans une petite rue et s'engouffra dans le parking souterrain de l'énorme centre commercial Sambil.

Troisième sous-sol, des milliers de voitures. Sans doute pour exercer le sens de l'observation des clients, aucune place ne portait de numéro. Des distraits passaient parfois des heures à la recherche de leur véhicule, sans le moindre point de repère. La Cherokee se gara dans un coin désert et Malko, qui venait de stopper à quelques mètres, vit en descendre une magnifique brune au chignon imposant, vêtue d'une veste de fausse panthère très courte et d'un jean extrêmement moulant, montée sur des escarpins de choc. Elle s'éloigna vers un des accès du centre commercial, en balançant les hanches comme si elle dansait.

Ce pouvait être Marisabel Mendoza, le contact pour arriver à «Napoléon». Malko fit quelques pas dans sa direction. Il n'avait pas parcouru trois mètres qu'un bras musculeux se referma autour de son cou, l'étranglant à moitié. L'homme surgi sur ses talons fit à son oreille :

– Ne bouge pas, *coño*[1] !

Malko obéit. Un second personnage se matérialisa devant lui. Pas sympathique. Le front dégarni, un visage en lame de couteau, une moustache tombante sur un menton fuyant. Il lui piqua le ventre avec la pointe d'un poignard, tandis que de l'autre main, il le palpait rapidement sous toutes les coutures. Il récupéra son passeport, l'ouvrit et leva les yeux sur Malko, visiblement surpris. Le second, qu'il n'avait pas encore vu, collé à lui par-derrière, l'étranglait toujours.

L'homme au poignard lui lança :

– Va fouiller sa voiture.

Malko put enfin respirer, la pointe du poignard

1. Connard.

piquant toujours son ventre, juste au-dessus de la ceinture.

– ¡ *Nada !* cria celui qui venait d'inspecter sa Ford.

Le moustachu reprit, menaçant :

– Pourquoi suivais-tu Doña Marisabel ?

Donc, Malko avait filé la bonne personne.

– Vous pouvez la joindre ? demanda-t-il.

– Pourquoi ?

– Dites-lui que je cherche à joindre « Napoléon ».

L'autre lui fit répéter deux fois. Il s'écarta et sortit un portable de sa poche. Malko aperçut enfin celui qui l'avait agressé par-derrière. Massif, les cheveux abondants rejetés en arrière, un gros ventre et un visage plat d'Indien, avec de petits yeux noirs pleins de méchanceté.

Le moustachu revenait.

– Doña Marisabel vous attend au stand Nokia, à l'étage *autopista*. L'escalier roulant est là-bas, annonça-t-il.

Il rentra son poignard et les deux hommes s'engouffrèrent dans une Kia aux vitres fumées.

Le cou encore douloureux, Malko se dirigea vers l'Escalator.

La glace était rompue.

***

Des milliers de téléphones portables, une foule compacte, de la musique à tue-tête, des centaines de boutiques dans un dédale de couloirs… Malko repéra Marisabel Mendoza devant le stand Nokia et s'approcha, derrière elle.

– *Señora* Mendoza ?

La Vénézuélienne se retourna et il fut frappé par sa beauté. Des yeux verts soulignés de noir, une bouche immense et pulpeuse, très rouge. Par l'entrebâillement de la veste, un haut fuchsia échancré en V découvrait une bonne partie d'une poitrine qui, si elle n'était pas refaite, était un miracle de la nature. La Vénézuélienne toisa Malko avec un mélange de curiosité et de méfiance.

– Qui êtes-vous ? lança-t-elle d'un ton agressif. Pourquoi me suiviez-vous ?

– Je désirais vous parler.

– Pourquoi ne pas avoir sonné chez moi ou téléphoné ? Je suis dans l'annuaire.

Malko sourit.

– On m'a recommandé d'être discret. Je dois transmettre un message à « Napoléon ».

À cause de la rumeur de la foule, personne ne pouvait surprendre leur conversation.

– Je ne connais pas de Napoléon. Qui vous a donné ce nom ?

– Quelqu'un de Miami.

Elle le toisa longuement, sans répondre, puis, d'un ton plus calme, remarqua :

– Vous avez été très imprudent. Je pensais que vous vouliez me kidnapper ou m'attaquer. Ici, on tue les gens pour 40 000 *bolos*[1]. Rien que pour ma montre, on m'égorgerait cent fois…

Elle lui mettait sous le nez une Breitling Callistino croulant sous les rubis. Un peu déhanchée et tellement provocante que Malko ne put s'empêcher de dire en souriant, les yeux dans les siens :

– *Señora*, je n'ai jamais pensé vous voler. Vous violer, peut-être, maintenant que je vous vois…

Devant ce compliment direct, Marisabel Mendoza détourna les yeux et conclut :

– *¡Bueno!* Il s'agit sûrement d'une erreur. Je ne connais pas de Napoléon.

– Je suis au *Tamanaco*, suite 766. Linge, compléta Malko.

---

1. Environ 20 euros.

Il « vit » ses neurones se mettre en route, mais elle ne réagit pas autrement, et se contenta d'ajouter avant de tourner les talons :

– Miguelito et Raul auraient pu vous égorger. *Hasta la vista*, *señor* Linge.

Il la regarda se perdre dans la foule, avec un balancement des hanches qui donnait envie de continuer à la suivre. Comme beaucoup de Vénézuéliennes, elle avait une chute de reins à tomber.

Lorsqu'il arriva au *Tamanaco*, une averse tropicale lâchée par un ciel d'un noir d'encre avait fait évacuer la piscine. Un groupe de filles très jeunes et très sexy discutait dans le *lobby*, en regardant tomber la pluie. Malko gagna le bar où il se fit servir une vodka. Se demandant si Marisabel Mendoza allait le rappeler.

* *

Deux jours à jouer à cache-cache avec les averses incessantes qui lui faisaient fuir la piscine. Consciencieux, Malko avait consacré un peu de temps à sa mission officielle, contactant par téléphone une demi-douzaine de dirigeants de PDVSA. Il avait même réussi à en rencontrer trois, visiblement chavistes bon teint, qui ne semblaient pas « retournables ».

En attendant un signe de vie de « Napoléon ». Il s'était donné encore vingt-quatre heures avant de reprendre l'avion, après en avoir averti téléphoniquement Marisabel Mendoza.

Il était en train de se demander dans quel *steakhouse* merdique il allait dîner lorsque le téléphone sonna.

– Une personne vous attend dans le *lobby*, *señor* Linge, annonça une voix d'homme.

Enfin !

Marisabel Mendoza se tenait juste en face des ascenseurs. Aussi sexy que dans son souvenir. Ses étincelants yeux verts soulignés de noir, la bouche d'un rouge éclatant, une courte veste en fausse panthère ouverte sur un débardeur bien rempli, une large ceinture de cuir retenant un pantalon de soie noire très ajusté.

– *Buenas tardes*, dit-elle en lui tendant une main aux très longs ongles rouge sang. *Vamos*.

Il la suivit, ayant du mal à détacher les yeux d'une croupe callipyge moulée par la soie noire. La Jeep Cherokee était garée dans le parking. Dès que Malko s'y fut installé, Marisabel se tourna vers lui.

– Nous allons rencontrer «Napoléon», annonça-t-elle. Je suis obligée de vous bander les yeux.

Il faillit éclater de rire, mais se retint. En Amérique latine, on en faisait toujours un peu trop.

– Si c'est nécessaire..., fit-il en souriant.

Marisabel Mendoza tira de son sac un foulard noir épais et lui banda les yeux. Il fut tenté de se dire que la vie de Hugo Chavez n'était pas vraiment en danger avec des comploteurs de cet acabit. Il se laissa aller tandis que la jeune femme descendait sur les chapeaux de roues les lacets menant à l'avenida principal de Las Mercedes.

– Nous allons loin? demanda-t-il.

– Non.

Le parfum lourd de la jeune femme emplissait le petit espace et Malko, sous son bandeau, se mit à fantasmer. Après vingt minutes, la Cherokee s'arrêta enfin. Il entendit le grincement d'un portail qui coulissait, le véhicule redémarra et stoppa. D'un geste rapide, Marisabel Mendoza lui ôta son bandeau.

– Nous sommes arrivés! annonça-t-elle. Descendez.

* *
*

Un homme attendait sur le perron d'une villa aux murs blancs éclairés par des projecteurs. Grand, très maigre, un nez important et des yeux de batracien, vêtu d'une chemise mexicaine brodée et d'un pantalon au pli impeccable.

Malko parcourut sur les pavés inégaux les quelques mètres qui le séparaient de lui et l'inconnu lui tendit la main.

– *Buenas noches*, dit-il. Je suis « Napoléon ». Entrez.

Malko le suivit, découvrant un intérieur raffiné, regorgeant d'œuvres d'art, de tableaux, de statues, jusqu'à un petit salon occupé par un grand canapé et deux fauteuils en argent massif ciselé. Sur la table basse en verre épais, le goulot d'une bouteille de champagne Taittinger dépassait d'un seau à glace. Tout sentait le luxe, le raffinement et la richesse.

Une petite Indienne au visage plat, vêtue d'une robe tombant jusqu'aux chevilles, surgit, pieds nus, et fit sauter le bouchon de la bouteille de champagne, puis remplit trois flûtes de cristal. Le temps pour Marisabel Mendoza d'ôter sa veste, « Napoléon » leva sa flûte en direction de Malko et lança d'une voix vibrante d'émotion :

– Je suis fier d'accueillir ici un allié de poids dans notre projet. Vive l'amitié américano-vénézuélienne ! Vive la CIA ! Mort à Hugo Chavez !

Tétanisé, Malko leva machinalement sa flûte de champagne. Se disant que de petits malentendus naissent parfois de grandes catastrophes.

CHAPITRE V

Le champagne bu, « Napoléon » apostropha Malko d'un ton presque comminatoire.

– *Señor* Linge, pouvez-vous me confirmer que vous venez de la part des autorités américaines ?

C'eût été stupide de nier.

– De *certaines* autorités, précisa cependant Malko.

– Qui engagent l'Administration américaine ?

On était sur un terrain glissant et Malko botta en touche :

– Je suis à Caracas pour vous délivrer un message de la part de très hautes autorités américaines, confirma-t-il.

– Vous n'êtes pas américain ?

C'est Marisabel Mendoza qui avait posé la question.

– Non, confirma Malko, mais je suis envoyé par des Américains. Même s'il s'agit d'une démarche officieuse.

Ces précisions semblèrent apaiser le maître de maison. Il prit Malko par l'épaule, geste fréquent en Amérique latine, et l'entraîna vers une petite mais élégante salle à manger.

– J'ai prévu que nous dînerions ensemble, expliqua-t-il. Désormais, je peux vous révéler ma véritable identité. Je m'appelle Francisco Cardenas.

– Enchanté, assura Malko en s'asseyant.

Mal à l'aise quand même. En dépit des regards brûlants que lui expédiait la pulpeuse Marisabel Mendoza, il avait l'impression de s'embarquer dans un grave malentendu…

La petite *chula* apporta une *Caesar Salad* et presque aussitôt d'énormes morceaux de viande sur des planchettes de bois, accompagnés de purée d'avocat et de *yuca*[1].

C'était la trêve.

Ils dînèrent rapidement et Malko ne toucha guère au vin chilien, sombre comme de l'encre. Quelques fruits et ils se retrouvèrent dans le petit salon.

– Voulez-vous vous laver les mains ? proposa Francisco Cardenas. Marisabel va vous guider.

Tandis qu'il s'installait sur le grand canapé d'argent, Marisabel précéda Malko le long d'un petit couloir et s'arrêta, lui montrant une porte.

– C'est là.

Le couloir était si étroit qu'ils se retrouvèrent pratiquement collés l'un à l'autre, les pointes des seins de la jeune femme effleurant la veste de Malko. Cela ne dura que quelques secondes, assez pour le troubler. Son regard rivé au sien, la Vénézuélienne dit d'une voix cassée par l'émotion :

– Merci de venir nous aider…

*
* *

Lorsqu'il revint dans le salon, Marisabel Mendoza et Francisco Cardenas s'étaient déjà resservis de Taitinger. Le maître de maison attendit que la flûte de Malko soit également remplie pour lancer :

– *Bueno*. Annoncez-nous maintenant la bonne nouvelle. Comment allez-vous participer à notre projet ?

1. Manioc.

Malko soutint son regard. C'était le moment difficile.

— Je suis venu surtout vous mettre en garde, annonça-t-il.

Francisco Cardenas se raidit.

— En garde ? Mais contre qui ?

— Il semble que le président Hugo Chavez soit au courant de ce que vous préparez, répondit Malko avec précaution.

Les deux Vénézuéliens se figèrent. Francisco Cardenas devint encore plus blafard et dit d'une voix mal assurée :

— C'est impossible !

— Hélas, si, confirma Malko. C'est même la raison de mon voyage ici.

Avec le plus de détails possibles, il relata l'interception des conversations Chavez-Castro par la NSA américaine. Ses interlocuteurs se décomposaient à vue d'œil. Lorsqu'il eut terminé, Francisco Cardenas secoua lentement la tête et répéta :

— C'est im-pos-si-ble. Tous ceux qui sont au courant de nos intentions, j'en réponds comme de moi-même.

Malko ne perdit pas son flegme. C'était toujours difficile d'annoncer de mauvaises nouvelles.

— Ces écoutes ne mentent pas, répéta-t-il. Il y a donc un traître parmi vous.

Silence assourdissant. Un ange traversa la pièce, disparaissant dans le jardin sombre. Le vol noir du corbeau. Les traits de Marisabel semblaient s'être fripés d'un coup. Elle contemplait désormais Malko comme s'il avait des cornes et des pieds fourchus. Même ses seins épanouis semblaient s'être recroquevillés. Penché vers lui, Francisco Cardenas dit d'une voix tremblante de certitude :

— Ici, à Caracas, nous ne sommes que *trois* à savoir.

— Quatre, corrigea Marisabel d'une voix blanche. Teodoro. Il nous a entendus l'autre soir.

Le maître de maison balaya Teodoro d'un revers de main péremptoire.

— Il est de notre côté. Tous les jours, il attaque la *Bicha* dans son journal. Chavez a dit publiquement de lui que c'était un suppot de la contre-révolution. Et c'est un homme d'honneur qui ne trahirait ses amis pour rien au monde.

De nouveau, on basculait dans le lyrisme tropical.

— Il y a peut-être une explication, avança Malko : vous avez été écoutés.

— Nous ne parlons jamais au téléphone, nous n'envoyons ni fax ni mails. Nous ne correspondons que par des messagers sûrs.

— Et ici, dans cette maison, il n'y a pas de micros ?

Francisco Cardenas eut un sourire malin.

— J'ai tout fait vérifier par un technicien de Telcel. Il n'y a rien.

Malko eut un geste d'impuissance.

— Je ne peux rien ajouter. Cette mise en garde est le motif de mon voyage ici.

Une lueur hostile passa dans les yeux de batracien du Vénézuélien. Il demanda d'une voix beaucoup trop douce :

— Et quel est le conseil que vous nous donnez ?

— Démonter. Ce serait de la folie de continuer en se sachant surveillés.

L'atmosphère s'était brutalement alourdie. Marisabel Mendoza fumait nerveusement. La petite *chula* apparut, silencieuse comme une ombre avec ses pieds nus, mais Francisco Cardenas la renvoya d'un geste sec.

— Si nous renoncions à notre projet, demanda-t-il, qui va débarrasser le Venezuela de Hugo Chavez ?

— Dieu, peut-être, dit Malko avec un demi-sourire ; s'il est du bon côté.

D'après leurs visages fermés, les deux comploteurs ne semblaient pas croire à l'aide divine. Marisabel Mendoza retrouva sa voix pour relever :

— Si les « talibans » étaient au courant, ils nous auraient déjà arrêtés, non ?

Malko n'avait rien à répondre. Francisco Cardenas se pencha à nouveau dans sa direction.

— Vous êtes donc venu nous demander, de la part des Américains, de stopper notre projet d'élimination de Hugo Chavez.

— Dans *votre* intérêt, souligna Malko.

Le maître de maison échangea un long regard avec Marisabel et conclut :

— *Bueno*. Marisabel va vous ramener au *Tamanaco*. Je vais réfléchir et nous vous recontacterons demain ou après-demain au plus tard.

Les adieux furent nettement plus froids que l'accueil. Marisabel Mendoza ne desserra pas les lèvres jusqu'à l'arrivée à l'hôtel. Lorsqu'il descendit de la Cherokee, elle le salua d'un « *buenas noches* » qui était une invitation au cauchemar. Décidément, la vieille coutume de tuer les porteurs de mauvaises nouvelles avait traversé les siècles.

Furieux, Malko se dit qu'il était obligé de prolonger son séjour au Venezuela.

*
**

À onze heures du soir, Hugo Chavez était encore à son bureau du palais Miraflores, ce qui n'était pas inhabituel. Souvent, il travaillait une partie de la nuit, avalant des dizaines de cafés qui avaient remplacé les cigarettes depuis qu'il ne fumait plus. Pour se détendre, il téléphonait à ses collaborateurs ou à des femmes.

Jamais à des amis : il n'en avait plus, à part Fidel Castro, qu'il n'aurait jamais osé déranger dans son sommeil. Dans l'antichambre de son grand bureau, huit de ses gardes du corps vêtus de noir somnolaient ou jouaient aux cartes. Chavez était imprévisible. Il pouvait travailler jusqu'à quatre heures du matin ou, brusquement, décider de dormir dans la « suite japonaise », l'appartement de fonction du palais présidentiel, tout habillé.

Dans ce cas, deux de ses gardes du corps dormaient littéralement couchés devant la porte de l'appartement, les autres se répartissant entre la grande cour carrée et les accès à la partie réservée. C'est Fidel Castro qui l'avait conseillé pour sa sécurité rapprochée, un jour où ils se promenaient ensemble à Ciudad Bolivar, en 2001.

« Ils vont te tuer, avait prédit le Lider Maximo. Tu dois faire très attention. »

Depuis, Hugo Chavez avait réorganisé son dispositif.

Il utilisait rarement les téléphones satellite pour ne pas être localisé. Le général Doudaiev, quelques années plus tôt, avait perdu la vie pour avoir négligé cette précaution. Alors qu'il se trouvait dans une planque sûre en Tchétchénie, Boris Eltsine l'avait appelé sur son téléphone satellite. Le temps pour des Sukhoï-25 qui tournaient au-dessus de la Tchétchénie d'ajuster leurs missiles, grâce à la localisation du téléphone.

Hugo Chavez ne se déplaçait jamais sans une douzaine de gardes de sécurité triés sur le volet, chavistes de longue date, renforcés par des Cubains prêtés par Castro. Ils ne lâchaient jamais Chavez d'une semelle, le forçant, lorsqu'il était en public, à enfiler un gilet pare-balles en Kevlar qui alourdissait encore sa silhouette. Lorsqu'il rendait visite à sa plus jeune fille, à Barquisito, il le décidait toujours à la dernière minute.

Des éléments sûrs de la DISIP et des Bérets rouges assuraient la protection de Miraflores et des lieux où Chavez séjournait, même pour une très courte durée.

Fatigué, il interrompit la lecture d'une liste de promotions qu'il devait ratifier. Il avait du mal à lire les petits caractères. Il se leva, enclencha un CD d'Agumiel, sa chanteuse favorite, et le son mélancolique d'un *joropo llanero* s'éleva dans le grand bureau.

Hugo Chavez se leva et fit quelques pas dans la pièce dont la solennité l'avait intimidé au début. Les lourds rideaux et l'énorme lustre de cristal lui donnaient un côté un peu vieillot. Le président du Venezuela s'arrêta devant le vieux globe terrestre déjà là à son arrivée et médita quelques instants devant les petits drapeaux qu'il avait plantés sur les pays qui l'intéressaient, dont il voulait faire sa sphère d'influence. Puis il posa son regard sur l'immense portrait en pied de Simon Bolivar, au fond de la pièce.

Son modèle.

Ragaillardi, il retourna à son bureau terminer sa lecture. Le dernier document était un court rapport d'Angel Santano, le numéro 2 de la DISIP, disant que les recherches entreprises sur la source « Mickey » n'avaient rien donné. Donc, il ne pouvait fournir aucune nouvelle précision sur le complot supposé en cours.

Hugo Chavez regarda pensivement le rapport. À lui, Angel Santano avait révélé l'identité de la source : Teodoro Molov. Quelqu'un de sérieux. Hugo Chavez se dit qu'il allait être obligé de le convoquer pour lui tirer les vers du nez. Teodoro n'oserait pas lui tenir tête.

Pendant quelques instants, il se sentit envahi d'une vague angoisse, puis décida de se changer les idées.

Délaissant sa ligne officielle, théoriquement protégée, mais en réalité décryptée par les Américains, il composa un numéro sur son portable. Lorsqu'on décrocha, il lança, enjoué :

— Miranda je ne te réveille pas ?

Une voix féminine murmura aussitôt d'un ton
alanguie :

– *¡ Mi vida ! ¿ Que tal ?*

– J'ai envie de toi, fit brutalement Hugo Chavez.

Complètement réveillée, sa maîtresse répondit d'un
ton mutin :

– Saute dans ta voiture et viens, *mi amor* !

– Il faut que je dorme un peu ! soupira Hugo Chavez. J'essaierai de m'échapper samedi ou dimanche.

– Tu viens quand tu veux ! proposa la jeune
femme, sa dernière maîtresse en date, qui avait suc-
cédé à une hôtesse de l'air argentine.

Il avait toujours aimé les femmes, en faisant une
consommation effrénée, même durant ses deux
mariages. Miranda, l'élue actuelle de son cœur, avait
un avantage énorme sur ses rivales : elle était blonde.
Comme sa seconde femme. Hugo Chavez, né dans
une ville de province où il n'y avait que des brunes,
adorait les blondes.

La conversation dura une dizaine de minutes. À
cinquante ans, il se sentait comme un jeune homme,
avec à son tableau de chasse récent une correspondante de la télévision Al-Jazira, une Miss Venezuela
et même une jeune groupie de vingt-trois ans.

L'avenir était souriant.

Brutalement, il n'avait plus envie de travailler.
Enfilant sur sa chemise à col ouvert la veste de son
costume Brioni, il sortit du bureau, aussitôt encadré
par ses officiers de sécurité.

– *¿ Adonde vamos, señor Presidente ?* demanda le
responsable.

– Forte Tiuna.

La plus grande installation militaire du Venezuela.
Hugo Chavez y squattait l'appartement normalement
réservé au ministre de la Défense.

Plusieurs véhicules attendaient dans la cour carrée
du palais présidentiel, à côté du jet d'eau central.

Trois Mercedes 560 SEL noires et deux Land Cruiser également noires. Toutes blindées et munies de contre-mesures électroniques installées par les Cubains.

Personne ne savait jamais à l'avance quel véhicule il allait utiliser.

Ce soir, il se dirigea vers la deuxième Mercedes dont le chauffeur mit aussitôt en route. Un de ses gardes du corps monta à côté de lui, tandis que les autres se répartissaient dans les deux autres limousines. Quatre motards de la DISIP sautèrent sur leur machine. Cinq minutes plus tard, le convoi traversait en trombe la place O'Leary. À cette heure tardive, les motards, qui, de jour, repoussaient à coups de botte les voitures ralentissant leur course, n'étaient guère utiles.

Ils atteignirent Forte Tiuna en huit minutes. Presque assoupi sur le siège arrière, Hugo Chavez rêvait de sa « blonde atomique ».

* *
*

Marisabel Mendoza et Francisco Cardenas se regardaient en chiens de faïence. Après avoir déposé Malko au *Tamanaco*, la jeune femme était revenue ventre à terre au Country Club. Le Vénézuélien l'attendait en fumant nerveusement.

– J'ai compris, lança-t-il dès qu'elle se fut assise, ces salauds d'Américains se dégonflent une fois de plus ! Rien de ce qu'il a dit n'est vrai. Sinon, nous serions déjà à « l'hélicoïde » !

– *¡ Claro que sí !* approuva la jeune femme, raide de fureur. Ils disent qu'il faut tuer Chavez mais ils ont peur. Ils ont peur de nous. Si ça se trouve, c'est eux qui nous ont balancés...

– Non, rétorqua Francisco Cardenas, il a tout inventé ! Personne ne peut avoir trahi.

– Tu as vraiment confiance en Teodoro ? demanda la jeune femme, se faisant l'avocat du diable.

Cardenas lui jeta un regard méprisant.

– Je le connais depuis vingt ans. C'est un homme droit, un *caballero*. Il déteste sincèrement Chavez parce qu'il l'a percé à jour. Regarde le mal qu'il se donne pour lutter contre lui.

– Alors, qu'est-ce qu'on fait ?

– On continue. Gustavo m'a fait savoir qu'il va revenir de Colombie ces jours-ci, avec ce dont nous avons besoin.

– *Muy bien*, approuva Marisabel. Et le type de ce soir ? Si on le tuait ?

Toujours excessive, Marisabel…

– Non, cela risquerait de braquer nos amis du Nord, objecta Francisco Cardenas. Je vais trouver une idée.

La jeune femme se leva.

– J'y vais. Demain, il faudra prendre une décision.

Dès qu'elle fut partie, après avoir activé la clôture électrifiée, vérifié la fermeture des portes et les alarmes, Francisco Cardenas gagna sa chambre et se déshabilla. Il alluma une dernière cigarette, bravant l'interdiction de son médecin. Il l'avait fumée à moitié lorsqu'un glissement lui fit lever les yeux. Sinaia, la petite *chula*, venait de se glisser dans sa chambre, uniquement vêtue d'un long pagne, pieds nus, son visage plat totalement inexpressif. Sans un geste inutile, elle s'agenouilla sur le lit, entre les jambes maigres du vieux Vénézuélien, se pencha et commença à frotter doucement ses seins aigus comme des silex contre le slip de son maître.

Francisco Cardenas faillit la repousser, puis se dit qu'on ne vivait qu'une fois et lui adressa un sourire d'encouragement.

Il avait ramené Sinaia d'un voyage à Ciudad Bolivar, sur l'Orénoque. Une partie de chasse. Elle dormait dans un hamac, au soleil, un peu à l'écart du village, et cela l'avait excité. Il avait été son premier amant blanc, et ensuite, tout naturellement, il lui avait proposé de la ramener à Caracas.

Depuis, Sinaia allait de surprise en surprise. Les Blancs étaient vraiment des gens bizarres. Si elle avait eu tout cet argent, elle n'aurait pas bougé de la journée. Lui se démenait sans arrêt, criait au téléphone, recevait des gens, se disputait. Prenant juste le temps de lui enseigner les finesses de la fellation, par l'intermédiaire d'une putain colombienne de ses amies. Son médecin lui avait recommandé cette pratique plutôt que le coït, plus fatigant pour le cœur.

Sinaia commençait à s'activer : le balancement de ses seins contre le tissu avait fini par créer une magnifique érection. Doucement, elle souleva l'élastique, dégageant le sexe qui lui rappelait les *cohetones*, les petites fusées rouges des feux d'artifice dont raffolaient les Vénézuéliens. Admirative et bien dressée, elle murmura :

– *Es una culebra de agua*[1].

Cela avait été sa première surprise : les Indiens avaient des sexes beaucoup plus petits que les Blancs. Et elle s'était aperçue que cette remarque ravissait son maître. Celui-ci, pour l'encourager, pesa sur ses cheveux lisses et enfonça la moitié de l'anaconda au fond de son gosier. Admirable succès de la civilisation : cette petite primitive suçait désormais comme la meilleure des putains.

Très vite, il sentit la sève monter et cria en se vidant dans la bouche de Sinaia.

C'est en s'endormant, un peu plus tard, qu'il trouva la parade à la trahison des Américains.

1. On dirait un anaconda.

CHAPITRE VI

Allongé au bord de la piscine du *Tamanaco*, Malko terminait son flirt téléphonique avec Alexandra, qui grelottait six mille kilomètres plus au nord, dans le blizzard new-yorkais.

– À demain ! lança-t-il avant de raccrocher.

Deux jours s'étaient écoulés depuis la soirée chez Francisco Cardenas, « Napoléon » pour la CIA. La veille au soir, il avait laissé un message sur le portable de Marisabel Mendoza, annonçant son départ le lendemain. Il avait réservé sur le vol American Airlines pour New York de 18 heures.

Profitant d'un maigre rayon de soleil qui avait réussi à percer le couvercle des nuages, bercé par le grondement de l'*autopista* voisine, il profitait de ses dernières heures au Venezuela sans même pouvoir se baigner : l'eau de la piscine était glacée. Il aperçut soudain une femme débouchant de l'hôtel. En dépit des lunettes noires, il la reconnut immédiatement à sa silhouette.

Marisabel Mendoza.

Elle se dirigea vers lui d'un pas décidé. Pull moulant jaune canari, jean serré et escarpins, elle était toujours aussi sexy. Fugitivement, Malko regretta de devoir partir. Elle s'arrêta en face de lui et lui adressa un sourire éblouissant.

– J'ai eu votre message, dit-elle.

– J'en suis ravi, il était temps, je m'en vais dans deux heures. Pourquoi ne pas m'avoir appelé ?

– Je n'aime pas le téléphone, dit-elle. Je voulais vous laisser un message à la réception, puis je vous ai aperçu ici par les baies du *lobby*.

Elle s'assit face à lui, dans le transat voisin, et ôta ses lunettes, dévoilant ses magnifiques yeux verts.

– Quel bon vent vous amène ? demanda Malko.

L'expression détendue de la jeune femme disparut.

– L'autre soir, vous nous avez causé un choc terrible ! dit-elle.

– Je comprends, admit Malko, mais vous ne m'avez pas cru. À tort. Les gens qui m'ont envoyé ici vous veulent du bien.

Marisabel Mendoza baissa les yeux.

– J'ai eu une longue conversation avec Francisco à ce sujet, reprit-elle. Je crois que nous avons trouvé l'explication. Francisco aimerait vous la communiquer. Il m'a demandé de venir vous chercher ici pour vous emmener à ma *quinta*.

– Je n'ai pas beaucoup de temps, objecta Malko.

– C'est important, insista la jeune femme.

De nouveau, il se laissa entraîner par le magnétisme sexuel de la jeune femme.

Elle se leva et lança :

– Je vous attends dans le *lobby*.

Lorsqu'elle s'éloigna, le balancement de sa croupe ressemblait à un appel muet.

Dès que la Cherokee noire eut franchi le portail de la *quinta* California, il se referma automatiquement avec un claquement sec.

Marisabel Mendoza précéda Malko dans la maison. Sol de marbre blanc, une paire de divans en bois doré, des objets indiens, de grands canapés de cuir blanc.

Le tout froid et moderne. Marisabel Mendoza prit place en face de Malko et alluma une cigarette, posant son sac ouvert à côté d'elle.

– Le *señor* Cardenas n'est pas encore là ? demanda Malko.

– Il ne va pas tarder, assura Marisabel Mendoza.

Le silence retomba. Il éprouva une sensation bizarre. De nouveau, la Vénézuélienne semblait très distante. Une porte s'ouvrit derrière lui et il tourna la tête. Les deux hommes qui l'avaient agressé dans le parking pénétrèrent dans la pièce. Le maigre en chemise rayée noir et blanc, son compagnon dans un polo verdâtre.

– Vous avez déjà rencontré Miguelito et Raul, dit la jeune femme d'un ton très mondain.

– Oui, admit Malko, mais ce n'est pas avec eux que j'ai rendez-vous...

Marisabel Mendoza eut un bref sourire froid.

– Exact. Mais j'avais besoin d'eux. Nous avons quelque chose à mettre au point.

Brutalement, Malko aperçut le pistolet automatique qu'elle venait de sortir de son sac, un Glock 9 mm aux lignes carrées. Elle dirigea le canon vers Malko, sans affectation, presque distraitement, mais la froideur de son regard démentait la nonchalance de son geste.

Les deux affreux s'étaient rapprochés pour se planter en face de Malko. Marisabel Mendoza précisa :

– Miguelito et Raul viennent du Salvador. Ils ont travaillé avec les Américains là-bas et on les a bien mal récompensés. Depuis, ils n'aiment pas les *gringos*. Sans moi, ils mendieraient dans la rue.

– Où voulez-vous en venir ? demanda Malko, sentant l'adrénaline refluer dans ses artères. Pourquoi me menacez-vous ?

– *Señor* Linge, annonça la jeune femme, votre présence ici signifie que les Américains ont décidé de nous trahir. Ils se sont entendus avec Hugo Chavez sur le pétrole et, désormais, ils protègent ce *hijo de puta*.

Malko eut un soupir accablé devant cette hypothèse abracadabrante. Il s'attendait à tout sauf à ce genre d'élucubration.

— *Señora* Mendoza, il y a trois jours, j'ai déjeuné à Washington avec un conseiller du président des États-Unis. Je sais ce qu'il m'a dit. Votre hypothèse est absurde.

Il vit dans les prunelles vertes de la jeune femme qu'elle ne le croyait pas. Tout en le menaçant toujours, elle enchaîna d'une voix glaciale :

— *Bueno*, il y a un risque que nous ne pouvons pas prendre.

— Lequel ?

— Que vous révéliez le nom de l'homme que vous avez rencontré. Personne ne connaît son rôle.

Malko la fixa, atterré.

— Mais à qui le révélerais-je ?

Elle eut un sourire méprisant.

— À nos ennemis, bien sûr ! Pour être certains d'être approvisionnés en pétrole. Nous ne pouvons pas vous laisser repartir maintenant que vous savez qui est « Napoléon ».

— Vous allez me tuer ? ne put s'empêcher de questionner Malko.

Le regard de Marisabel Mendoza ne cilla pas.

— Peut-être pas, laissa-t-elle tomber, mais nous devons nous assurer que vous ne le révélerez pas.

— Comment ?

— Vous allez suivre *exactement* mes instructions. Sinon je vous tue tout de suite et on vous enterrera dans le parc de cette *quinta*.

Visiblement, elle était très sérieuse. Malko vit que le chien du Glock était relevé et que l'index de la jeune femme était collé à la détente. On n'était plus tout à fait dans le lyrisme tropical. Avant tout, il fallait gagner du temps.

— Qu'attendez-vous de moi ? interrogea Malko.

— Miguelito et Raul vont vous raccompagner au *Tamanaco*. Vous y prendrez vos affaires et votre passeport et ils vous ramèneront ici.

— Vous m'interdisez de quitter le Venezuela ?

C'était incroyable.

— Oui, fit simplement Marisabel Mendoza. Allez-y.

Malko se leva. Une fois au *Tamanaco*, il arriverait bien à échapper aux deux affreux salvadoriens.

— Ne bougez pas, lança Marisabel Mendoza, et laissez-vous faire. Raul va vous équiper…

Maintenant, le canon du Glock était braqué sur son ventre… Le gros Salvadorien s'approcha de Malko, tenant à la main ce qui ressemblait à un serpent noir. D'une voix égale, Marisabel Mendoza précisa :

— *Señor* Linge, ceci est un cordon Bickford. Je suppose que vous savez ce que c'est.

— Évidemment, lâcha Malko, figé par une sueur froide. Un cordon explosif.

— *Bueno*, fit la jeune femme. Comme vous voyez, il est terminé par un détonateur électrique, actionné par une impulsion radio. Cette impulsion est envoyée par ce boîtier.

Elle désignait un petit bip, comme l'alarme d'une voiture. Malko se demandait où elle voulait en venir lorsque le gros Salvadorien lui passa le cordon Bickford autour de la tête, le fixant avec du scotch noir. Sans un mot, l'autre prit un panama cabossé sur la table basse et le posa sur la tête de Malko, dissimulant le cordon Bickford.

— *Muy bien*, conclut Marisabel Mendoza, l'air satisfaite, en baissant son pistolet. *Maintenant*, vous pouvez aller au *Tamanaco* prendre vos bagages et votre passeport. Raul et Miguelito vous accompagnent.

Miguelito ne s'éloignera jamais, afin de pouvoir entendre ce que vous dites. Si vous tentez quoi que ce soit, Raul appuiera sur le bip... et vous n'aurez plus de tête.

C'était démoniaque.

— Vous voulez me kidnapper? demanda Malko, incrédule.

Marisabel Mendoza eut un sourire venimeux.

— Vous inviter seulement pendant quelque temps. Allez-y maintenant. Ils vous ramènent ici ensuite.

Malko vit que le nommé Raul tenait le bip dans le creux de sa main, l'air mauvais. Il était piégé. Marisabel Mendoza posa le Glock sur le canapé en cuir blanc, alluma une cigarette et conclut :

— *Hasta luego, señor* Linge.

*
* *

La rage au cœur, le panama vissé sur la tête, Malko ressortit du *Tamanaco*, respectueusement salué par le portier chamarré.

— *¡ Hasta luego, señor ! Buen viaje.*

Ses bagages étaient déjà dans la Cherokee. Il monta à côté du Salvadorien maigre qui conduisait. Impuissant. Personne ne s'était rendu compte de rien. Pendant qu'ils roulaient vers El Hatillo, il se demanda ce que Marisabel et ses amis avaient manigancé. Bien entendu, il n'avait pu prévenir ni Alexandra, qui l'attendait au *Sherry Netherlands* à New York, ni Frank Capistrano, à qui il avait laissé un message précisant qu'il quittait le Venezuela

Marisabel l'attendait à la même place, en fumant. Une bouteille de Defender « Success » était posée sur la table basse, avec un verre empli de liquide ambré. À côté d'un cendrier plein. Elle sembla soulagée de le voir revenir.

— *¡ Bueno !* fit-elle, donnez-moi votre passeport.

Malko s'exécuta. Elle le feuilleta rapidement et le glissa dans son sac.

– Je peux ôter mon chapeau ? demanda Malko avec une pointe d'ironie.

– Non, répondit sèchement la jeune femme. Miguelito va vous donner un sac de voyage et vous prendrez des affaires pour quelques jours.

– Je ne reste pas ici ?

– Non.

Planté à côté de lui, Raul, le bip dans sa main poilue, fixait toujours Malko de ses petits yeux pleins de méchanceté. L'autre revint et jeta un sac à dos par terre, à côté de la valise de Malko. Celui-ci, résigné, effectua le tri de ses affaires sous le regard suspicieux de Marisabel Mendoza. Il se redressa, ivre de rage, et lança :

– Et maintenant ?

La Vénézuélienne le fixa avec indifférence. Il en avait presque oublié qu'elle était belle.

– Vous allez partir avec Miguelito et Raul pour un assez long voyage. Plusieurs heures de route. Ne tentez pas de vous sauver. Sinon...

– Où m'envoyez-vous ?

– Au sud, fit-elle. *Hasta luego.*

Miguelito se dirigeait déjà vers la porte. Malko lui emboîta le pas, le gros Raul sur ses talons. Une Land Cruiser beige à chassis long était garée sous un auvent. Miguelito se mit au volant et fit signe à Malko de monter à côté de lui. Raul se cala à l'arrière, le bip dans la main. Cinq minutes plus tard, ils roulaient vers La Trinidad. À cause des glaces fumées, personne ne pouvait voir qui se trouvait à l'intérieur du 4×4.

Malko se demanda où il allait.

***

Frank Capistrano venait de regagner son bureau après la septième réunion de la journée, quand sa secrétaire surgit avec un court message. Il y jeta un coup d'œil. Porter Goss, le directeur de la CIA, priait qu'il l'appelle d'urgence. Le *Special Advisor* s'exécuta aussitôt, se demandant quelle tuile il allait apprendre.

— Désolé de vous déranger, s'excusa le directeur de la CIA, mais notre antenne de Miami a reçu un message étrange du général Felipe Rodriguez.

Le chef des opposants à Hugo Chavez, installé à Miami. Sur cette ligne, ils pouvaient parler librement, et Frank Capistrano demanda, soudain inquiet :

— De quoi s'agit-il ?

— Le général Rodriguez a envoyé un fax, *en clair*, à notre antenne de Miami, remerciant l'Agence pour son aide récente.

Frank Capistrano en demeura muet quelques secondes, invoqua ensuite le nom du Seigneur dans des termes peu amènes et rugit :

— Qu'est-ce que c'est que cette histoire, quelle aide ?

— Je n'en sais rien, avoua Porter Goss, mais si les Cubains ont intercepté ce message, ils vont le transmettre aux Vénézuéliens.

— *Shit !* Vous êtes sûr de n'avoir rien fait ?

— Absolument rien. Pensez-vous que ce soit lié au déplacement de notre chef de mission à Caracas ?

Même sur cette ligne protégée, ils ne prononçaient pas de noms « sensibles ».

— Je le saurai très vite, conclut le *Special Advisor*. Il sera ce soir à New York. Essayez d'en savoir plus du côté de Miami. Si vous avez du nouveau, rappelez-moi, même sur mon portable.

Après avoir raccroché, il essaya de se rassurer. Il

s'agissait sûrement d'un malentendu, que Malko Linge dissiperait dès qu'il aurait touché le sol américain.

Pris d'un doute, il appela sa secrétaire.

— Mary, arrangez-vous pour vérifier si Malko Linge a bien quitté Caracas.

Ils roulaient depuis trois heures. D'après le soleil, vers le sud-ouest. Peu à peu, le paysage s'était modifié, les collines et les massifs rocheux faisant place à une étendue plate comme la main : le *llano*, immense étendue plate s'étendant de l'Orénoque aux contreforts des Andes sur près de 300 000 kilomètres carrés, le tiers du Venezuela. Une région pauvre, à peine peuplée d'éleveurs menant d'immenses troupeaux à cheval. Une sorte de Far West à la beauté rugueuse.

Depuis longtemps, la route goudronnée avait fait place à une piste poussiéreuse et rougeâtre. Une seule fois, ils s'étaient arrêtés dans une *tienda* pour boire des Coca et manger, dans une chaleur étouffante. Un véritable désert émergeant juste de la saison des pluies. Malko avait du mal à ne pas s'assoupir, le panama toujours enfoncé sur la tête. Les deux Salvadoriens n'échangeaient pas un mot. La nuit tombait.

Où diable allaient-ils ?

— Malko Linge a quitté le *Tamanaco* en début d'après-midi, annonça à Frank Capistrano sa secrétaire. L'hôtel lui avait pris une réservation sur le vol Americain Airlines de New York.

— *Good !* lança le *Special Advisor*, un poids de moins sur la poitrine. On sait où le joindre à New-York ?

– Oui. Il doit être à l'hôtel *Sherry Netherlands*, sur Fifth Avenue. Son vol arrive dans la soirée à JFK.

– Laissez un message : qu'il rappelle dès son arrivée.

Il ne serait vraiment tranquille qu'après avoir parlé lui-même à Malko.

**

Les phares puissants de la Land Cruiser éclairaient une piste rectiligne tracée au milieu d'une étendue plate et désertique où apparaissaient parfois quelques baraques en torchis. Ils avaient croisé plusieurs cavaliers. Le rapport de forces n'avait pas changé, d'ailleurs Malko ne voyait pas ce qu'il aurait pu tenter dans ce grand nulle part. Il baissa les yeux sur les aiguilles lumineuses de sa Breitling. Ils avaient quitté Caracas depuis déjà six heures ! Soudain, la Land Cruiser ralentit. Malko aperçut dans la lueur des phares un panneau illisible et le véhicule tourna à droite. Ils commencèrent à être secoués comme des pruniers : c'était de la tôle ondulée ! Malko eut une sale petite pensée : pourvu qu'à la suite d'un cahot, le gros Raul n'appuie pas accidentellement sur le bip. Il se retourna. Le Salvadorien était bien enfoncé dans son siège. Nouveau virage, à gauche. Plus de tôle ondulée, mais d'énormes nids-de-poule.

Enfin, les phares éclairèrent un bâtiment en bois, style hangar, flanqué d'un corral où se trouvaient quelques chevaux. La Land Cruiser stoppa et deux hommes surgirent du bâtiment.

Malko, le dos cassé, abruti, de la poussière plein la bouche, sauta à terre. Raul en fit autant. Malko regarda autour de lui : l'obscurité, pas la moindre lumière. Miguelito échangea quelques mots avec les deux *peones* et lança à Malko :

– *Venga conmigo*[1].

Il le conduisit dans un petit local à côté du corral, avec des matelas étendus sur le sol, au milieu d'un fouillis de caisses et de bidons énormes. Cela sentait le pétrole et les produits chimiques.

– *¿ Quieres agua*[2] *?* demanda le Salvadorien.

– *Si.*

Le laissant sous la garde de Raul, il ressortit pour revenir avec une bouteille d'eau minérale et des *arepas*.

Ensuite, il lui ôta son panama et sa sinistre couronne noire, avant de lancer :

– *Buenas noches.*

La porte se referma et Malko entendit claquer un cadenas. Il s'étendit sur un des matelas, encore bouillant de fureur.

Quel était le plan tordu de la pulpeuse Marisabel Mendoza et de ses amis ?

Penser qu'en ce moment, il aurait dû se trouver à New York avec Alexandra, dans un bon hôtel !

Il finit par basculer dans le sommeil.

– Comment, il n'est pas à New York ! explosa Frank Capistrano. C'est impossible !

Sa secrétaire, accoutumée à ses coups de gueule, se contenta de préciser :

– *Sir*, nous avons vérifié avec Americain Airlines. M. Linge était *no show* sur le vol de Caracas d'hier et il ne se trouve plus à l'hôtel *Tamanaco*. Il a rendu sa voiture de location. Le COS de Caracas est allé vérifier lui-même sur place. Son amie Alexandra, qui

---

1. Viens avec moi.
2. Tu veux de l'eau ?

l'attend à New York, le croit toujours au Venezuela. Je lui ai parlé. Elle l'attendait hier soir.

— Faites-lui dire qu'il a dû prolonger son séjour, ordonna le *Special Advisor*.

Pas la peine d'avoir un problème supplémentaire sur le dos. Il se cala dans son fauteuil de cuir et alluma un Cohiba. Depuis qu'il suivait un régime strict pour diminuer sa surcharge pondérale, il se rabattait sur les cigares cubains. La fumée odorante ne calma pas son angoisse. Malko Linge était digne de confiance. S'il avait disparu, c'était contre son gré. Il repensa à l'étrange message de la veille, expédié par le chef des opposants vénézuéliens à Miami. Reniflant une manip', il appela Porter Goss et le mit au courant.

— Je n'ai rien appris de plus sur le fax d'hier, annonça le directeur de la CIA. Voulez-vous que je demande à la station de Caracas d'essayer de retrouver la trace de Malko Linge ?

— Attendons un peu, décida le *Special Advisor*. Il y a peut-être une explication toute simple…

Mettre le COS de Caracas à sa recherche, c'était désigner Malko à la DISIP. Pour la dixième fois depuis le matin, il essaya le portable de Malko. Hors circuit. Même pas de répondeur.

Un chef de mission expérimenté qui disparaît de cette façon, ce n'était jamais bon signe.

CHAPITRE VII

C'est le jour qui réveilla Malko, filtrant à travers les planches disjointes de sa prison improvisée. Il mourait de soif et de faim. Il frappa à la porte, sans résultat. Puis se rassit sur son matelas. Une demi-heure plus tard, le bruit d'un moteur d'avion troubla le silence, grandit et s'éloigna. Un petit appareil. Quelques minutes après, le cadenas claqua et la porte s'ouvrit sur Raul, un fusil d'assaut M 16 à la main.

— ¡ Fuera[1] ! lança-t-il.

Malko obéit, ébloui par un soleil de plomb, découvrant son environnement. La savane à perte de vue, avec des bouquets de palmiers et d'épineux poussiéreux. Il faisait beaucoup plus chaud qu'à Caracas. Il fit quelques pas, longeant le mur du bâtiment principal pour déboucher en face d'une terrasse abritée du soleil par un toit de feuilles de palmier.

Deux grands bancs étaient disposés de part et d'autre d'une table de bois garnie de corbeilles de fruits, de piles de galettes, avec une théière et une cafetière cabossée. Deux personnes y étaient déjà attablés. Un homme, inconnu de Malko. Et Marisabel Mendoza, en chemisier jaune, jean et bottes !

Il s'approcha de la table et la jeune femme lui lança

1. Dehors !

d'un ton aussi naturel que s'ils avaient été au Club
Med :

– ¿ *Que quiere usted ? Café negro ? Té*[1] *?*

Les deux Salvadoriens le rejoignirent. Équipés :
machette, étui à pistolet et M16, des porte-chargeurs
en toile autour de la ceinture. Seul, l'Indien qui servait le breakfast n'était pas armé…

Les mouches commençaient à leur disputer la nour-
riture. Malko se servit un café, observé par Marisabel
Mendoza. L'inconnu fit comme si Malko n'existait
pas.

– Bienvenue à Asuateli ! lança la jeune femme.
C'est un peu loin mais on y est tranquille…

– Que faisons-nous ici ? demanda Malko. Pourquoi cette comédie de m'enlever ?

– Vous êtes séduisant quand vous êtes en colère !
remarqua Marisabel Mendoza, avec un sourire ironique. Je vais vous filmer…

Devant Malko éberlué, elle saisit un petit camé-
scope numérique posé à côté d'elle et commença à filmer ! Ce n'était pourtant pas son genre de faire des
films de vacances.

Comme il esquissait le geste de prendre la caméra, il
vit du coin de l'œil Raul le Salvadorien qui braquait sur
lui un gros pistolet noir… Marisabel dit aussitôt :

– *Smile*[2].

Elle filma quelques secondes, reposa sa caméra et
expliqua posément :

– Afin de vous neutraliser, nous avons décidé de
vous associer à notre action. Et de vous filmer, de
façon à en avoir la preuve. De cette façon, si vos amis
américains sont toujours tentés de nous dénoncer,
nous pourrons prouver que, comme Hugo Chavez le
clame, la CIA essaie de l'assassiner…

---

1. Qu'est-ce que vous voulez ? Café noir ? Thé ?
2. Souriez !

Malko mit quelques secondes à réaliser dans quel piège diabolique il était tombé.

– Qu'est-ce que nous faisons ici ? répéta-t-il.

– Nous attendons des amis qui nous apportent ce dont nous avons besoin pour nous débarrasser de la *Bicha*, fit-elle mystérieusement. Ensuite, nous retournerons à Caracas. Si vous faites ce que l'on vous demande, tout se passera très bien. Sinon…

Inutile de faire un dessin. Malko, qui mourait de faim, se jeta sur les galettes de maïs et le café. Il avait à peine fini qu'un ronronnement emplit le ciel. Il aperçut un point blanc qui se rapprochait. Un bimoteur qui passa au ras de la *finca*, si bas qu'il put voir son immatriculation : N 763452. Un appareil enregistré aux États-Unis. Il s'éloigna et Marisabel Mendoza se leva.

– *¡Vamos!*

Elle courut jusqu'à la Land Cruiser, suivie de Malko et des deux Salvadoriens. Raul prit le volant, fonçant à travers le *llano*. Ils débouchèrent un kilomètre plus loin sur une piste de latérite rouge qui devait mesurer plus de 1 800 mètres de long, taillée en plein désert. Un petit Piper Comanche était garé à côté d'une manche à air. Le bimoteur blanc apparut au bout de la piste, train sorti, et se posa dans un nuage de poussière rouge. Un prop-jet assez ancien, mais qui paraissait en bon état. Il roula jusqu'à eux et stoppa à côté du Piper Comanche. La porte arrière s'ouvrit et une passerelle se déplia à l'extérieur.

Marisabel Mendoza s'approcha de l'appareil.

Un homme en chemise et pantalon beiges sauta à terre et ils s'étreignirent. L'homme, athlétique, le visage énergique barré d'une fine moustache, portant des lunettes noires, discuta avec Marisabel pendant plusieurs minutes avant de rejoindre Malko.

– *Señor* Linge, je vous présente le général Gustavo

Berlusco, annonça la jeune femme, un de nos plus fidèles amis et l'âme de notre projet. C'est lui qui nous apporte de quoi nous débarrasser de la *Bicha*. Je lui ai dit qui vous étiez.

Le général vénézuélien donna une poignée de main ferme à Malko. Une demi-douzaine d'hommes étaient en train de débarquer par la passerelle arrière. Tous armés. Des têtes pas rassurantes. Le regard de Malko fut attiré par les deux derniers. Ceux-là n'avaient pas le type latino et demeurèrent à l'écart. L'un était carrément roux et l'autre d'un blond délavé. Très jeunes, pas plus de trente ans.

Marisabel tendit la caméra à Raul et dit à Malko :

— Venez, je vais vous présenter à d'autres amis.

Ils s'approchèrent des deux nouveaux venus qui semblaient perdus. Marisabel s'adressa à eux en anglais.

— Bienvenue au Venezuela. Comment vous appelez-vous ?

— Tim Burton, fit le rouquin, lui, c'est Mark Dudley.

— *Bueno*, fit la jeune femme, allez manger quelque chose.

Ils s'éloignèrent vers le bâtiment de bois et Marisabel expliqua à Malko :

— Ce sont des Irlandais. Membres de l'IRA provisoire. Ils étaient venus en Colombie pour mettre leurs compétences au service des FARC[1]. Celles-ci n'en ont plus besoin et nous les avons «adoptés». Ils ne peuvent plus retourner en Irlande.

Évidemment, l'IRA provisoire, dissidente de l'IRA, avait refusé la trêve avec les Britanniques, et ses membres étaient pourchassés.

Malko se retourna : Raul était en train de le filmer consciencieusement...

---

1. Forces armées révolutionnaires colombiennes.

Ravalant sa rage, il se dirigea vers le bimoteur.

Une dizaine d'hommes s'affairaient autour des soutes ouvertes, portant des paquets enveloppés de plastique qu'ils entassaient au fur et à mesure sur des chariots. Le pilote du bimoteur était resté aux commandes. Marisabel rattrapa Malko.

– Vous devriez vous reposer ! conseilla-t-elle.

– Pourquoi ?

– Parce que vous allez avoir à conduire plusieurs heures.

– Moi ?

– Oui. Pour convoyer une partie du chargement de cet avion à Caracas, où d'autres amis en prendront possession.

– Qu'est-ce que c'est ?

– De la cocaïne. Deux tonnes et demie.

Horrifié, Malko la toisa.

– Vous faites du trafic de drogue ?

Elle secoua la tête.

– Non, mais pour prendre, il faut donner. Nous avions besoin d'explosifs et de spécialistes de *carro-bomba*. Gustavo connaissait en Colombie des gens qui possédaient les deux.

– Les FARC ?

– Pas seulement. Ce chargement de cocaïne appartient pour moitié aux AUC[1] et pour moitié aux FARC. Il y a aussi une tonne de RDX, cadeau des AUC. Les FARC ont fourni les deux Irlandais.

– Je croyais que les FARC et les AUC étaient des ennemis mortels.

Marisabel sourit.

– Quand on est dans le même business…

– Vous n'arriverez jamais à Caracas avec ce chargement.

---

1. Autodéfenses unies de Colombie : milices d'autodéfense colombiennes.

– Si. *Vous* allez conduire un pick-up avec les deux tonnes et demie de cocaïne. Miguel vous accompagnera avec les Colombiens pour être sûr que tout se passe bien.

– Et vous ?

– J'emmène les deux Irlandais et le RDX dans la Land Cruiser. Le convoi comportera trois véhicules. Un, avec deux hommes d'ici, qui ouvrira la route et sera relié par radio aux deux autres. S'il y a un barrage militaire, ils le signaleront, mais il y a peu de risque jusqu'à l'entrée de Caracas. Les barrages se trouvent plus à l'ouest. Vous serez en deuxième position avec la cocaïne et nous fermerons la marche, avec le général Berlusco et les Irlandais. Départ dès que l'avion est déchargé.

Assommé par le soleil brûlant, Malko avait l'impression de vivre un cauchemar. Il regarda les hommes en train de décharger les paquets de cocaïne marqués de différents sigles pour les entasser dans un vieux pick-up beige à double cabine qu'on avait sorti d'un garage.

– Cet avion a sûrement été repéré par les radars vénézuéliens, remarqua-t-il. On va mettre en place des barrages pour vous intercepter.

Marisabel Mendoza secoua la tête.

– Avant que la *Guardia Nacional* se réveille, nous serons loin. En plus, il y a des dizaines de pistes pour rejoindre la route principale. Ils ne peuvent pas les surveiller toutes. Dans une heure, tout le monde sera parti d'ici.

– Je ne conduirai pas ce véhicule plein de cocaïne, fit Malko.

Marisabel Mendoza le fixa longuement, puis plongea la main dans son sac et braqua le Glock sur lui.

– Dans ce cas, dit-elle calmement, je vais être obligée de vous tuer.

Ils se mesurèrent du regard et il sentit qu'elle parlait sérieusement. Quelque chose lui échappait.

— Pourquoi voulez-vous me forcer à cela ? demanda-t-il.

Elle eut un sourire ironique.

— C'est dans le cadre de notre opération de relations publiques… Il nous faut un dossier solide… Afin de pouvoir, le cas échéant, montrer aux chavistes que la CIA collabore activement avec nous. Maintenant, venez.

Comme Malko ne bougeait pas, elle abaissa légèrement le canon du pistolet braqué sur lui. La détonation le fit sursauter. La balle s'enfonça dans le sol avec un petit panache de fumée, sans interrompre le déchargement de l'avion.

— La prochaine fois, je vous tire dans le ventre, avertit d'une voix égale Marisabel Mendoza.

Ravalant sa rage, Malko s'ébranla en direction du pick-up.

— Montez sur le plateau ! ordonna la jeune femme.

Il obéit et, aussitôt, un des *peones* lui tendit un sac de plastique plein de cocaïne, marqué d'une grande fleur rouge, puis un autre.

Marisabel Mendoza filmait consciencieusement…

*
* *

La chemise collée à son dos par la transpiration, le dos cassé, Malko s'essuya le front après avoir calé le dernier paquet de cocaïne. Plantée à côté du véhicule, Marisabel avait remisé la caméra et le fixait d'un regard narquois. Il sauta à terre et aussitôt, d'autres *peones* vinrent étaler une couche de pommes de terre sur les sachets. Le vacarme était assourdissant, le bimoteur était en train de faire son point fixe. Il fit lentement demi-tour pour gagner l'extrémité de la piste, face au vent. Puis, les turbos hurlèrent et il s'élança, s'arrachant lentement du sol dans des tourbillons de poussière rouge. Malko le suivit des yeux tandis qu'il s'élevait lentement au-dessus du *llano*. Dès qu'il eut pris un peu d'altitude, l'appareil vira en direction de l'ouest : il retournait en Colombie. Malko avait mémorisé son numéro grâce à sa prodigieuse mémoire, mais pour l'instant, il avait d'autres chats à fouetter. Il regarda sa Breitling. Neuf heures dix.

– Allez prendre une douche, suggéra d'une voix calme Marisabel Mendoza. Nous devons repartir très vite.

Il l'aurait étranglée, mais se dirigea vers une douche primitive, installée à côté du corral. La chaleur était effroyable. En passant près de la Land Cruiser, il aperçut les deux Irlandais déjà installés à l'arrière. Le général Berlusco, lui, se trouvait au volant. L'eau tiède fit du bien à Malko mais ne calma pas sa fureur. Il s'était fait piéger comme un débutant. Un peu à cause de la magnifique chute de reins de Marisabel Mendoza.

Lorsqu'il revint, à peu près sec, le Piper Comanche était en train de décoller. Un vieux 4×4 attendait un peu plus loin, avec quatre hommes à bord. La jeune femme lança à Malko :

– ¡ *Vamos !* Nous avons plus de six cents kilomètres à parcourir et on ne pourra pas rouler vite.

Impuissant, il se dirigea vers le pick-up chargé de cocaïne et de pommes de terre. Deux hommes se trouvaient déjà dans la première cabine. Miguelito, le Salvadorien, et un nouveau venu, pas rasé, un chapeau enfoncé jusqu'aux yeux, une machette accrochée à la ceinture et un riot-gun en travers des genoux. Trois inconnus occupaient la seconde cabine. Des Colombiens arrivés avec le bimoteur. En se retournant, Malko s'aperçut que Marisabel Mendoza continuait de le filmer..

– *Eta, chamo*[1]. Je suis Alfredo ! fit le Colombien.

Au moment où Malko lançait le moteur du pick-up, il fit un rapide signe de croix. Le vieux 4×4 venait de démarrer et il se plaça dans ses roues, suivant une piste presque invisible sinuant entre deux haies de bambous et de palmiers. Dans son rétroviseur, il aperçut la Land Cruiser aux vitres fumées qui s'ébranlait à son tour. Le Salvadorien trifouilla la radio et finit par trouver une station de «regatton», la dernière folie musicale en vogue au Venezuela, à mi-chemin entre le reggae et la salsa. Il mit le son à fond, alluma un cigarillo et ferma les yeux, béat. Malko ralentit pour ne pas avaler la poussière du 4×4 qui roulait devant lui. Ils sortirent du tunnel végétal, débouchant sur le véritable *llano*, plat comme la main à perte de vue. S'il n'y avait pas eu le 4×4 devant pour lui indiquer la direction, Malko n'aurait jamais su se diriger. Le soleil tapait sur le pare-brise et la poussière rougeâtre s'engouffrait par les vitres ouvertes. Le pick-up commença à tanguer comme un fou. Tous les deux mètres, ils sautaient au plafond.

De la tôle ondulée.

Peu à peu, Malko cessa de ressasser sa fureur. Il avait un souci immédiat : arriver à Caracas sans se faire prendre. Pour l'instant, il convoyait plus de deux tonnes de cocaïne. À 2 000 dollars le kilo…

Intenable !

Malko écrasa progressivement l'accélérateur. Trop chargé, le pick-up n'avait guère de reprise. Peu à peu, le tangage s'atténua. Désormais, ils «volaient» sur la tôle ondulée, dans un grondement sourd, à plus de soixante-dix à l'heure. Les vibrations du véhicule, transmises par le volant, se répercutaient jusque dans les dorsaux de Malko.

---

1. Salut mec.

Devant, le 4×4 s'était transformé en une boule de poussière rougeâtre, lui aussi lancé à toute vitesse. Dans le rétro, Malko aperçut une autre boule de poussière : la Land Cruiser noire. Les trois véhicules étaient maintenant espacés d'un bon kilomètre.

Peu à peu, il ne pensa plus qu'à sa conduite. Le moindre incident, à cette vitesse et sur ce terrain, pouvait être catastrophique. Il essaya de ne pas penser à sa cargaison. Deux tonnes et demie de cocaïne à 2 000 dollars le kilo, cela faisait cinq millions de dollars !

Et entre trente et cinquante ans de prison pour lui, s'il se faisait prendre.

Peu à peu, les trois véhicules s'espacèrent encore et le 4×4 de tête disparut de son champ visuel. La chaleur déformait le paysage et tout se noyait dans la brume de chaleur qui flottait au ras du sol.

Le soleil commença à descendre, sur leur droite. La poussière rouge s'infiltrait partout, des vêtements aux poumons. Sans un mot, le Salvadorien lui tendit une bouteille d'eau minérale qu'il but au goulot, avalant autant de poussière que d'eau.

Malko fermait de temps en temps les yeux pendant quelques secondes, essuyant d'un revers de main la sueur qui coulait, pour rompre cette monotonie effroyable... Ils roulaient déjà depuis trois heures. Caracas devait être encore à huit ou neuf heures. Soudain, la radio grésilla et le Colombien attrapa le micro. Brève conversation, puis il se tourna vers Malko.

— *Cuidado, poliza adelante* [1].

Il fit monter une cartouche dans son riot-gun, tandis que le Salvadorien prenait sur le plancher un court pistolet-mitrailleur Skorpio. Alfredo le Colombien se retourna et frappa à la vitre de séparation, alertant ses copains. Malko aperçut quelques bâtiments dans le

---

1. Attention ! Il y a de la police devant.

lointain. Un village perdu dans le *llano*. Il regarda sur
le côté, cherchant une piste pour le contourner, mais
dès qu'on quittait la piste, le pick-up risquait de se
désintégrer. Il observa les visages tendus de ses deux
voisins : s'il y avait une confrontation avec la police,
elle risquait de ne pas être pacifique.

Frank Capistrano broyait du noir. Il avait dû annoncer au Président l'étrange message envoyé par les
anti-Chavez à la CIA. Le voyant rouge de sa ligne
sécurisée clignota et il décrocha. C'était Porter Goss,
le directeur de la CIA.

– Nous avons fait une enquête approfondie,
annonça-t-il, Malko n'a pas quitté le Venezuela par
avion, ou alors, sous un faux nom.

– Il n'a pas reparu à son hôtel ?

– Ce matin, il ne s'y trouvait pas. Nous checkons
régulièrement.

Cela sentait la mauvaise manip'. Si la DISIP l'avait
signalé aux Cubains et qu'ils l'aient liquidé discrètement, on risquait de ne pas le savoir avant un bon
moment.

Ou jamais.

– Et les zozos de Miami ?

– Rien. Le général est injoignable.

– Rien dans les communications téléphoniques
entre Cuba et Caracas ?

– Rien, *sir*.

– O.K. Tenez-moi au courant.

Après avoir raccroché, il accusa à mi-voix le Seigneur de mœurs contre-nature, joignant à sa vindicte
la Vierge Marie. Il était sincèrement attaché à Malko,
qu'il estimait et admirait. Et, en plus, ce dernier savait
beaucoup de choses. Si les Cubains ou les Vénézuéliens le torturaient, le forçant à révéler certains secrets

gênants de la politique américaine, Frank Capistrano n'avait plus qu'à demander sa mutation sur la Lune.

**

Malko essuya la sueur qui coulait de ses yeux. Des silhouettes dansaient devant lui. En ralentissant, il distingua les uniformes gris de la *Guardia Nacional*, la gendarmerie vénézuélienne. Trois soldats, équipés de M 16, alignés sur le côté de la route, qui lui faisaient signe de ralentir. Un peu plus loin, il aperçut quelques baraques en bois et une jeep de la *Guardia* entourée d'autres soldats.

Aucune trace du 4×4 de tête qui avait dû passer le barrage sans difficulté.

Un flot d'adrénaline faillit lui faire exploser les artères lorsqu'il aperçut une herse munie d'énormes pointes placée en travers de la piste. Impossible de passer en force.

Alfredo, le Colombien, le visage fermé, avait posé son riot-gun sur le plancher.

– *¡ Para[1] !* lança l'officier à Malko.

Celui-ci, qui roulait déjà au pas, s'arrêta en face de l'officier debout à côté de la herse, en compagnie de deux de ses hommes. Le Vénézuélien s'approcha, porta la main à sa casquette et jeta un coup d'œil à l'intérieur de la cabine. Avec ses lunettes noires et sa couche de latérite sur le visage, Malko pouvait passer pour un Latino. Ses cheveux blonds avaient viré à une sorte de roux brun.

– *Buenas tardes, caballeros*, lança l'officier avec l'exquise politesse espagnole. Que la Vierge vous protège ! Puis-je voir vos papiers ?

Malko échangea un regard avec le Colombien, qui, sans ôter son chapeau, tendit un passeport.

---

1. Arrête-toi !

L'officier de la *Guardia Nacional* était en train de l'examiner lorsque Malko entendit un bruit de portière derrière lui. Les trois Colombiens mettaient pied à terre. Comme pour se dégourdir les jambes. Seulement, chacun portait négligemment à bout de bras un riot-gun...

Dans cette région plutôt primitive, il n'était pas rare que les gens soient armés.

Le regard de l'officier fit plusieurs allers-retours entre le passeport et les trois Colombiens appuyés à la carrosserie. L'air ailleurs, il rendit le document sans s'intéresser davantage au Salvadorien et à Malko. Celui-ci, les mains posées à plat sur le volant, priait, de l'adrénaline plein les artères.

— Que transportez-vous, *caballeros* ? demanda l'officier d'une voix pas très assurée.

Les soldats qui l'accompagnaient s'étaient placés devant le pick-up, impassibles, leurs petits yeux noirs ronds et inexpressifs ressemblant à l'orifice du canon de leur fusil. Des faces plates d'Indiens.

— *Patatas* [1], répondit aimablement Alfredo le Colombien. Et nous sommes pressés, on a encore beaucoup de route.

L'officier balança quelques secondes, puis, prenant son courage à deux mains, affirma d'une voix presque chevrotante :

— Je vous demande de me pardonner un million de fois, *caballeros,* mais je dois inspecter cette cargaison. Ordre de l'état-major.

— *Bueno*, *bueno*, fit Alfredo le Colombien.

Il plongea la main dans une sacoche de cuir posée sur le plancher et sauta à terre, un paquet de la taille d'une brique dans la main gauche et son riot-gun dans la droite.

Malko n'avait plus un poil de sec. Le massacre

1. Des pommes de terre.

pouvait commencer à n'importe quel moment. Son regard se posa alors sur la brique tenue par le Colombien et il aperçut les beaux reflets roses des billets de 10 000 bolivars vénézuéliens.

Justement, et sûrement par inadvertance, Alfredo le Colombien venait de laisser tomber dans la poussière rouge la brique de billets. Entre les bottes poussiéreuses du capitaine de la *Guardia Nacional*.

Celui-ci la regarda, leva les yeux, aperçut les Colombiens appuyés à la carrosserie avec leur riot-gun, celui d'Alfredo braqué, sûrement par accident, sur ses parties nobles. Il croisa le regard d'Alfredo et s'extirpa un sourire un peu figé. Ce qu'il lisait dans le regard du Colombien n'était pas rassurant, et il ne devait pas être totalement sûr de ses hommes.

— *¡ Caballero !* lança-t-il en ramassant d'un geste naturel la brique de bolivars, votre parole vaut pour moi tous les contrôles. Continuez votre route. *Vaya con Dios*.

Silencieusement, les trois Colombiens de la seconde cabine remontèrent dans le pick-up, imités par Alfredo.

Le capitaine de la *Guardia Nacional* lança un ordre et un des soldats tira la herse sur le côté. La brique de bolivars devait représenter cinq ans de sa solde.

Au moment où Malko passait la première, Alfredo le Colombien cria :

— Il y a des amis derrière nous, pas la peine de remettre la herse.

— *¡ A su orden !* approuva l'officier.

On n'allait pas payer deux fois.

Malko réalisa que sa chemise était collée à son dos par la transpiration et ce n'était pas seulement la chaleur... Dès que le village eut disparu dans la brume de chaleur, Alfredo poussa un sauvage hurlement de joie, sortit de sa sacoche une bouteille d'*aguardiente*

et but au goulot, la passant ensuite à Malko. Normalement, cette qualité d'alcool servait, dans les pays
civilisés, à nettoyer les baignoires, mais elle parut
exquise à Malko.

– *¡ Muy bien, gringo!* lança le Colombien, euphorique. Essaie d'aller un peu plus vite.

CHAPITRE VIII

Malko n'en pouvait plus de fatigue, les mains nouées autour du volant. La nuit était tombée et la piste avait enfin fait place à une route goudronnée. La Land Cruiser, roulant beaucoup plus vite que lui, les avait dépassés et devait déjà être à Caracas. Désormais, la circulation était plus dense. Ils venaient de traverser Maracay, à une centaine de kilomètres à l'ouest de Caracas. Le Salvadorien dormait, la tête sur sa poitrine. Désormais, Malko était obligé de rouler plus lentement, mais il se sentait protégé des contrôles par le flot de véhicules.

– Où allons-nous ? demanda-t-il à Alfredo le Colombien.

– Je te dirai. Va vers le centre.

Il était près de huit heures du soir. Onze heures de route, plus le stress ! Malko n'en revenait pas : il venait de traverser une grande partie du Venezuela avec plus de deux tonnes de cocaïne, sans trop de problèmes. Il est vrai que chaque année, cinq cents tonnes de cocaïne traversaient le pays, en route pour l'Europe... Ses yeux se fermaient, il avait mal partout, faim aussi, soif, bien qu'il ait vidé une bouteille d'eau. Enfin, la route se transforma en une large *autopista*, de plus en plus encombrée. Ils arrivaient par Valencia, le sud de la ville. Alfredo le Colombien activa son portable et eut une courte conversation avant de lancer à Malko :

— Tu sors à Santa Monica.

Un quart d'heure plus tard, Malko aperçut le panneau vert et quitta *l'autopista*. Ensuite, le Colombien le guida dans un quartier populeux du sud de la ville, au milieu des *barrios* lépreux. Jusqu'à une cour donnant sur un entrepôt.

Quand Malko coupa le moteur, il eut l'impression que le ronronnement continuait dans sa tête. Le dos cassé, il vit une dizaine d'hommes entourer le véhicule et s'attaquer sans perdre une seconde aux pommes de terre qu'ils jetèrent sur le sol. Ensuite, faisant la chaîne, ils se mirent à entasser les sachets de cocaïne dans un coin du hangar.

— Qu'est-ce que je fais ? demanda Malko au Salvadorien.

— *¡ Espera[1] !*

Il s'appuya au volant du pick-up, luttant contre le sommeil. Il était quasiment endormi quand un faisceau lumineux le fit sursauter. La Land Cruiser noire s'arrêta à côté de lui.

— *¡ Bueno !* lança Marisabel Mendoza, satisfaite. Je viens vous chercher. Vous devez être fatigué et avoir faim.

Très mondaine. Malko avait envie de se frotter les yeux. Furibond, il demanda :

— Vous avez fini de vous moquer de moi...

La jeune femme ne se troubla pas.

— Ce n'est pas une comédie, corrigea-t-elle. Nous prenons nos précautions. *Nous*, nous voulons vraiment débarrasser le pays de la *Bicha*. Nous sommes sûrs que les Américains nous trahissent. Désormais, nous disposons d'un élément pour les forcer à nous aider. Demain matin, nous ferons

1. Attends !

déposer à l'ambassade américaine le DVD que j'ai filmé aujourd'hui, accompagné d'une photocopie de votre passeport. À propos, les deux Irlandais que l'on voit avec vous sur ce film sont recherchés en Grande-Bretagne pour des crimes terroristes très graves... Le bimoteur portait une fausse immatriculation, mais la police colombienne l'a déjà repéré. Il appartient aux AUC, un des plus importants cartels de la drogue. Pour le reste, les images parlent d'elles-mêmes. Nous nous sommes renseignés, vous êtes un agent de la CIA très connu. Si la DISIP entrait en possession de ce film, vous imaginez l'usage politique que les Vénézuéliens pourraient en faire. *Bueno*, je vous emmène.

Malgré tout, en dépit de son envie de la tuer, Malko était soulagé de s'éloigner du stock de cocaïne. Juste avant qu'il ne monte dans la Land Cruiser, Alfredo le Colombien s'approcha et le serra dans ses bras dans un vigoureux *abrazo*.

– *Muy bien, gringo. Tu eres muy macho. Hasta luego.*

Il s'était fait un ami...

Malko prit place à côté de Marisabel Mendoza qui lui jeta un regard presque dégoûté.

– Vous sentez la sueur ! fit-elle. Vous avez besoin d'une bonne douche.

Tandis qu'ils remontaient vers le centre, Malko ruminait sa fureur. Avant tout, quitter le Venezuela. Demain, il sauterait dans le premier avion.

Comme si elle avait lu dans ses pensées, Marisabel Mendoza précisa :

– Si vous aviez la mauvaise idée de quitter le Venezuela ou de vous réfugier à l'ambassade des États-Unis, le DVD serait imédiatement communiqué à la DISIP. Je connais les Américains : ils ne se mouilleront pas pour aider un trafiquant de cocaïne...

Hélas, c'était vrai.

Malko l'aurait étranglée.

– Que voulez-vous ? Vous avez encore de la drogue à transporter ?

Elle sourit.

– Non. Nous ne l'avons fait qu'en échange de l'explosif et des deux Irlandais. Mais, d'abord vous êtes désormais notre assurance. Les Américains ne peuvent plus nous balancer sans se faire beaucoup de mal. Ensuite, un homme comme vous peut nous être très utile. Nous manquons de compétences...

Flatteur.

Malko reconnut l'aéroport de La Carlotta ; ils étaient en ville.

– Où allons-nous ? demanda-t-il.

– Au *Tamanaco*.

– Mais je n'y ai plus de chambre.

Marisabel eut un sourire angélique.

– Nous avons pris une réservation pour vous et nous y avons ramené vos affaires.

Cinq minutes plus tard, ils montaient la route sinueuse menant à l'hôtel. Sous l'auvent qu'il avait quitté la veille, la Vénézuélienne se tourna vers Malko.

– Si vous n'êtes pas trop fatigué, je vous invite à dîner. Je vous dois bien cela. Sinon, nous nous verrons demain.

Il avait envie de se pincer. Dans un état second, il s'entendit accepter.

– Parfait, conclut la jeune femme. Dans une heure en bas. À propos, je vous rends votre passeport. Nous l'avons photocopié.

*
* *

Malko titubait de fatigue. À peine dans la suite, il se rua sous la douche, laissa l'eau chaude qui devenait rouge au contact de sa peau couler longuement sur son corps. Peu à peu, son cerveau se remettait à fonctionner. C'était une histoire de fou ! Il se revoyait traversant le *llano* avec ses deux tonnes et demie de cocaïne et les voyous... Il se sécha et s'allongea quelques instants sur le lit.

Avant tout, il fallait reprendre contact avec Frank Capistrano. Il composa le numéro de son portable. À cette heure, l'Américain était probablement en train de dîner... Lorsqu'il entendit sa voix rocailleuse, Malko faillit crier de joie.

– *Who's calling ?* demanda la voix rugueuse du *Special Advisor*.

Le numéro de Malko ne s'affichait pas.

– C'est moi ! annonça-t-il.

Rugissement de joie.

– *My God !* Où êtes-vous ?

– À Caracas. Mais j'ai bougé..

– Je sais. Quand revenez-vous ?

– Pas tout de suite, dit Malko. Il y a un problème. Je ne peux pas en parler au téléphone, mais c'est grave. Puis-je utiliser le contact local que vous m'avez donné ?

– Je vérifie, dit aussitôt Frank Capistrano, et je vous rappelle. Donnez-moi votre numéro.

Malko le lui communiqua.

– On vous rappelle dans un quart d'heure, promit l'Américain.

Malko commença à s'habiller. Douché et rasé, il se sentait mieux, avec une faim de loup.

Le téléphone sonna cinq minutes plus tard. Frank Capistrano avait fait vite.

– Allez dîner ce soir au restaurant *El Alezan*, à Altamira, annonça-t-il. Quelqu'un vous contactera.

– Mais comment va-t-il me reconnaître ?

– *Elle* vous connaît...

– C'est une femme ?

– Oui. Vous vous êtes déjà rencontrés. À Belgrade, à Islamabad...

– Et à Nairobi, compléta Malko. Je vois…

Priscilla Clearwater, la somptueuse secrétaire à la croupe de folie du chef de station de Belgrade. Bien qu'elle se soit mariée, il en avait à nouveau profité à Islamabad, deux ans plus tôt.

Ragaillardi, il gagna l'ascenseur. En sortant dans le *lobby*, il tomba sur Marisabel Mendoza qui l'attendait.

Éblouissante.

Elle s'était changée, arborant une robe noire très simple, mais très sexy, des bas assortis, des boucles d'oreilles et un maquillage d'enfer. En dépit de sa fureur, Malko ne put s'empêcher de ressentir un petit frémissement à l'épigastre. Quelle magnifique garce !

– Où allons-nous ? demanda-t-elle.

– Que pensez-vous de l'*Alezan*, à Altamira ?

Elle parut un peu surprise mais se contenta de dire :

– *Bueno. Vamos.*

À cette heure, on circulait à peu près… Ils furent à Altamira en vingt minutes. Le restaurant était une grande brasserie avec une piste de danse au milieu et un orchestre, visiblement payé aux décibels. Ils trouvèrent une table au fond et on leur apporta d'emblée un pichet de sangria. Le menu était simple : *Caesar Salad* et steak à la plancha. Toutes les femmes étaient en pantalon, sauf Marisabel. Celle-ci n'ouvrit la bouche qu'après son second verre de sangria, pour demander presque timidement :

– Vous m'en voulez ?

Malko faillit lui planter sa fourchette dans l'œil.

– Non, fit-il ironiquement. Vous m'avez kidnappé, menacé de mort et transformé en trafiquant de drogue.

La jeune femme se pencha vers lui, des éclairs dans ses yeux verts.

– Nous ne pouvions pas faire autrement. Les Américains nous ont trahis. Maintenant, ils ne peuvent plus nous dénoncer à Chavez sans en subir les conséquences. Alors que ce sont *eux* qui veulent tuer Chavez…

— Vous lui voulez du bien, vous ? demanda Malko.

La musique était tellement forte qu'ils devaient hurler pour s'entendre.

— Non, cria Marisabel Mendoza. Nous voulons *aussi* le tuer. Mais on nous y a encouragés. Pendant le *golpe*, en 2002, des Américains nous appelaient toutes les dix minutes pour savoir si Chavez avait été arrêté !

— Ils ne vous demandaient pas de le tuer.

Elle ne répondit rien, et ils commencèrent à manger.

Malko examina les gens autour de lui. Pas de Priscilla Clearwater. Avec la couleur de sa peau, elle pouvait passer pour une Vénézuélienne.

— Et maintenant, demanda Malko, qu'allez-vous faire ?

Marisabel Mendoza alluma une cigarette et repoussa sa viande à peine entamée.

— Puisque nous sommes désormais alliés, dit-elle avec une pointe d'ironie, je vais vous le dire. Dans l'avion de la cocaïne, il y avait une tonne de RDX, de l'explosif militaire. Il est maintenant entreposé en lieu sûr et personne ne connait son existence. Ici, c'est impossible de s'en procurer autant…

— Comment voulez-vous l'utiliser ?

— Les deux Irlandais vont nous préparer un *carrobomba*. Nous placerons le véhicule sur le parcours de Chavez et la *Bicha* partira vers un monde meilleur.

Malko esquissa malgré lui un sourire.

— Ce n'est pas aussi simple que cela… J'ai l'impression que Chavez se protège beaucoup. Vous avez des complices dans son entourage ?

— Non. Mais nous trouverons une astuce. Je crois que Francisco a déjà une idée.

– Vous allez tuer beaucoup de gens, avec une tonne d'explosifs.

La jeune femme se signa discrètement.

– Dieu nous pardonnera. Je suis prête à faire pénitence toute ma vie.

Malko continuait à inspecter la foule des dîneurs sans voir la spectaculaire Priscilla. Pourvu qu'elle le retrouve dans cette foule compacte.

– À propos, dit-il, il y a quand même un problème. Maintenant que nos sorts sont liés, il faut que je vous le rappelle.

– Lequel ?

– Il y a un traître dans votre entourage.

Marisabel sursauta, de nouveau furieuse.

– Ne recommencez pas ! C'est une invention américaine.

Ses yeux étincelaient de fureur. Ce fut au tour de Malko de sortir de ses gonds.

– Ce n'est *pas* une invention, hurla-t-il, pour couvrir la musique, et il *faut* le trouver. Ou alors, vous me laissez quitter le Venezuela.

Marisabel ouvrait la bouche pour répliquer lorsque Malko aperçut du coin de l'œil le profil mutin et la croupe inouïe de Priscilla Clearwater qui venait de passer près de leur table, tirant un grand brun vers la piste de danse. La musique venait de changer et une chanteuse s'égosillait à glapir *Gasolina*, le dernier tube du « regatton »... Malko vit la Noire se mettre à danser, balançant ses hanches comme un pendule, ondulant comme une danseuse orientale.

Un aspirateur à sperme...

Sur la piste, les couples se déchaînaient, dans une orgie de frotti-frotta. Sans écouter la réponse de Marisabel, Malko se leva, la prit par la main et l'entraîna.

– *¡ Vamos à bailar* !

Elle le suivit sans discuter et, à peine sur la piste,

se lança dans une démonstration effrénée de « regatton », à la sensualité sauvage. Par moments, son pubis effleurait Malko, comme pour le provoquer. Extatique, elle fredonnait les paroles de la chanson, idiotes de surcroît. Malko la prit par la taille et elle continua de se démener. Il avait du mal à reconnaître la furie qui menaçait de le tuer quelques heures plus tôt. Son ventre s'attardait parfois contre le sien et elle ne pouvait pas ignorer l'effet qu'elle lui faisait.

Tout en dansant, Malko avait repéré Priscilla Clearwater et se rapprochait sournoisement d'elle. Ils finirent par danser presque côte à côte. Priscilla et Malko échangèrent un bref regard. L'homme qui dansait avec elle, un grand brun au visage ouvert, semblait aux anges. Quant à Priscilla, elle était toujours le rêve impossible de l'homme marié. Un pull rouge moulait ses seins en obus et sa jupe semblait peinte sur elle tant elle épousait ses courbes. Soudain, elle se détacha de son cavalier et vint danser carrément en face de Malko, en une sorte de parade sexuelle d'une provocation primitive.

Malko, à son tour, se détacha de Marisabel, et le cavalier de Priscilla prit aussitôt sa place. La Vénézuélienne ne semblait se douter de rien, toute à l'euphorie du « regatton ». Malko se rapprocha et prit Priscilla par la taille. Aussitôt, la jeune Noire lui murmura dans l'oreille :

— C'est ta meuf ? Elle a dû être pas mal. Elle a encore un beau cul !

— Pas comme le tien, dit Malko. J'ai un message à transmettre.

— Je sais. *Go ahead.*

Il lui hurla littéralement dans l'oreille tout ce qu'il avait à dire, sans la lâcher, et se rapprocha de Marisabel qui ondulait, seule, en face du cavalier de Priscilla. La Vénézuélienne sembla à peine s'apercevoir du retour de Malko et s'agita jusqu'à ce que l'orchestre s'arrête.

– J'adore danser ! soupira-t-elle en se rasseyant. Surtout le « regatton ».

Coup sur coup, elle avala deux grands verres de sangria. Comme l'orchestre reprenait une chanson aussi rythmée, mais plus lente, c'est elle qui se leva et fonça sur la piste où les danseurs, serrés comme dans le métro, avaient du mal à bouger. Marisabel s'encastra contre Malko, les bras noués sur sa nuque, et commença à bouger autant qu'elle le pouvait, c'est-à-dire très peu, collée à lui des épaules aux genoux.

Malko sentit sa libido sortir de son hibernation. Marisabel semblait s'être dédoublée, peut-être l'effet de la sangria. Autour d'eux, les couples flirtaient sans retenue. Soudain, elle leva la tête et colla sa bouche à la sienne pour un baiser prolongé, son bassin collé au sien. Il crut qu'elle allait jouir sur place.

Ils continuèrent à danser, Marisabel, maintenant complètement abandonnée contre lui, molle comme une poupée. Malko avait retrouvé une érection d'enfer, sans que sa fureur soit retombée. Il se demandait comment, après une telle journée, il pouvait encore avoir envie d'une femme.

– Rentrons ! lança-t-il finalement.

Pendant le trajet, elle parut redescendre sur terre, mais au lieu de s'arrêter sous l'auvent du *Tamanaco*, se gara au fond du parking. Malko descendit et la jeune femme le rejoignit aussitôt. Contournant la Land Cruiser, elle se colla sans un mot à Malko et lui enfonça une langue vorace au fond du gosier. Déchiré entre la fureur qu'il éprouvait encore à l'égard de la Vénézuélienne et son envie de la baiser, il trouva soudain une solution digne.

La retournant, il la plaqua contre la portière, puis, glissant une main sous la robe légère, saisit l'élastique de sa culotte et la fit descendre le long de ses jambes.

D'elle-même, Marisabel cambra les reins. Malko n'eut qu'à relever le tissu de sa robe, tâtonner un peu, et il se planta dans son ventre sans difficulté. Une pensée le traversa fugitivement. Cette journée était surréaliste ! Les ongles de la jeune femme crissèrent sur le métal de la portière et elle exhala un sourd gémissement, plaquée contre le 4×4 par le sexe fiché dans son ventre. Malko se mit à la prendre sans ménagement. Il était si excité que cela ne dura guère. Il explosa sans se préoccuper de sa partenaire, se retirant aussitôt. Marisabel se retourna lentement et leurs regards se croisèrent.

– À quoi pensez-vous ? demanda-t-elle, surprise par sa violence.

– À la Noire avec qui j'ai dansé, dit gentiment Malko. Elle était vraiment magnifique.

Le rugissement de Marisabel Mendoza fut celui d'un fauve blessé. D'un seul élan, elle se jeta sur Malko, littéralement toutes griffes dehors. Il dut lui attraper les poignets pour ne pas avoir les yeux arrachés. Lui donnant des coups de pied, cherchant à lui échapper, elle l'insultait à voix basse, avec un vocabulaire remarquable de variété.

Malko buvait du petit-lait. Finalement, il lui lâcha les poignets et recula brusquement.

– *¡ Buenas noches !* lança-t-il avant de s'éloigner vers l'hôtel.

Elle l'injuria encore mais n'osa pas le poursuivre. Il l'entendit démarrer, laissant la moitié de ses pneus sur le bitume. Redescendu sur terre, il se demanda comment il allait se sortir de ce piège.

* *
*

Il était à peine dix heures du matin lorsque le téléphone sonna. Une voix d'homme inconnue dit en anglais :

– Rejoignez moi à la piscine.

Il avait déjà raccroché. Intrigué, Malko descendit. En arrivant à la piscine, il repéra immédiatement l'homme qui se trouvait la veille avec Priscilla Clearwater, allongé près du petit pont enjambant le bassin. Il s'installa sur le transat voisin et l'inconnu lui adressa un sourire un peu crispé.

– Je suis heureux que vous ayez été dans votre chambre. J'ai reçu l'ordre de vous contacter d'urgence.

– Vous êtes le mari de Priscilla ? demanda Malko.

– Non, je m'appelle Mike O'Brady. Je suis l'adjoint du COS, Carl Deadwood. Priscilla Clearwater est sa secrétaire. Son mari se trouve à Langley et elle est en poste ici pour six mois…

– Bien, conclut Malko. Quelles sont vos instructions à mon égard ?

Le jeune *case-officer* de la CIA se rembrunit.

– Quelqu'un a déposé tôt ce matin un paquet à l'ambassade à l'attention du COS. Un DVD accompagné de la photocopie de votre passeport.

Malko maudit intérieurement Marisabel et ses amis. Ils prenaient leurs précautions.

– Je vois ce dont il s'agit, dit-il. J'en ai dit un mot à Priscilla hier soir, mais il y avait un peu trop de bruit. J'ai été kidnappé et manipulé, sous la menace.

– Nous envoyons un messager à Washingon aujourd'hui même avec ce document, dit Mike O'Brady. Par la valise. C'est évidemment très sensible. Vous êtes encore en rapport avec ces gens ?

Malko se permit un sourire amer.

– Évidemment. Ils me font chanter. J'aimerais, moi aussi, avoir des instructions. Et que l'Agence me donne tout ce qu'elle a sur un certain Francisco Cardenas. C'est lui qui utilise le pseudo de « Napoléon ». C'est l'âme du complot. Ça m'étonne que les Vénézuéliens ne le surveillent pas.

– Voilà un numéro pour communiquer avec nous :

(0416) 407 1325. C'est celui de Priscilla Clearwater. Il n'est pas à son nom. Ne parlez jamais plus d'une minute et demie. En attendant, ne bougez pas.

Il était déjà debout, peu soucieux de s'attarder. Le soleil s'était découvert et Malko décida de rester au bord de la piscine. Ruminant de sombres pensées. La réputation du nouveau directeur de la CIA, Porter Goss, ne le rassurait pas. Il avait peur de son ombre. *Lui* était parfaitement capable de lâcher Malko, pour éviter des problèmes à l'Agence. En plus, quoi qu'en pensent Marisabel et ses amis, le traître existait bel et bien. Susceptible de faire prendre « Napoléon », mais aussi Malko.

Ce dernier se retrouvait coincé entre deux mâchoires prêtes à le broyer. Il ne pouvait pas faire grand-chose contre Porter Goss, à part intervenir auprès de Frank Capistrano, mais il fallait, d'urgence, démasquer le traître de Caracas. Et pour cela, convaincre Marisabel et ses amis de son existence. Prenant son portable, il composa le numéro de la jeune femme. Comment allait-elle l'accueillir après la gifle morale qu'il lui avait infligée la veille au soir ?

CHAPITRE IX

Marisabel Mendoza décrocha à la troisième sonnerie et demanda d'une voix chaude :

– ¿ *Quien habla ?*

– C'est moi, dit Malko. Il faut que je vous parle d'un problème extrêmement grave. Qui vous concerne aussi.

Il y eut un blanc sur la ligne et il crut qu'elle avait raccroché.

– *Bueno*, fit-elle enfin, d'une voix à geler le Sahara, cela tombe bien. J'allais vous appeler. Vous êtes au *Tamanaco ?*

– Oui.

– Je serai là dans une heure.

Brutalement, une nouvelle averse tropicale se déclencha et Malko dut courir se mettre à l'abri. Ce qui lui laissait le temps d'appeler Frank Capistrano. Si le DVD de Marisabel tombait entre les mains de la DISIP, il terminerait ses jours dans une prison vénézuélienne.

Au mieux.

Frank Capistrano était injoignable. Il lui laissa un message l'avertissant de l'arrivée du DVD. Désormais, sa tâche numéro un était de débusquer l'homme qui trahissait les conjurés.

*

Debout au milieu du *lobby*, retranchée derrière ses lunettes noires, très droite, Marisabel Mendoza évoquait la statue du Commandeur.

– *Buenos dias*, lança-t-elle à Malko d'une voix glaciale.

Elle ne lui serra même pas la main. En jean et veste, elle était malgré tout extrêmement sexy.

– Il faut que je rencontre à nouveau « Napoléon », annonça Malko. Dans *notre* intérêt.

Marisabel eut une moue teintée de mépris.

– Nous verrons. Pour le moment, j'ai besoin de vous pour autre chose. Venez.

Ils gagnèrent le parking. Miguel, le Salvadorien, était au volant de la Cherokee noire. La jeune femme s'installa à côté de lui, Malko à l'arrière.

– Où allons-nous ? demanda Malko.

Marisabel daigna tourner la tête.

– Récupérer un véhicule utile à notre projet.

– Pourquoi avez-vous besoin de moi ?

– Vous verrez.

En sortant du *Tamanaco*, ils gagnèrent l'*autopista* Francisco-Fajardo en direction de l'est. Ils dépassèrent Petara et quittèrent l'*autopista* en direction de Palo Verde, jusqu'à un des innombrables *pueblos,* par un lacis de petites routes sans nom, bordées de villas, de terrains vagues et des tâches lépreuses des *barrios* accrochés aux flancs de la moindre colline.

Le Salvadorien ralentit, fit demi-tour, tomba dans une impasse. Il s'arrêta enfin et demanda sa route à une vieille femme. Malko l'entendit demander la calle del Transformador. Il repartit, prit une rue encore peu construite pour déboucher devant un immeuble en construction. Un chantier désert. Un fourgon blanc en piteux état portant sur son flanc le nom d'une boutique d'électroménager était arrêté entre deux bétonneuses au repos. Marisabel Mendoza se tourna vers le Salvadorien.

– Tu as l'argent, Miguel ?

– *Si*, Doña Marisabel.

Il s'arrêta à côté du fourgon. Malko aperçut un homme en train de fumer, au volant. Visage émacié, un petit bouc, les cheveux longs. Il sauta à terre et s'approcha de la Cherokee. Miguel descendit et ils échangèrent un long *abrazo*. Marisabel Mendoza sortit à son tour et fit le tour du fourgon blanc, comme pour en vérifier l'état.

Le Salvadorien et le conducteur du fourgon discutaient à voix basse. Un énorme paquet de bolivars – pas grand-chose en réalité – changea de mains. Marisabel Mendoza, ayant fini de contourner le fourgon, réapparut et fit signe à Malko de la rejoindre. Elle s'était immobilisée à côté de la porte ouverte du véhicule. La discussion se prolongeait entre les deux hommes. Le conducteur du fourgon avait compté les billets et, visiblement, n'était pas d'accord.

– Vous allez conduire ce fourgon ! lança Marisabel Mendoza à Malko. Vous me suivrez.

Malko s'approcha du véhicule et aperçut sur le plancher un fusil de chasse à canon scié… Le ton montait entre les deux hommes et le Salvadorien dit à Marisabel :

– Il veut un million de *bolos* en plus.

Malko vit le visage de la Vénézuélienne se crisper de fureur. La discussion reprit entre le vendeur et Miguel, encore plus violente. Soudain, l'homme au bouc sortit un couteau de sa poche, l'ouvrit et en menaça le Salvadorien. Les choses s'envenimaient…

– ¡ *Maricon* [1] ! siffla Marisabel.

D'un geste brusque, elle plongea la main dans son sac, la ressortit serrée autour de la crosse du Glock,

1. Pédé !

fit un pas en avant, tendit le bras et, presque à bout portant, tira dans la nuque du Vénézuélien !

Le tout en quelques secondes.

L'homme s'écroula comme une masse, lâchant son paquet de billets, et resta face contre terre. Foudroyé.

Horrifié, Malko vit Marisabel Mendoza remettre le Glock dans son sac, comme si elle avait tué un moustique.

— Vous êtes folle ! explosa Malko. Pourquoi avez-vous tué cet homme ?

— Je ne voulais pas le tuer, fit-elle d'une voix mal assurée, le coup est parti tout seul. Prenez le volant, nous partons.

Miguel avait déjà ramassé les billets et remontait dans la Cherokee.

— Je ne conduirai pas ce véhicule volé, fit Malko.

Le regard de Marisabel se glaça.

— *Do it*, lança-t-elle en anglais. Ou je vous tue. J'en meurs d'envie.

Ça, c'était sûrement vrai... Sans attendre la réponse de Malko, elle se dirigea vers la Cherokee.

Au moment où elle allait y monter, il y eut un fracas métallique à l'arrière du fourgon, et les portes se rabattirent violemment. Malko tourna la tête et aperçut un homme qui venait de sauter à terre. Trapu, une tête ronde, le teint rubicond, les cheveux gris, il tenait un riot-gun à la main. Il aperçut le corps du conducteur allongé sur le sol et courut dans sa direction, sans même voir Malko, dissimulé par la portière ouverte. Il s'accroupit près du corps et se rendit compte immédiatement qu'il était mort.

La Cherokee était en train de démarrer. Il s'élança vers elle et tira au jugé dans la portière.

Miguel, le Salvadorien, écrasa le frein et sauta à terre, une machette à la main. Faisant le tour du 4×4, il fonça sur l'homme au riot-gun. Celui-ci n'hésita pas une seconde. À un mètre de distance, il lâcha une deuxième cartouche qui coupa pratiquement en deux le Salvadorien. Puis, il se dirigea vers la Cherokee. Marisabel s'était glissée sur le siège conducteur et tentait désespérément de remettre en route. L'homme au riot-gun ouvrit la portière droite à la volée, et aperçut Marisabel.

– *¡Puta! ¡Yo voy matarte*[1]*!* hurla-t-il.

Dans sa précipitation, la jeune femme avait laissé son sac contenant le Glock posé sur le plancher. Le tueur s'approcha encore et braqua son arme sur la jeune femme.

Tout avait duré moins d'une minute.

Tétanisé, Malko attrapa le fusil à canon scié sur le plancher du fourgon. L'homme au riot-gun était de dos. L'alternative qui se présentait à lui était très simple. Ou il laissait l'homme abattre Marisabel et il devrait l'affronter ensuite. Il y avait très peu de chances pour que cela se termine par une discussion amiable. Ou il tirait le premier…

Il fit un pas en avant, heurtant la portière qui grinça. Le tueur se retourna d'un bloc, alerté par le bruit, et découvrit Malko.

Ce n'était plus un dilemme métaphysique.

Malko appuya sur la détente du fusil à canon scié une fraction de seconde avant son adversaire. Le recul fut si fort qu'il heurta la portière. L'homme au riot-gun, atteint à l'estomac, se plia en deux, mais eut encore la force d'appuyer sur la détente. La décharge de plombs se perdit dans la façade de la maison en construction, il lâcha son arme pour se concentrer sur une tâche plus urgente : essayer d'empêcher ses intestins de s'échapper de son abdomen.

Malko s'immobilisa, encore assourdi par les détonations, regarda les trois corps. Seul l'homme sur qui

_____
1. Putain ! Je vais te tuer !

il avait tiré bougeait encore, faiblement. Marisabel Mendoza émergea de la Cherokee, hagarde, le regard vide, et marcha jusqu'à lui. Ses lèvres tremblaient et elle n'arrivait pas à articuler un mot. Le calme terrifiant avec lequel elle avait abattu le conducteur du fourgon, juste avant, avait fait place à un état de stupeur, provoqué par le choc de se voir morte. Elle bredouillait des mots inintelligibles.

Lorsque Malko s'approcha, elle s'accrocha à lui, avec une expression égarée.

– Il voulait me tuer, dit-elle d'une voix hâchée. *Santa Maria de Dios...*

Elle oubliait qu'elle-même avait abattu un homme quelques instants plus tôt. Malko redescendit sur terre. Même dans ces quartiers peu habités, les coups de feu pouvaient avoir attiré l'attention.

– Il faut filer, conseilla-t-il. Vous pouvez conduire la Cherokee ?

Elle hocha la tête affirmativement et se dirigea vers le 4×4. Malko s'accroupit près du corps du Salvadorien mort et vérifia ses poches, ne touvant qu'un peu d'argent, des clefs, un paquet de cigarettes et un mouchoir sale. Pas le moindre papier d'identité.

La Cherokee était en train de démarrer et il se hâta de prendre le volant du fourgon Mitsubishi, y jetant le fusil à canon scié, accélérant pour rattraper le 4×4. Ils n'étaient pas restés plus de dix minutes sur le chantier abandonné. Conduisant comme un automate, il resta collé à Marisabel Mendoza qui rattrapa l'*autopista* Francisco-Fajardo, bifurquant ensuite dans celle menant à Baruta.

La jeune femme rentrait chez elle, à El Hatillo.

À l'entrée de La Trinidad, Malko crut avoir un infarctus. Un policier en casque colonial, le bras levé, leur faisait signe de stopper. L'adrénaline faillit l'étouffer : il conduisait un véhicule sûrement volé, avec une arme ayant servi à un meurtre et qui portait encore ses empreintes… Son angoisse disparut d'un coup en voyant un groupe d'enfants s'engager sur le passage pour piétons…

Ils arrivèrent enfin à El Hatillo, mais juste avant le grand rond-point de l'avenida de la Lagunita, Marisabel mit son clignotant et s'arrêta en face d'un majestueux portail rouge-brun. Le nom de la propriété, DAKTARI, était inscrit en lettres d'or sur les deux piliers de pierre de l'entrée. La Vénézuélienne descendit et parla dans un interphone. Quelques instants plus tard, le portail coulissa silencieusement et Malko aperçut un long bâtiment au toit de tuiles devant lequel se trouvaient plusieurs voitures.

Quand il descendit, Marisabel était déjà devant la porte. Celle-ci fut ouverte par Raul, le gros Salvadorien. Il y eut une brève conversation et Marisabel vint vers Malko. Elle avait retrouvé une diction normale, mais ses traits étaient encore tirés.

– Raul est très triste, dit-elle d'une voix blanche, il travaillait avec Miguelito depuis plusieurs années. Venez.

Malko la suivit à l'intérieur. C'était du rustique élégant, avec de lourds meubles de bois sombre, des peaux de vache partout, des photos de chevaux. Ils débouchèrent dans un salon de même style. Marisabel fonça au bar, en sortit une bouteille de Defender « 5 ans d'âge », l'ouvrit et colla le goulot à ses lèvres, sans même prendre le temps de chercher un verre… Malko la vit hoqueter, des larmes plein les yeux, tousser, puis reposer la bouteille et se laisser tomber sur un canapé de cuir rouge. Les mains de la jeune femme tremblaient…

Il essayait de retrouver un rythme de respiration normal. En une heure, son pedigree s'était alourdi. Non seulement il était trafiquant de drogue, mais meurtrier, de surcroît… Même si c'était de la légitime défense.

– Vous m'avez sauvé la vie, fit Marisabel d'une voix mal assurée. Sans vous, il me tuait.

– Vous veniez de tuer son ami, remarqua Malko.

Elle demeura quelques instants silencieuse, avant de dire d'une voix absente :

– C'est vrai, depuis quelque temps, je ne me reconnais pas moi-même. Il y a deux ans, j'avais l'impression de me conduire comme une idiote en tapant sur des casseroles toute la journée, croyant que cela allait faire partir Chavez. Je me sentais inutile. Puis, j'ai rencontré Francisco. Il m'a fait évoluer. Avec lui, j'ai découvert ce qu'était l'action véritable. Seulement, je ne pensais pas que c'était si dur. Aujourd'hui, j'ai eu très peur...

– Mais vous avez tué cet homme sans hésiter.

– Je n'ai pas réfléchi, plaida-t-elle. J'ai cru qu'il voulait tuer Miguel. J'ai agi par réflexe, j'étais comme dédoublée. Je me confesserai de ce crime.

Elle se leva, alla prendre la bouteille de Defender, mais, cette fois, prit le temps de remplir un verre.

– Où sommes-nous ? interrogea Malko.

– Dans la *finca* d'un ami sûr, un Américano-Cubain. C'est très grand. Il ne vient jamais au Venezuela.

– C'est ici qu'il était prévu d'amener le fourgon ?

Elle hocha la tête affirmativement.

– Oui, c'est Miguelito qui avait contacté ce type, un voyou du *barrio*. Pour lui acheter un véhicule volé. Je ne pensais pas que cela se passerait de cette façon...

– Pourquoi ici ?

– Nous avons entreposé l'explosif dans un hangar et les deux Irlandais vivent ici. Je ne les veux pas chez moi. Trop dangereux.

Raul les rejoignit. Il dit quelques mots à Marisabel qui se tourna vers Malko.

– Il veut que nous allions voir.

Ils ressortirent et gagnèrent un hangar collé derrière

la villa. Malko aperçut le fourgon blanc Mitsubishi, les portes arrière grandes ouvertes. La gauche était recouverte d'un énorme graffiti noir. Les deux Irlandais qu'il avait vus dans le *llano* étaient en train de démonter le plancher du véhicule. Contre le mur, Malko aperçut des paquets rectangulaires enveloppés de papier marron huilé, sur près d'un mètre de haut. Les inscriptions en anglais indiquaient qu'il s'agissait de RDX, un puissant explosif militaire... Les deux hommes continuèrent leur travail comme s'ils étaient seuls.

– Ils vont disposer l'explosif dans un faux plancher, expliqua Marisabel. Ensuite, on remettra le plancher original pour le dissimuler. Il n'y aura plus qu'à installer le dispositif de mise à feu...

– C'est l'explosif ramené de Colombie ?

– Oui. Il a été volé à l'armée. Il est intraçable.

Il en eut froid dans le dos. Les deux Irlandais travaillaient calmement, comme de bons mécaniciens. Une tonne d'explosif de cette qualité détruirait tout dans un rayon de cent mètres...

– Qui va déclencher l'explosion ? demanda Malko

Marisabel se tourna vers lui, reprenant vie.

– Moi, j'espère !

– Vous allez sacrifier votre vie ?

– Non, ce sera fait à distance... Avec un téléphone portable. Les Irlandais m'ont dit que cela fonctionnait très bien.

À condition que le véhicule visé ne dispose pas de contre-mesures électroniques brouillant les émissions radio. Dans cas, il fallait soit un kamikaze, soit un déclenchement par rayon laser ou infrarouge. Marisabel ne semblait pas consciente de ce menu problème.

– Vous avez étudié les déplacements de Hugo Chavez ? demanda Malko.

– C'est Francisco qui s'en occupe.

Ils ressortirent du hangar dont elle referma soigneusement la porte.

– La police ne risque pas de venir ici ?

– Peu de chance, affirma la jeune femme.

Ils regagnèrent la cour, où était garée la Cherokee criblée de plombs, au milieu d'autres 4×4.

– Je vais laisser la Cherokee ici, dit Marisabel. J'ai besoin de me reposer maintenant.

Ils repartirent dans une Toyota Accord qui sentait le fauve. Marisabel semblait épuisée. Malko jeta un coup d'œil sur sa Breitling. À peine midi...

– Je vous dépose au *Tamanaco,* proposa-t-elle.

– Oui, accepta Malko. Mais je voudrais surtout rencontrer votre ami « Napoléon ».

– Je lui parlerai quand je me serai reposée, dit la jeune femme. De toute façon, je dois le mettre au courant de ce qui s'est passé ce matin.

– Cela ne risque pas de mettre la police sur votre piste ?

– Non. Miguel ne mène nulle part. Il n'avait pas d'existence légale ici. Quant aux autres, ils ne m'avaient jamais vue.

Malko était en train de réaliser qu'il n'allait pas se sortir de ce guêpier facilement. De toute façon, il ne pouvait décrocher qu'avec l'aide de la CIA. Ce qui n'était pas acquis. Il avait donc une priorité absolue : trouver la « taupe » qui informait les Vénézuéliens. Sinon, il risquait de se trouver entraîné dans la chute des comploteurs. Il demeura silencieux jusqu'au *Tamanaco.* Arrêtée sous l'auvent, Marisabel Mendoza se tourna vers lui. Elle avait vieilli de dix ans en quelques heures.

– Je vais dire à Francisco que vous voulez le rencontrer. *Hasta luego.*

CHAPITRE X

Montero Vasquez, colonel de la DGI cubaine installée dans un petit bâtiment jaunâtre de la calle Roraima, à Chuao, aux murs hérissés de caméras, se disait qu'il n'avait pas perdu de temps. Il prit sa vieille Honda et fila vers l'avenue Rio-de-Janeiro. Direction : la DISIP. Détaché comme conseiller technique à la direction de celle-ci, il passait régulièrement à l'ambassade récupérer les documents envoyés par Cuba par des moyens sécurisés.

Toujours en civil, habitant un modeste appartement du centre-ville, il était le trait d'union entre le DGI cubaine et la DISIP, mais peu de gens connaissaient son importance. Il avait hâte de montrer à Angel Santano, son interlocuteur, ce qu'il venait de recevoir. Et qui lui donnait raison.

Il parcourut la voie en hélice du bâtiment et gagna, au dernier étage, le bureau de la secrétaire d'Angel Santano.

– J'ai un document très important à communiquer au *compañero* Angel Santano, annonça-t-il. Est-ce qu'il est là ?

Il y était, et le reçut immédiatement. Après une poignée de main assez froide, le colonel Vasquez sortit de sa serviette le document réceptionné à l'ambassade et le tendit au numéro 2 de la DISIP.

— *Compañero*, dit-il, vous vous souvenez de la conversation que nous avons eue dans ce bureau au sujet de la préparation d'un attentat contre *El Presidente* ?

— Bien sûr.

— Lisez.

Angel Santano se pencha sur le document. Il s'agissait d'un fax intercepté par les Services cubains. Expédié de Miami par le général vénézuélien en exil Felipe Rodriguez à un certain Ronald Tyrel. Le texte était court : « Merci encore pour l'aide que vous nous apportez enfin. »

— Qui est Ronald Tyrel ? demanda Angel Santano.

— Le responsable de la CIA à Miami, qui traite la bande de généraux exilés de Felipe Rodriguez.

— Vous en êtes sûr ?

— Absolument certain. Nous l'avons identifié depuis longtemps. Ce qui signifie que l'information communiquée par votre source « Mickey » est exacte. Et qu'il serait contre-productif de ne pas réagir, vite et fort.

Angel Santano voyait très bien où voulait en venir le Cubain : l'arrestation et l'interrogatoire « renforcé » de Teodoro Molov. Ce qu'il estimait être une erreur.

— *Bueno*, dit-il, j'appelle Manuel Cordoba, c'est lui qui suit l'affaire.

Il appuya sur l'interphone et demanda à sa secrétaire qu'on fasse monter le chef de la 4e Section, avec le dossier « Mickey ».

Cinq minutes plus tard, la porte s'ouvrit sur un jeune homme aux cheveux ras, au front bas, mince, athlétique, un dossier sous le bras.

— *Me disculpe, señor* Santano, dit-il, Manuel Cordoba est absent, mais je suis le dossier avec lui.

Angel Santano le présenta au colonel cubain et lui tendit le fax.

– Voici ce que nos amis cubains ont intercepté, annonça-t-il. C'est inquiétant, non ?

Manu Contreras lut le texte et explosa aussitôt.

– Il faudrait couper la gorge à tous ces *golpistas*, lança-t-il d'une voix furieuse. Défendre la Révolution bolivarienne contre ces *gusanos*. J'étais sûr que les *gringos* de la CIA étaient derrière eux. Après le *compañero* Allende, ils veulent la peau d'*El Presidente*.

Vêtu d'une chemise à carreaux, le badge « DISIP. Dirección de las Investigaciones » autour du cou comme un feld-gendarme, Manu Contreras incarnait l'aile dure du chavisme, poursuivant les ennemis du régime avec une hargne idéologique. En l'écoutant, le colonel Vasquez buvait du petit-lait.

Un stage de trois mois à Cuba au sein de la DGI avait achevé d'aiguiser ses convictions révolutionnaires. Revenu à la DISIP, il avait remplacé un chaviste « tiède ». Tous les responsables avaient été changés au cours des six derniers mois.

Coupant court à sa tirade, Angel Santano demanda :

– Avez-vous du nouveau sur le dossier « Mickey » ?

– Rien, ce salaud se méfie ! laissa tomber Manu Contreras. Je pense qu'il faudrait l'amener ici et le passer au four.

Le four était une méthode d'interrogatoire féroce utilisée par la DISIP. Une petite pièce cubique au plafond très bas, dont les murs étaient garnis de plaques réfléchissantes métalliques en alliage léger d'un blanc ébouissant, légèrement concaves. D'énormes ampoules semblables aux balkars utilisés par les photographes étaient fixées au plafond. On introduisait le prisonnier dans la pièce et on les allumait… Cela faisait d'abord l'effet d'un agréable bain de soleil sur une plage tropicale. Puis, peu à peu, la chaleur devenait infernale, desséchant la peau, les muqueuses, déclenchant une soif abominable. La victime, tentée de se retourner pour échapper à l'atroce chaleur, finissait par se rôtir elle-même sous toutes les faces. La température ne dépassait pas 55 degrés, mais c'était suffisant pour en faire un supplice inhumain. Les victimes sentaient leur langue enfler dans leur bouche. Ils en venaient à lécher leur propre sueur. Pour arrêter leur supplice, il suffisait d'appuyer sur un gros bouton rouge, ce qui signifiait qu'ils étaient prêts à parler. Mais, s'ils le faisaient seulement pour gagner du temps, la séance suivante durait deux fois plus longtemps.

Par un hublot, un médecin cubain surveillait l'état du torturé pour qu'il ne meure pas inopinément. Souvent, quand ils avaient dit tout ce qu'on voulait, on les laissait se dessécher pour de bon.

Angel Santano demeura impassible. Il n'était même pas certain que le four vienne à bout d'un homme de la trempe de Teodoro Molov. Cependant, il sentit qu'il fallait faire quelque chose.

– Dans l'entourage de Teodoro Molov, il n'y a aucun suspect ?

Manu Contreras se replongea dans son dossier et leva la tête quelques instants plus tard.

– Il y en a plusieurs, précisa-t-il, mais il n'ont aucun contact avec lui depuis que nous le surveillons. La dernière à lui avoir téléphoné est une activiste du Parti justicialiste, une certaine Marisabel Mendoza. Elle lui a souvent rendu visite à son bureau.

Angel Santano connaissait le personnage : une pétroleuse hystérique participant à toutes les manifestations anti-Chavez. Pas grand-chose à espérer de ce côté-là, mais il fallait agir en attendant qu'il confesse Teodoro Molov.

– Prenez-la en compte, ordonna-t-il. Filature et surveillance téléphonique. Faites un rapport quotidien. Photographiez les gens qu'elle rencontre. Je vais rédiger un rapport pour le président, en y joignant ce fax, et prendre contact avec ma source. Je vous remercie tous les deux.

Le colonel cubain et Manu Contreras se levèrent en même temps. Avant de franchir la porte, ce dernier se retourna et lança d'un ton presque menaçant :

— J'espère que rien n'arrivera à *El Presidente*.

*
**

— Je suis en bas.

La voix de Marisabel Mendoza était toujours aussi distante, mais lorsque Malko la retrouva dans le *lobby* du *Tamanaco,* la jeune femme n'avait rien à voir avec la créature hagarde, déboussolée, terrifiée du matin. Elle était moulée dans une robe rouge feu qui la faisait ressembler à un pompier «porno chic». Ses bas noirs brillants tranchaient sur la robe et la rendaient encore plus provocante.

— Vous êtes seule ? demanda Malko.

— Gustavo attend dans la voiture. Il ne veut pas se montrer. Depuis son retour, il loge à la *finca* Daktari, c'est plus sûr.

Ils gagnèrent la Land Cruiser noire où attendait Gustavo Berlusco, qui accueillit Malko presque chaleureusement. Au volant, Marisabel avait retrouvé tout son tonus. Ils mirent vingt minutes pour atteindre le Country Club.

Francisco Cardenas les attendait sur le perron de sa villa, vêtu d'une chemise mexicaine et d'un pantalon de lin. Il accueillit Malko d'une poignée de main chaleureuse.

— Je sais que vous avez sauvé la vie de Marisabel ce matin, dit-il, je vous en remercie.

Le général Berlusco, lui, eut droit à un *abrazo* assorti de plusieurs claques dans le dos, avant qu'ils ne gagnent l'intérieur de la villa. Comme la première fois, une bouteille de Taittinger Comtes de Champagne attendait dans son seau en cristal et la petite *chula* vint l'ouvrir avec des gestes maladroits, dès qu'ils furent installés. Le maître de maison leva sa flûte de champagne.

– Je bois au retour de notre ami Gustavo et je bénis Dieu d'avoir épargné Doña Marisabel…

Dieu n'avait pas grand-chose à voir dans ce miracle, mais Marisabel Mendoza n'en fit pas moins un signe de croix discret. En Amérique latine, on mettait la religion à toutes les sauces… Malko contemplait ces personnages, à la fois sophistiqués et féroces, avec une certaine stupéfaction. On complotait comme on allait au golf et pourtant, à El Hatillo, les deux Irlandais étaient bien en train de préparer un véhicule piégé capable de tuer des dizaines de personnes. Et, le matin même, la pieuse Marisabel avait tiré sans l'ombre d'une hésitation une balle dans la nuque d'un homme.

C'étaient peut-être des zozos, mais des zozos très dangereux.

Malko s'arracha à sa méditation. À chaque bruit venant de l'extérieur, il sursautait. Si la police vénézuélienne le trouvait avec les conjurés, il subirait le même sort qu'eux… Donc, il fallait résoudre au plus vite le problème du traître.

– *Señor,* dit-il à Francisco Cardenas lorsqu'ils eurent reposé leurs flûtes, vous ne craignez pas que la DISIP s'intéresse à vous ?

Francisco Cardonas eut un sourire rassurant.

– S'ils avaient voulu, ce serait chose faite depuis longtemps. Ils savent que je suis un opposant, mais que je me contente de l'être verbalement. Maintenant notre projet est lancé et ils n'auront pas le temps de réagir avant notre victoire.

Malko sauta sur l'occasion.

– Sauf si vous êtes trahis… J'ai répété à Doña Marisabel que le traître dont je vous ai parlé existe bien. Il faut donc l'identifier et…

Il s'arrêta pour ne pas donner de mauvaises idées à

Marisabel Mendoza qui le fixait en fumant non-stop, encore secouée par les événements de la matinée. Cette fois, Francisco Cardenas ne monta pas sur ses grands chevaux.

— J'ai parlé de ce problème avec Doña Marisabel, admit-il. Une seule personne peut avoir eu vent de notre projet, mais j'ai une totale confiance en lui.

— De qui s'agit-il ? demanda Malko.

À ce moment, il ne savait plus à quel camp il appartenait. S'il était un chef de mission de la CIA ou un comploteur préparant l'assassinat du président vénézuélien. Ce qu'il avait fait dans les dernières quarante-huit heures l'avait tellement impliqué aux côtés de ce groupe de fanatiques qu'il en avait le tournis. Marisabel et le maître de maison échangèrent un long regard, puis Francisco Cardenas laissa tomber :

— Il s'appelle Teodoro Molov. C'est un journaliste opposant à Chavez depuis longtemps. Un intellectuel très droit. Et il ne sait pas grand-chose de notre projet. Seulement que nous voulons le mener à bien. Pourquoi trahirait-il ?

— On ne sait pas toujours pourquoi les gens trahissent, remarqua Malko. Parfois, eux-même l'ignorent. Et les intellectuels sont ceux qui trahissent le plus facilement, parce qu'ils sont coupés de la réalité. En tout cas, il faut lever cette hypothèque.

— Comment ? demanda Francisco Cardenas.

— Je ne sais pas encore, avoua Malko. Je vais réfléchir. Merci de m'avoir mis sur une piste. Je crois que la journée a été longue… Une dernière question : ce Molov sait-il qui vous êtes ? Il connaît votre nom de code, « Napoléon » ?

— Non, répliqua le Vénézuélien, mais il sait que je suis impliqué dans le projet.

— Il connaît l'existence de la *finca* Daktari ?

— Non.

– Il sait comment vous envisagez de vous débarrasser de Chavez ?

– Non.

– Et connaît-il mon existence ?

– Non.

Intérieurement, Malko poussa un ouf de soulagement, et se leva.

– Je vous demande, pour notre sécurité à tous, de n'avoir aucun contact avec cet homme pour le moment, conclut-il.

– Qu'allez-vous faire ? demanda Francisco Cardenas.

– Me renscigner, dit Malko.

– Je n'ai pas changé d'avis sur les Américains, lança Francisco Cardenas. Même si, aujourd'hui, vous vous êtes conduit comme un *hombre macho*.

– Nous discuterons des Américains plus tard, coupa Malko. Je suis fatigué.

Ils prirent congé de Francisco Cardenas et se retrouvèrent dans la Land Cruiser. Lorsque Marisabel le déposa au *Tamanaco*, Malko eut l'impression que le général Berlusco était soulagé d'un poids.

Il tombait de fatigue, d'épuisement nerveux mais, pour lui, la journée n'était pas terminée. Du *lobby*, il composa sur son portable le numéro donné par Mike O'Brady. Le portable *safe* de Priscilla Clearwater.

***

– *Who's calling ?*

Malko entendit à peine la voix de la jeune Noire, tant il y avait du bruit autour.

– C'est moi, dit Malko, où es-tu ?

– Dans un cocktail à l'ambassade d'Argentine, dit-elle. Je comptais t'appeler demain matin. J'ai des choses pour toi.

– Moi aussi, dit Malko. J'ai des éléments à te communiquer. D'urgence. Dis-moi où c'est, je passe te prendre.

Elle le lui expliqua. C'était compliqué, une petite rue dans le quartier de Chula Vista, où se trouvait l'ambassade américaine. Des voies étroites s'enroulant autour de collines toutes semblables, sans le moindre nom pour s'orienter... À vol d'oiseau, à dix minutes du *Tamanaco*. Malko tourna une demi-heure avant de trouver les deux aigles de pierre signalant le début de la rue bordée de somptueuses propriétés qui montait en lacets vers l'ambassade US.

Il aperçut enfin Priscilla Clearwater dans la lueur de ses phares, plantée au milieu de la voie ! À peine dans la voiture, elle l'apostropha, furieuse.

– Ça fait vingt minutes que j'attends. J'étais sortie parce qu'on ne peut pas se garer...

– Désolé ! s'excusa Malko, en lui baisant d'abord la main, puis en posant la sienne sur sa cuisse, découverte par sa jupe en corolle.

Priscilla lui jeta un regard noir.

– C'est pour me baiser que tu voulais me voir si vite...

– L'idée ne m'a même pas effleuré, jura Malko avec une mauvaise foi admirable, tout en laissant ses doigts remonter...

Priscilla referma violemment les cuisses.

– Arrête ! Ici, tu trouves des filles avec des culs superbes pour une poignée de *bolos*.

– Personne n'a une chute de reins comme la tienne, jura Malko. Quelle bonne surprise de te retrouver à Caracas !

– Toute l'Agence sait que nous avons baisé ensemble, lança-t-elle. Alors, ne recommence pas. Je vais te donner ce que j'ai pour toi et ensuite...

– Tu l'as sur toi ?

– Bien sûr que non. Je ne pensais pas te voir ce

soir. D'ailleurs, un Argentin, au cocktail, m'a proposé
de m'apprendre à danser le tango…

— C'est chez toi ?

— Oui. Dans mon coffre.

— *Vamos*, fit-il en souriant. Où habites-tu ?

— Avenida Luis-Roche, à Altamira, mais…

— Je suis content de te voir, dit Malko, tu es toujours aussi belle.

On n'attrape pas les mouches avec du vinaigre… Il
nota mentalement que Priscilla n'avait pas ôté la main
de sa cuisse. Sa tension nerveuse s'était effacée d'un
coup, juste comme sa libido se réveillait. Comme toujours, après avoir frôlé la mort. La présence de cette
magnifique femelle, dont il connaissait chaque centi-
mètre de peau, était en train de l'allumer comme un
lance-flammes…

Ils prirent l'*autopista*, coupèrent pour Altamira et
il commença à remonter la longue avenida Luis-
Roche.

— Quel numéro ?

— 246.

C'était un immeuble moderne, un peu en retrait.

— Attends-moi ici, dit Priscilla, en sortant de la voiture. Je reviens.

Elle ne protesta que pour la forme lorsqu'il pénétra dans l'immeuble sur ses talons. L'ascenseur était
minuscule et ils se retrouvèrent face à face, pratiquement l'un contre l'autre.

— Ce matin, dit Malko, un type a failli me tuer. Il
ne s'en est pas fallu de beaucoup…

Presque naturellement, leurs bouches se joignirent
et ils échangèrent un très long baiser. Déjà, Priscilla
ondulait tout doucement contre lui. Quand Malko
émergea de l'ascenseur, il était incapable de réunir
deux idées, mais il avait une érection d'enfer.

À peine dans le petit appartement, il plaqua Priscilla contre lui, effleura des doigts sa croupe inouïe,

puis passa une main sous sa jupe en corolle et la posa sur le ventre de la Noire, ses doigts effleurant son sexe à travers la dentelle de la culotte.

Priscilla Clearwater se mit à respirer plus vite et il la sentit fondre. Lorsqu'il glissa deux doigts en elle, un faible cri s'échappa de ses lèvres.

– Salaud...

Déjà, son tempérament volcanique reprenait le dessus. À travers la soie du chemisier, Malko fit tourner entre ses doigts les longues pointes de ses seins. Priscilla défaillait, le bassin en avant. Elle sembla ne pas s'apercevoir qu'il lui enlevait sa culotte. Il se défit, avec l'impression que son sexe n'avait jamais été aussi long.

Priscilla l'effleura de ses doigts, se laissa aussitôt tomber à genoux et l'enfouit dans sa grande bouche. Penchée sur lui comme une vestale, elle l'engloutissait avec une lenteur calculée, tout en balançant lentement ses hanches. Acrobatiquement, elle se débarrassa de sa jupe sans cesser sa fellation. Malko n'en pouvait plus. Toute la DISIP aurait pu défoncer la porte, cela n'aurait pas modifié ses plans immédiats. Il la repoussa doucement et murmura :

– Viens.

D'elle-même, elle s'allongea à plat ventre sur le lit. Le souffle coupé par la beauté de sa croupe, Malko, le sexe pourtant dressé au mieux, ne se jeta pas sur elle.

– Qu'est-ce que tu as ? demanda Priscilla.

– Je t'admire, avoua-t-il, en se plaçant enfin derrière elle.

Les longues cuisses café au lait s'ouvrirent, Priscilla cambra les reins et Malko n'eut qu'à projeter son sexe en avant pour l'embrocher de toute sa longueur. Elle coulait comme du miel et il dut se retenir de toutes ses forces pour ne pas jouir en quelques secondes. Il ferma les yeux, revoyant l'homme au riot-gun.

Les bras allongés devant elle, les doigts crispés sur les draps, Priscilla se faisait saillir comme une chatte. Malko se retira et posa son membre sur l'ouverture de ses reins, profitant des quelques secondes magiques où il sentit la corolle brune s'écarter doucement sous sa poussée.

– *Yeah! Fuck my ass!* haleta Priscilla. *Don't play around.*

Une authentique salope, folle de sodomie… Malko se laissa tomber de tout son poids, l'emmanchant jusqu'à la garde, et elle hurla. Le ventre collé à la croupe rebondie, il s'immobilisa, le sang aux tempes. Priscilla Clearwater connaissait ses classiques : Malko fiché en elle, sa muqueuse secrète commença à se contracter autour de lui, comme pour le traire… C'était atrocement bon.

– Attends! supplia Malko. Attends!

Elle n'obéit pas. En plus de son massage intime, elle se mit à onduler de la croupe pour l'enfoncer encore plus loin en elle. Malko eut le temps de donner quelques coups de reins avant de sentir la semence jaillir.

Il hurla à son tour.

Il avait sodomisé beaucoup de femmes, mais aucune n'avait cette disponibilité, cette complicité et ces formes de rêve.

Priscilla Clearwater retrouva enfin sa voix.

– Je croyais que tu voulais me voir pour *travailler*, dit-elle ironiquement. Tu es vraiment une bête. Aucun homme ne me traite de cette façon. Mon boss aimerait bien me baiser, mais je lui ai dit que je ne voulais pas tromper mon mari.

Les authentiques salopes sont *toujours* sélectives.

Malko s'arracha au fourreau qui le maintenait au paradis et roula sur le dos.

– On va travailler, précisa-t-il. Prends de quoi écrire.

Docilement, elle se leva, entièrement nue, et alla chercher un bloc, avant de revenir s'asseoir sur le lit, les jambes sagement croisées.

– Voilà, dit Malko, il faut que l'Agence trouve tout ce qu'elle a sur un certain Teodoro Molov. Un journaliste vénézuélien d'origine bulgare. C'est très important et *urgent*.

– C'est tout ?

– Oui. Et toi ?

Elle se leva et alla s'accroupir devant un petit coffre dissimulé dans sa penderie, dont elle sortit une enveloppe.

– Voilà ce que tu as demandé sur Francisco Cardenas, dit-elle. Et j'ai aussi un message *oral* à te transmettre. De la part du *Special Advisor* Frank Capistrano. Je dois l'oublier après te l'avoir transmis.

– Qu'est-ce que c'est ?

– M. Capistrano a décidé que la meilleure façon de sortir de cette histoire était que tu fasses semblant de participer aux préparatifs de l'attentat et que tu le fasses échouer au dernier moment...

Malko se sentit pris de vertige : les mâchoires du piège venaient de se refermer sur lui.

CHAPITRE XI

— C'est tout ce qu'il a dit ?

— Non. *He wishes you good luck*[1].

Et de l'humour, en plus. Malko, envoyé par la CIA pour faire « démonter » un complot contre Chavez devait désormais l'accompagner et le faire échouer au dernier moment. Tous les risques étaient pour lui, et tous les profits pour les Américains. S'il réussissait, la CIA aurait quelque chose à « vendre » à Chavez, et on sabrerait le champagne à la Maison Blanche.

Même si Malko était enterré au cimetière d'Arlington, réservé aux héros de l'Amérique.

Il se félicita d'avoir profité de la croupe de Priscilla. Dieu sait ce que l'avenir proche lui réservait.

— J'ai sommeil, fit la jeune Noire. À huit heures, je dois être au bureau. Je transmets ta demande à Mike pour qu'il appelle Langley tout de suite. S'ils ont une « file », ils la transmettront chez nous dans la matinée. Dans ce cas, Mike viendra à la piscine du *Tamanaco* vers onze heures. S'il n'y a rien, il ne viendra pas.

1. Il te souhaite bonne chance.

Vidé par son intermède sexuel, Malko avait dormi comme un sourd. Sa Breitling indiquait dix heures cinq quand il ouvrit l'œil ; trop tard pour le breakfast servi en bas. Il le commanda dans sa chambre. Pas de nouvelles de Marisabel. Il descendit ensuite et acheta *El Universal.* En page 23, un court article relatait le triple meurtre de Palo Verde. Deux Vénézuéliens connus de la police et un inconnu, non identifié.

Cela n'avait pas l'air de remuer les foules.

Il remonta dans sa chambre et attendit.

À onze heures et demie, il vit un homme s'installer au bord de la piscine. C'était Mike O'Brady.

Donc, la CIA possédait un dossier sur Teodoro Molov. Il patienta encore un peu avant de descendre. L'Américain était allongé sur un transat, avec, posé à côté de lui sur une table basse, le magazine *Telenovellas.* Il y avait un peu plus de monde. Sans tourner la tête, l'Américain annonça :

– Tout est à l'intérieur. *Good luck.*

Il s'en alla. Le ciel se couvrait. Malko s'imposa de rester encore un peu, puis ramassa le magazine et remonta à son tour.

Il y avait deux feuillets serrés sur Teodoro Molov. Une vraie biographie. À première vue, rien d'intéressant. Pourtant, Malko tiqua sur les dernières lignes. Molov avait toujours gardé des relations suivies avec les différents ambassadeurs américains au Venezuela, pour des échanges de vues et d'informations.

C'est à ce titre qu'en 1994, il avait demandé pour Hugo Chavez, qui venait juste d'être libéré de prison après un putsch manqué, un visa américain. Cela afin de pouvoir participer à une émission de télévision en direct de Miami. Ce visa lui avait été refusé, en raison de sa qualité de putschiste. La fin de la note précisait que le State Department et la CIA n'avaient jamais pu situer Teodoro Molov sur l'échiquier politique vénézuélien. Ses contacts avec Fidel Castro s'étaient espacés et il semblait surtout préoccupé de sa propre carrière.

Malko posa le document, pensif.

D'après Francisco Cardenas, le militant communiste s'était toujours méfié de Hugo Chavez qu'il considérait comme un putschiste. Il l'attaquait quotidiennement dans son quotidien *Tal Qual* et sur le canal Ocho de la télévision. L'histoire du visa était étrange.

Malko ne connaissait pas assez l'environnement des conjurés pour tirer une conclusion définitive, mais Molov était une hypothèque qu'il fallait lever pour sa propre sécurité.

Ne possédant pas le numéro de Francisco Cardenas, il appela Marisabel. La jeune femme était en voiture.

– J'ai besoin de vous voir, dit Malko. Retrouvons-nous au même endroit que la première fois, proposa-t-il. Dans une heure.

Le centre commercial Sambil grouillait toujours de monde, à croire que tout Caracas se retrouvait là. Malko retrouva la Vénézuélienne au rayon des portables. Marisabel Mendoza arborait un jean et un pull, des lunettes de soleil.

– Je voudrais voir Francisco Cardenas, dit Malko. Pour parler de Molov. J'ai eu des informations à son sujet.

– Comment ?

– Par un canal sûr.

– Il n'aime pas beaucoup qu'on aille chez lui, dit-elle. Du moins, des gens comme vous. Et je ne veux pas me servir du téléphone.

– C'est urgent, insista Malko. Allez le voir et donnons-nous rendez-vous quelque part.

– Très bien, conclut la jeune femme. Retrouvons-nous au Tennis-Club d'Altamira. À cette heure-ci, il n'y a pas trop de monde et Francisco y va souvent faire un bridge.

– Parfait, approuva Malko.

Il avait aussi quelques questions à poser à Francisco Cardenas. La note établie par la CIA sur lui ne lui avait pas révélé de choses bouleversantes. Le vieux milliardaire, de santé fragile, finançait largement l'opposition depuis longtemps, et il était lié au groupe de généraux vénézuéliens exilés à Miami.

***

Un cerbère filtrait les arrivants à l'entrée du très exclusif Tennis-Club d'Altamira. Heureusement, Marisabel Mendoza attendait Malko à l'entrée.

– Francisco nous attend près des courts, annonça-t-elle. J'espère que vous avez du concret. Il croit dur comme fer en Teodoro.

Ils longèrent l'immense salle consacrée aux joueurs de bridge, vide à cette heure, pour rejoindre, à l'arrière du bâtiment, la piscine, le restaurant et les courts de tennis. Francisco Cardenas attendait dans un fauteuil, sous les arbres. Le teint toujours aussi blafard. Malko et Marisabel Mendoza prirent deux fauteuils en plastique et Malko attaqua tout de suite :

– J'ai pu obtenir une note détaillée sur Teodoro Molov. Il y a un point que je voudrais éclaircir avec vous…

Francisco Cardenas lui jeta un regard soupçonneux.

– Ce sont les Américains…

Il semblait soudain se méfier de tout ce qui venait des États-Unis. Malko ne chercha pas à le convaincre.

– Que savez-vous des relations entre Teodoro

Molov et Hugo Chavez ? Ont-ils été proches à une certaine période ?

— Non. D'ailleurs, Molov l'attaque tous les jours dans *Tal Qual*. Il m'a confié avoir été souvent harcelé par la DISIP, sur l'ordre de Chavez.

— Et avant que Hugo Chavez soit président ? Les deux hommes ont-ils entretenu des relations amicales ?

Francisco Cardenas, visiblement agacé, répliqua aussitôt :

— Je vous ai dit que Teodoro, qui est un vieux communiste, a toujours considéré Hugo Chavez comme un *golpista*, un *caudillo*, uniquement préoccupé de son pouvoir personnel.

— Pourtant, Fidel Castro, lorsque Chavez est sorti de prison en 1994, lui a réservé un accueil de chef d'État à La Havane...

Le vieux Vénézuélien eut une moue pleine de mépris.

— Fidel se sert de lui pour déstabiliser l'Amérique latine.

— Bien, conclut Malko. Dans ce cas, il y a une histoire étrange dans la biographie de Teodoro Molov. En 1994, celui-ci est intervenu auprès de l'ambassadeur des États-Unis au Venezuela, avec qui il entretenait de bonnes relations, pour faire obtenir à Hugo Chavez un visa pour les États-Unis. Ce dernier voulait se rendre à Miami pour participer à une émission de télévision. Molov s'est porté garant de lui.

Francisco Cardenas sursauta.

— C'est un mensonge ! Hugo Chavez n'est jamais allé aux États-Unis !

— Exact, confirma Malko, parce que ce visa lui a été refusé, en raison de sa condamnation à trente ans de prison pour sa tentative de putsch. Mais la demande a été faite. Si vous ne me croyez pas, je peux sûrement me procurer des traces écrites de cette intervention.

Sans répondre, Francisco Cardenas alluma nerveusement une cigarette. Malko vit que sa main tremblait légèrement.

– Je ne comprends pas, dit-il d'une voix mal assurée.

L'homme qui voulait tuer Hugo Chavez était un naïf. Malko eut presque pitié de lui.

– De toute façon, enchaîna-t-il, il faut d'abord être certain que la trahison vient de lui. Cette affaire de visa est seulement un indice. Il ne vous a pas révélé la véritable nature de ses liens avec Hugo Chavez.

– Comment pouvez-vous être certain qu'il nous trahit ? demanda Francisco Cardenas.

– J'ai peut-être une idée, dit Malko. Un test.

Teodoro Molov, dans son petit bureau de *Tal Qual*, au cinquième étage d'un building moderne, rêvassait. Il venait de terminer une courte conversation avec Angel Santano. Celui-ci l'avait invité à déjeuner dans son restaurant favori, *El Barquero*. Le journaliste savait très bien pourquoi. La dernière fois, il avait laissé sur sa faim le policier de la DISIP. Il allait devoir franchir un pas supplémentaire dans ce que des âmes simples appelleraient l'ignominie.

En dépit de moments de vide, de doute même, jamais aucun remords ne l'effleurait. Son père, condamné à mort à l'âge de trente ans, obligé de fuir son pays à jamais, lui avait appris à ne se préoccuper que de l'essentiel : sa propre survie. Ce que faisait Teodoro Molov depuis longtemps. Son père lui avait également appris à toujours brouiller les cartes, à rester dans l'ambïguité. C'est la raison pour laquelle il avait toujours entretenu des relations aussi cordiales avec Fidel Castro qu'avec les espions américains, sans jamais rien laisser paraître de ses véritables convictions. D'ailleurs, au fil des ans, il avait de plus en plus de mal à les cerner..

Ayant fait de la prison, comploté, menti, et même risqué sa vie, il éprouvait parfois une immense fatigue. Cette tension permanente, ce métier de jongleur d'assiettes, c'était épuisant. Il fallait toujours, tout le temps, garder plusieurs fers au feu. Pour bondir dans la bonne direction au bon moment.

À cinquante-sept ans, il n'avait plus envie de trembler. Alors, il avait décidé de terminer sur un beau coup.

Au départ, lorsqu'il avait entendu Francisco Cardenas parler d'éliminer physiquement Hugo Chavez, il ne l'avait pas pris au sérieux. Il connaissait des durs, des hommes de sang, qui tuaient comme ils respiraient, et Cardenas n'en faisait pas partie. Mais, ensuite, il avait compris que le vieil homme riche avait envie d'exister. D'autre part, dans ses moments de lucidité, il savait que sa position d'opposant à Hugo Chavez ne le mènerait nulle part. Il connaissait trop le mécanisme des régimes totalitaires pour ne pas s'apercevoir que Chavez était en train de mettre la main sur le Venezuela, en éliminant progressivement toute opposition, selon les conseils de Fidel Castro.

Lorsqu'il aurait accompli son plan, Teodoro Molov serait coincé. Il se retrouverait marginalisé, sans avenir, au mieux, et en prison, au pire…

Un jour, après avoir bu beaucoup de rhum pour s'éclaircir les idées, tandis qu'il remontait de La Guaira où il avait assisté à l'entraînement de son équipe de *besbol* [1], les Tiburones de La Guaira [2], il

1. Base-ball.
2. Les Requins de La Guaira.

avait décidé de se vendre pendant qu'il avait encore de la valeur…

Hugo Chavez n'était pas sûr de lui. Il craignait vraiment d'être assassiné par les Américains, ignorant à quel point ceux-ci étaient incapables de mener à bien une telle opération. Le projet de Francisco Cardenas donnait à Molov l'occasion de rendre un *vrai* service à l'homme le plus puissant du Venezuela.

Dans le plus grand secret, il avait toujours conservé des contacts étroits avec Hugo Chavez, qu'il avait connu en 1994, lorsqu'il était en prison. Le président l'appelait parfois au milieu de la nuit pour bavarder des heures. Il était fasciné par ce révolutionnaire, fils de révolutionnaire, admiré par Fidel Castro lui-même, son maître en politique.

Teodoro se dit qu'il allait capitaliser sur cette admiration. Il prit sa veste et se prépara à rejoindre *El Barquero*. De toute façon, il adorait le homard.

— Qu'appelez-vous un test ? demanda Francisco Cardenas à Malko.

Le vieux milliardaire avait perdu toute son assurance depuis la révélation du mensonge de Teodoro Molov. Malko regarda autour de lui. Les courts de tennis étaient toujours aussi vides. Ils étaient perdus au milieu de la pelouse, personne ne pouvait les entendre.

— Vous êtes certain de n'avoir jamais parlé de moi à Molov ?

— Certain.

— Que sait-il de votre projet ?

— Peu de choses. Je lui ai dit que je voulais organiser le meurtre de Chavez. C'était le soir de la sortie de prison de notre ami le général Gustavo

Berlusco. Teodoro Molov était là, il sait donc que Gustavo participe à notre projet.

— Sait-il en quoi consiste ce projet ? Comment vous allez vous y prendre ?

Francisco Cardenas réfléchit quelques instants, pour dire finalement :

— Non, je discutais avec Gustavo, il n'a pas pu entendre, il était trop loin.

— Parfait, conclut Malko. Savez-vous si Hugo Chavez se déplace en hélicoptère ?

La question prit Francisco Cardenas par surprise, mais vite, il précisa :

— *Claro que si*. Il utilise souvent un des Puma de l'armée de l'air. En particulier, lorsqu'il va voir sa fille, ou se rend en province. Et à cause de la circulation, il prend même l'hélico stationné dans la cour du palais Miraflores pour gagner Forte Tiuna.

— Comment contactez-vous Molov d'habitude ?

Francisco Cardenas tourna la tête vers Marisabel.

— C'est elle qui a le contact avec lui.

— Comment ?

— Elle va le voir à son bureau de *Tal Qual*, pour lui communiquer des informations.

— Eh bien, vous allez voir Molov. Le plus tôt sera le mieux.

— Pour lui dire quoi ?

— Que vos amis réfugiés en Colombie ont introduit au Venezuela des missiles sol-air SAM 7 Strella, et qu'ils vont tenter d'abattre l'hélicoptère de Hugo Chavez.

Marisabel Mendoza demeura muette quelques instants et objecta :

— Vous pensez qu'il me croira ?

Malko sourit.

— Si vous y mettez assez d'enthousiasme, oui. C'est d'ailleurs plausible. Les FARC possèdent des SAM 7.

– Où voulez-vous en venir ? demanda Francisco Cardenas.

– C'est très simple, expliqua Malko. Si Teodoro Molov renseigne les chavistes, il ne gardera pas une information pareille pour lui… Donc, Hugo Chavez cessera de se déplacer en hélicoptère. Avez-vous le moyen de vérifier ce point ?

– Oui, je pense, confirma Francisco Cardenas. Un des officiers qui travaillent à Miraflores fait partie de nos sympathisants. Mais c'est dangereux. Chavez risque de réclamer notre arrestation immédiate.

Malko sourit.

– Je ne le pense pas. Pour deux raisons. D'abord, dans ce cas, il grille Teodoro Molov. Ensuite, celui-ci ne lui apportera pas assez de détails. Il préférera vous mettre sous surveillance, pour retrouver la trace de ces missiles. Évidemment, il y a un risque, mais c'est une bonne façon d'en avoir le cœur net sur Teodoro Molov. À vous de jouer.

Francisco Cardenas et Marisabel Mendoza échangèrent un long regard, puis le vieux milliardaire dit avec un soupir :

– Nous allons faire ce que vous dites.

**

Comme toujours au déjeuner, le restaurant *El Barquero* était presque vide. Angel Santano et Teodoro Molov finissaient de dépiauter leur homard, dans un coin tranquille, au fond de la salle. Jusque-là, ils n'avaient parlé de rien. Le policier de la DISIP posa la pince avec laquelle il venait de briser la carapace des énormes pattes rouges et lança à brûle-pourpoint :

– *Bueno*, Teodoro, tu m'as mis dans une position très délicate. Depuis que nous nous sommes vus, nous avons recueilli un autre indice sur le complot dont tu m'as parlé. Il faut que tu m'en dises plus, sinon, on va être obligé de te faire des ennuis. C'est un sujet très sensible.

Teodoro s'attendait à la question ; c'est exactement ce qu'il avait prévu.

– Je comprends, Angel, je voulais t'appeler. C'est un secret trop lourd à garder. Aussi, j'ai décidé de le révéler moi-même à *El Presidente*.

– Comment cela, toi-même ?

Teodoro soutint le regard du policier de la DISIP, sans ciller.

– Oui. Fais-lui savoir que je veux le voir. Je pense que tu lui as déjà mentionné mon nom ?

– Oui.

– *Bueno*. Préviens-moi dès que tu auras le rendez-vous.

Angel Santano ravala sa fureur. Teodoro Molov allait tirer toute la gloire de ses révélations. Il se consola en se disant que cela venait quand même grâce à lui.

– *Muy bien*, conclut-il. J'aurais un contact avec *El Presidente* aujourd'hui. Je t'appelle ensuite.

Il demanda l'addition, pressé de se ruer au palais Miraflores.

Francisco Cardenas, Marisabel Mendoza et Malko avaient déjeuné peu et mal à l'Altamira Tennis-Club. Perturbé, le vieux milliardaire avait surtout fait honneur à une bouteille de Defender « 5 ans d'âge ». Malko baissa les yeux sur sa Breitling : deux heures dix. Il faut battre le fer pendant qu'il est chaud.

– Marisabel, dit-il, pouvez-vous passer au bureau de Molov aujourd'hui ?

– Oui.

– Ensuite, n'ayez plus aucun contact avec la *finca* Daktari jusqu'à nouvel ordre. Vous risquez d'être suivie. Prévenez le général Berlusco.

– Et si la DISIP m'arrête ? demanda la jeune femme, pas rassurée.

– C'est un risque, reconnut Malko. Vous nierez. Les choses se calmeront. Mais je sais comment travaillent les Services. Ils vont vous surveiller pour vous prendre la main dans le sac…

Marisabel Mendoza fit un rapide signe de croix et se leva.

– Dieu fasse que vous ne vous trompiez pas !

Ils se séparèrent avec une certaine solennité. Chacun ayant sa voiture, Malko partit le premier, plutôt satisfait de son idée. Si Teodoro Molov était le traître, il avait désamorcé le complot, ce qui était le but recherché par la CIA. Dans le cas contraire, il faudrait qu'il trouve autre chose. Mais il aurait gagné un peu de temps.

**

Il était cinq heures pile quand le portable de Teodoro Molov sonna.

– Il t'attend à une heure, cette nuit, annonça Angel Santano. Tu te présentes à la grille du Palais blanc et tu demandes le lieutenant Rodriguez. Il te mènera là où il faut.

Le Palais blanc, réservé aux invités de marque, se trouvait juste en face du palais présidentiel Miraflores, de l'autre côté de l'avenida Urdaneta, et il était relié à celui-ci par un souterrain débouchant directement au rez-de-chausée du palais présidentiel. Hugo Chavez utilisait souvent ce souterrain pour recevoir discrètement ses conquêtes.

– *Muy bien*, approuva le journaliste. J'y serai.

Il raccrocha, euphorique. Une heure plus tôt, il avait reçu la visite d'une Marisabel Mendoza survoltée, ne pouvant pas résister à l'envie de lui révéler l'imminence de l'action, sous le sceau du secret, bien entendu. Elle lui avait promis, très bientôt, de le mener là où les missiles étaient entreposés. Juste avant le jour J. Inespéré.

Il n'aurait jamais pensé que ce groupe soit capable d'une telle action. Il est vrai qu'en Colombie, la main d'œuvre spécialisée ne manquait pas...

Malko avait dîné seul, au restaurant de la piscine du *Tamanaco*. Plutôt tendu. Son plan comportait un risque certain : que les Services vénézuéliens paniquent et raflent dès le lendemain matin Francisco Cardenas et Marisabel Mendoza. Torturés, ces deux-là ne résisteraient pas trois minutes. Et donneraient son nom.

Il se jura d'appeler la jeune femme dès le lendemain matin. Si elle ne répondait pas, il filerait à l'ambassade américaine. Après, on verrait.

Teodoro Molov était venu en métro, descendant à la station Baralt. Il était impossible de se garer dans le coin, la nuit. Près de Miraflores, c'était interdit et, plus loin, les voyous des *barrios* veillaient. Il ne retrouverait pas grand-chose de sa voiture...

La sentinelle en poste devant le Palais blanc se raidit en le voyant approcher. Il était une heure pile.

— *Hola*, lança le soldat. *¿ Adonde va*[1] *?*

— Appelle le lieutenant Rodriguez, fit sèchement le journaliste.

Le soldat retourna à sa guérite, et aussitôt un officier sortit de l'ombre.

— *Señor* Molov ?

_____

1. Où allez-vous ?

– *Si.*

– Montrez-moi vos papiers.

Il vérifia avec soin, à la lueur d'une lampe de poche, la *cedula*[1] du journaliste, puis lui fit signe de le suivre. Le souterrain s'ouvrait dans le soubassement du palais, gardé par deux soldats. Teodoro Molov et le lieutenant Rodriguez s'y engagèrent, traversant l'avenue Urdaneta. Le cœur du journaliste battait la chamade et, en même temps, il était extraordinairement excité… Quand ils débouchèrent au rez-de-chaussée du palais de Miraflores, un autre officier attendait.

– Suivez-moi, dit-il à Teodoro Molov, après l'avoir fouillé rapidement.

Ils montèrent en silence l'escalier monumental menant au premier étage. Une demi-douzaine d'hommes en noir, armés de pistolets-mitrailleurs MP6, étaient répandus sur deux canapés. La sécurité rapprochée de Hugo Chavez. L'officier frappa à un lourd battant de bois sombre, entrouvrit, lança quelques mots et s'effaça pour laisser entrer Teodoro Molov, refermant le battant derrière lui.

L'énorme lustre, au bout de sa chaîne dorée, éclairait le bureau d'une lumière douce. Hugo Chavez, de dos, écrivait à son bureau. Il se retourna, sans se lever, et lança :

– *¿ Que tal, paisano*[2] *?*

– *Muy bien, señor Presidente*, répondit le journaliste, d'une voix mal assurée.

– Je finis quelque chose. Installe-toi.

Teodoro Molov s'assit du bout des fesses sur une chaise au haut dossier noir, contemplant le globe terrestre piqueté de petits drapeaux. Cinq minutes plus tard, Hugo Chavez se retourna enfin pour de bon et lança :

1. Carte d'identité.
2. Comment ça va, compatriote ?

– *Bueno*, Angel Santano m'a dit que tu avais des choses graves à me communiquer.

– *Si, señor Presidente, muy graves.*

D'un trait, il raconta l'histoire du complot et des SAM 7, concluant :

– Ils veulent vraiment vous tuer, *señor Presidente*.

Huga Chavez demeura un long moment silencieux, se rappelant ce que lui avait dit Fidel Castro, trois ans plus tôt : « *Hermano*, ils vont te tuer. » « Ils », c'étaient les Américains. Teodoro Molov retenait son souffle, n'osant pas briser le silence. C'est Chavez qui s'en chargea.

– Les *gringos* ne sont pas derrière ça ?

C'était son obsession, Fidel Castro lui ayant complaisamment énuméré les multiples tentatives d'assassinat, vraies ou supposées, dont il avait été victime de la part de la CIA ou de ses sous-traitants. Il se croyait sincèrement en danger de mort.

– Non, *señor Presidente*, ce sont des Vénézuéliens, des citoyens de ce pays…

– Tu ne m'as pas donné leurs noms…

– *Bueno, señor Presidente*, répondit Teodoro Molov, qui attendait cette question. Je peux vous les donner. Mais il y a encore beaucoup de choses que j'ignore. Par exemple, je sais qu'ils ont un informateur ici, à Miraflores, qui les renseigne sur vos déplacements.

Hugo Chavez plissa ses petits yeux et dit rêveusement :

– Un informateur, hein… Tu ne sais rien de lui ?

– Non, *señor Presidente*, mais c'est une information que je peux obtenir. Je voudrais aussi découvrir où se trouvent ces missiles. Ces gens ont confiance en moi.

Hugo Chavez lui jeta un regard intrigué.

– Pourquoi te font-ils confiance ? Tu ne fais pas partie de l'oligarchie.

Teodoro Molov baissa modestement les yeux.

– *Señor Presidente*, je vous attaque tous les jours dans mon journal.

Hugo Chavez éclata d'un gros rire heureux de paysan madré.

– C'est vrai, *paisano*, mais je te pardonne ! J'aime les hommes de caractère.

Il reprit son sérieux pour dire d'une voix grave :

– *Muy bien*, Teodoro, tu te comportes en bon révolutionnaire. Tu sais que je veux transformer ce pays comme ton père voulait transformer la Bulgarie. Lui aussi a été condamné à mort.

– Je sais, *señor Presidente*.

Il était affreusement tendu. Si Chavez insistait pour avoir le nom des comploteurs, il serait obligé de les donner, ce qui n'était pas dans son plan. Il tenait à mener jusqu'au bout cette affaire, tout seul. Sinon, la DISIP en tirerait toute la gloire.

Hugo Chavez hocha finalement la tête et dit :

– *Bueno*, je te donne une semaine pour apprendre tout ce que tu ne sais pas encore. En attendant, je vais prendre les précautions qui s'imposent.

Il se retourna vers son bureau et griffonna un numéro de téléphone sur un bout de papier qu'il tendit au journaliste.

– *Paisano*, c'est le numéro de mon portable personnel. Je réponds toujours et il n'y a que moi qui réponde. Tu peux me joindre quand tu veux. Sinon, reviens ici, dans une semaine. À la même heure. *Vaya con Dios.*

Ils se levèrent en même temps et Hugo Chavez étreignit Teodoro Molov dans un *abrazo* plein de chaleur. Ensuite, il le raccompagna à la porte et lança à mi-voix :

– *Hasta luego.*

En redescendant l'escalier monumental, Teodoro Molov avait l'impression de voler. Il était en train de bâtir son avenir. Au fond, il n'éprouvait pas plus de sentiment pour Hugo Chavez que pour Francisco Cardenas ou Marisabel Mendoza. Il s'agissait simplement d'utiliser ces personnages à son profit. Et si les comploteurs étaient fusillés, il n'en ferait pas une maladie. En se retrouvant dans la cour carrée, il se dit que si Marisabel s'était laissé culbuter sur le coin de son bureau, il n'aurait peut-être pas agi ainsi.

Trop tard : les dés étaient jetés.

CHAPITRE XII

Après le départ de Teodoro Molov, le président Chavez se rassit à son bureau et fit pivoter son fauteuil, face au grand portrait de Simon Bolivar. Sans illusion sur le journaliste. Celui-ci souhaitait avoir le plus grand rôle possible dans l'élimination des comploteurs, afin de capitaliser sur ce succès. C'était de bonne guerre. Même si cela faisait courir quelques risques à Hugo Chavez. Mais celui-ci, qui n'avait qu'une confiance limitée dans la DISIP, en dépit de son épuration, avait envie de mener son enquête lui-même.

Il croyait sans peine à l'utilisation de *sicarios* venus de Colombie avec des missiles sol-air. Mais il y avait forcément une tête pensante pour l'organisation de ce complot. Et cette tête pensante se trouvait à Caracas, pas à Miami, où s'étaient réfugiés les plus dégonflés des *golpistas*. Or, un homme décidé à l'éliminer de cette façon était sûrement un vieil opposant. Un de ceux qui avaient monté le *golpe* de 2002.

Donc, il devait être connu...

Une seule personne pouvait l'aider. Jorge Montesinos, le *fiscal*[1] qui avait instruit les procès de tous ceux ayant cherché à le renverser, en grande partie des

1. Procureur.

généraux. C'est lui qui avait collationné les éléments
à charge des conjurés les plus virulents. Hugo Chavez
regarda sa Rolex. Une heure moins dix. Si lui, le chef
de l'État, ne dormait pas, personne de devait dormir.

Après avoir consulté son agenda, il composa le
numéro personnel de Jorge Montesinos.

À la sixième sonnerie, une voix ensommeillée fit :

– Allô ! *¿ Quien habla ?*

– *Compañero* Montesinos ?

– *Si, pero*[1]…

– C'est *El Presidente*, lança jovialement Hugo
Chavez. Je ne te dérange pas ?

Ça, c'était de l'humour noir… Tout le monde savait
que Hugo Chavez avait l'habitude d'appeler les gens
à n'importe quelle heure. Complètement réveillé, le
fiscal demanda respectueusement :

– Que puis-je faire pour vous, *señor Presidente* ?

– *Mira*, répondit Hugo Chavez, je voulais savoir si
tu avais repéré et puni tous ceux qui ont pris le parti
de cette crapule oligarque de Pedro Carmona.

Pris de court, le *fiscal* mit quelques instants à
répondre.

– *Bueno*, dit-il enfin, j'ai instruit le cas de tous
ceux qui avaient pris une part active dans cette entre-
prise anticonstitutionnelle.

– Tous ceux qui avaient signé pour Carmona ?

– Oui, je crois bien.

– *Mira*, *compañero* Montesinos, il faut que tu
regardes tes dossiers. Je pense que tu en as oublié
quelques-uns parmi les plus dangereux. Rappelle-moi
quand tu les auras identifiés. *Buenas noches*.

Satisfait, il raccrocha et se prépara à partir. De
plus en plus sûr que l'homme derrière l'affaire des
SAM 7 avait fait partie du *golpe* de 2002. Lui-même
n'avait jamais eu entre ses mains la liste complète

1. Oui, mais.

des coupables. Il ne se faisait pas d'illusions. Certains d'entre eux avaient pu demeurer dans l'ombre en achetant le *fiscal* chargé de leur affaire.

En descendant l'escalier monumental, encadré de ses gardes, il se dit qu'il allait donner des ordres pour que son hélicoptère personnel, un Superpuma, continue à voler, mais sans lui. Il utiliserait, jusqu'à nouvel ordre, d'autres moyens de transport.

* *

Malko avait mal dormi, réveillé toutes les heures par le moindre bruit. À chaque seconde, il s'attendait à entendre des coups frappés à la porte. Il descendit prendre sans appétit son breakfast et s'imposa d'attendre dix heures pour appeler Marisabel Mendoza.

Lorsqu'il le fit, cela ne le rassura pas : la jeune femme était sur messagerie. Il essaya encore un quart d'heure plus tard, remonta dans sa chambre, hésitant sur la conduite à tenir. Si la DISIP avait lancé une opération contre les comploteurs, il n'y avait pas une minute à perdre : l'ambassade américaine était le seul endroit où il serait en sécurité, en attendant mieux.

Il était devant l'ascenseur lorsque son portable sonna.

– *Señor* Linge, c'est moi, Marisabel !

Elle n'avait pas une voix normale et le pouls de Malko grimpa vertigineusement.

– Comment ça va ? demanda-t-il.

– Il faut que je vous voie. Très vite.

– C'est grave ?

– Oui.

Un peu plus d'adrénaline se rua dans ses artères. Il se dit qu'elle était peut-être déjà arrêtée et qu'on la forçait à demander ce rendez-vous.

– Où ? demanda-il.

– Au centre San Ignacio. Avenida Fernando-de-

Miranda. Retrouvons-nous à la boutique Hilfiger, au premier. Dans une heure.

Elle raccrocha, comme si elle avait peur d'être surprise. Laissant Malko perplexe. Qu'est-ce qui pouvait paniquer la jeune femme à ce point ?

Il fallait quand même qu'il aille à ce rendez-vous.

*
* *

Il y avait un peu moins de monde qu'à Sambil, une foule plus élégante. Malko arpentait le premier étage depuis vingt minutes, surveillant l'Escalator. La boutique Hilfiger se trouvait en face.

À midi dix, il vit surgir Marisabel Mendoza, avec ses lunettes noires, pas maquillée, et visiblement pas dans son assiette. Elle fonça chez Hilfiger, fit le tour de la boutique et ressortit. Malko, dissimulé dans une boutique de CD, observait l'environnement. La jeune femme entra et ressortit trois fois de la boutique où ils avaient rendez-vous, alluma une cigarette. Malko était désormais presque sûr qu'elle n'était pas suivie. Pourtant, il attendit qu'elle ait repris l'Escalator pour la rattraper.

— Marisabel !

Elle se retourna, comme si un serpent l'avait piquée, ôta ses lunettes et lui jeta un regard furibond.

— Où étiez-vous ? J'ai cru que vous m'aviez posé un lapin…

— Non, assura Malko, je vérifiais seulement que vous n'étiez pas suivie. Que se passe-t-il ?

— Il est parti, ce *maricon* ! lâcha-t-elle, les dents serrées.

— Qui ?

— Francisco. Il m'a appelée pour me dire qu'avec son cœur malade, il ne pourrait pas supporter une séance de torture, qu'il fallait se mettre à l'abri chez des amis sûrs pour quelques jours. Le temps de voir ce que donnait le piège tendu à Teodoro Molov.

— Il ne vous a pas emmenée ?

— Il ne me l'a pas proposé.

Ils étaient parvenus au parking. Malko, tendu, regarda autour de lui, sans rien apercevoir de suspect.

— Vous n'avez rien remarqué d'anormal, ce matin ? demanda-t-il.

— Non.

— Je pense que Francisco s'est affolé pour rien, conclut Malko. S'il y avait dû y avoir une réaction, ce serait déjà fait.

— Alors, que fait-on ? demanda anxieusement Marisabel.

Malko la fixa avec un brin d'ironie. Une femme capable d'abattre un homme sans réfléchir, mais qui tremblait à l'idée d'être arrêtée.

— Rien, dit-il. Rentrez chez vous. Et attendons que votre ami Cardenas refasse surface. Espérons qu'il ne se passera rien jusque-là.

Marisabel Mendoza le fixa avec une expression bizarre.

— J'ai peur d'être seule, fit-elle, je peux rester avec vous ?

— Pourquoi avec moi ?

— Je ne sais pas, vous êtes habitué à ce genre de situation. Vous êtes un espion. Moi, c'est la première fois que je me lance dans la *lucha armada*[1].

Vieux mythe sud-américain des années 1970.

Ils piétinaient dans le parking, bousculés par les gens qui prenaient l'Escalator. Malko était pris au dépourvu par la défection de « Napoléon » qui méritait bien mal son nom de code. En attendant son retour, il n'y avait pas grand-chose à faire. Sauf si les Services vénézuéliens se décidaient à s'intéresser à

1. Lutte armée.

eux. Mais de cela, ils risquaient de s'apercevoir trop tard. Il pensa soudain à quelque chose.

– Où se trouve le général Berlusco ?

– À la *finca* Daktari. Avec les deux Irlandais et tout le matériel.

– Vous les avez prévenus qu'on risquait d'avoir des problèmes après la manip' avec Molov ?

– Non, avoua-t-elle, mais ils ont pour instruction de ne pas me téléphoner, de ne pas bouger, et je ne vais pas là-bas. D'ailleurs, désormais, ils n'ont plus rien à faire jusqu'à l'action. Les deux Irlandais n'ont aucun papier, ils ne peuvent pas se déplacer et n'en ont pas envie. Quant au général, c'est pareil : la DISIP le croit en Colombie.

– Il n'y a plus qu'à tuer le temps ! conclut Malko. Je retoune à l'hôtel.

Marisabel Mendoza se planta devant lui.

– Non, je ne veux pas que vous me laissiez. Je suis seule ce week-end, ma fille est partie chez des amis.

– Je ne peux pas vous protéger, remarqua-t-il.

– Si. *Vous* pouvez aller à l'ambassade américaine, pas moi.

– Ce serait une solution désespérée, releva-t-il. Nous risquerions d'y rester longtemps.

– C'est mieux que d'être dans un cachot de la DISIP.

Elle ne bougeait pas et il comprit qu'elle avait vraiment décidé de rester avec lui. Il ne put s'empêcher de la regarder, avec un petit picotement agréable au creux de l'estomac. Paniquée, elle était encore plus attirante.

– Bien, dit-il, que voulez-vous faire maintenant ?

– Allons manger quelque chose au *Gran Café*, dans Sabana Grande. D'ici, on peut s'y rendre à pied.

– *Vamos*, accepta Malko.

Elle se dirigeait déjà vers l'escalier mécanique lorsqu'il la rattrapa.

– Vous avez votre pistolet ?

– Non, il est dans la voiture.

– Il faudra le rapporter chez vous. Si on vous trouve avec, ils vous emmèneront directement dans un cachot. Vous n'avez jamais été torturée ?

Elle fit un rapide signe de croix.

– *¡ Madre de Dios, no !*

– Alors, faites tout pour ne pas l'être.

Elle lui jeta un regard aigu.

– Vous l'avez été, vous ?

– Ça m'est arrivé, fit pudiquement Malko, mais je n'aime pas en parler. Allons déjeuner.

*   *
*

Francisco Cardenas eut l'impression qu'il avait une crise d'angine de poitrine et faillit se lever pour aller chercher du trinitrine. Son vieux cœur fatigué semblait prêt à s'arrêter… Brutalement, le soleil ne le chauffa plus et il se sentit stupide d'avoir roulé deux heures pour se retrouver dans un endroit sûr, loin des sbires de la DISIP. Pourtant, la voix de Jorge Montesinos qui sortait de son portable était parfaitement amicale, chaleureuse même.

– *¿ Que tal, amigo ?* Ta santé va mieux ?

– *Si, si*, répondit machinalement Francisco Cardenas. Et toi ? Beaucoup de travail ?

– Trop, soupira le *fiscal*, et *El Presidente* veut m'en donner encore. Il pense que je n'ai pas découvert tous les *gusanos* qui ont voulu le chasser du pouvoir.

– C'était il y a déjà trois ans, remarqua d'une voix mal assurée le vieux milliardaire.

– Oui, mais il m'a appelé cette nuit. Il dit que je n'ai pas bien fait mon travail.

Francisco Cardenas, ne trouvant rien à répondre,

demeura silencieux. C'est le *fiscal* qui relança la conversation :

— *Mira*, je voudrais te voir.

— Pas aujourd'hui, se hâta de dire le vieux milliardaire.

— Alors, demain. Au *Malabar*, vers une heure.

C'était plus un ordre qu'autre chose et Francisco Cardenas n'osa pas lui dire qu'il allait être obligé de revenir en ville pour déjeuner avec lui. Il ne pouvait pas refuser l'invitation.

Dès qu'il eut raccroché, il gagna l'intérieur de la maison, dénicha dans le bar une bouteille de Defender « Success » et s'en servit une bonne rasade, d'une main tremblante. Ensuite, il regagna sa chambre et s'allongea, essayant de ne pas penser, réfrénant une furieuse envie de prendre le premier avion pour Miami… Pendant qu'il ruminait ses sombres pensées, Sinaia pénétra sans bruit dans la chambre et grimpa sur le lit, comme un animal familier. C'était chez elle un réflexe conditionné. Dès que son maître s'allongeait, de jour comme de nuit, elle le rejoignait, au cas où il aurait envie d'une récréation sexuelle.

Comme toujours, elle se lova contre lui, torse nu, la tête sur son ventre. D'un geste machinal, le vieux Vénézuélien referma les doigts autour de la peau satinée et ferme d'un sein aigu. Ce contact, ajouté à l'effet de l'alcool, l'arracha à sa torpeur. Toute sa vie, il avait été un battant, surmontant de multiples difficultés pour faire fortune. Maintenant qu'il touchait au but, grâce à l'aide du général Berlusco, il n'envisageait pas de lâcher prise. S'il débarrassait le Venezuela de Hugo Chavez, son nom resterait dans l'Histoire.

De son autre main, il poussa la tête de Sinaia vers le bas, et docilement, elle referma la bouche autour de l'anaconda.

La foule dans Sabana Grande, c'était le métro à six heures du soir. Trottoirs et chaussée étaient envahis par les échoppes des *buhoneros* offrant tous la même marchandise bon marché à des prix imbattables. Marisabel et Malko se faufilaient difficilement entre les éventaires, progressant mètre par mètre. Sur près de deux kilomètres, c'était le paradis des pickpockets et des voyous descendus des *ranchitos* voisins.

Marisabel se retourna brusquement, furieuse, apostrophant un jeune frisé qui venait d'effleurer ses fesses.

– ¡ *Coño !*

Cent mètres plus loin, ils atteignirent le *Gran Café*, qui ne payait pas de mine. Une sorte de terrasse occupant toute la largeur de Sabana Grande, protégée par une structure métallique supportant une toile rayée blanc et vert. Juste à côté, des dizaines de joueurs d'échecs s'affrontaient en plein air.

Marisabel semblait s'être calmée. Ses yeux verts étaient véritablement magnifiques. Elle détourna le regard devant celui, insistant, de Malko. Comme s'il ne l'avait pas violée dans le parking du *Tamanaco*, quelques jours plus tôt... Enfin, violée était un bien grand mot... Elle alluma une cigarette. Malko, sur ses gardes, ne pouvait s'empêcher de regarder autour de lui. Comment reconnaître un policier de la DISIP dans cette foule ?

Il pensa soudain à quelque chose :

– Comment votre ami Francisco compte-t-il s'y prendre pour assassiner Chavez ? Ce n'est pas tout de posséder une voiture piégée. Il faut savoir où la placer sur le parcours de celui qu'on veut éliminer. C'est une opération complexe et longue à monter, surtout avec quelqu'un qui se méfie.

– Ils ont bien tué Hariri à Beyrouth ! remarqua la jeune femme.

Malko se permit un sourire ironique.

– Il a fallu la coopération de dizaines de professionnels de différents Services. Et, là-bas, c'est une tradition. Vous avez des complices dans l'entourage du président ?

– Non.

– Alors, comment comptez-vous faire ?

Marisabel Mendoza tira longuement sur sa cigarette, comme si elle ne voulait pas répondre. Du coin de l'œil, Malko aperçut soudain un homme jeune qui pénétrait dans la salon de thé du *Gran Café*. Il s'arrêta devant les gâteaux et tourna la tête vers eux, ne se croyant pas observé. Malko sentit son pouls grimper comme une flèche.

Il avait déjà vu ce garçon au début de Sabana Grande, puis en contemplation devant une boutique de lingerie, un peu plus loin.

C'était deux fois de trop.

Il entendit à peine Marisabel dire :

– Je vais vous dire comment Francisco compte s'y prendre pour piéger Chavez. C'est génial.

CHAPITRE XIII

On les surveillait, c'était désormais certain. Malko se força à ne pas regarder dans la direction du salon de thé du *Gran Café*, décidant de ne rien dire encore à Marisabel Mendoza. Il fallait d'abord qu'elle se confesse. La Vénézuélienne, perturbée par la défection provisoire de « Napoléon », semblait plus décidée à se confier.

– Vous voulez dire que Francisco Cardenas a trouvé le moyen de mettre ce fourgon piégé sur le chemin de Hugo Chavez ? dit-il.

Marisabel Mendoza ne répondit pas immédiatement, partagée visiblement entre le souci de discrétion et le désir de montrer à Malko qu'elle était au courant de beaucoup de choses. C'est le dernier élément qui prit le dessus.

– *Bueno*, fit-elle, parmi tous ses business, Francisco possède une clinique de chirurgie esthétique et organise des concours de beauté.

C'était une spécialité du Venezuela. À quinze ans, les filles commençaient à se faire refaire la poitrine ! Le rêve, c'était d'être Miss Ciudad Bolivar, puis Miss Orénoque, ensuite Miss Caracas et enfin, Miss Venezuela ! Et, pourquoi pas, Miss Monde ! Le Venezuela collectionnait les Miss Monde. C'était une industrie nationale. Des dizaines de cliniques modelaient les futures miss, les dressaient comme des taureaux de combat, les refaisant de fond en comble, investissant des sommes importantes en chirurgie esthétique et en « coaching ». Les candidates venaient des coins les plus reculés du pays et certaines étaient carrément analphabètes.

– Quel est le lien avec ce attentat ? demanda Malko, surpris.

Marisabel but un peu de son capuccino à la canelle et enchaîna :

– *Bueno*, Francisco, comme tous les Vénézuéliens, connaît les goûts sexuels du président. Hugo Chavez adore les grandes blondes avec beaucoup de poitrine. Alors, il a eu une idée géniale : sélectionner parmi les patientes de son institut de beauté une « blonde atomique », la dégrossir, puis la mettre ensuite sur le chemin du président.

– Comment ?

– C'est facile. Tous les dimanches, Hugo Chavez enregistre une émission de télé « Allô, Presidente ». Cela n'a pas lieu en public mais dans des amphithéâtres où sont invités deux ou trois mille fans. Il est facile de se faire inviter : il suffit de s'adresser au service de presse de la présidence. Il est évident que ce dernier est toujours ravi d'inviter une blonde spectaculaire et *chavista*.

– Et ensuite ? interrogea Malko.

– L'idée est qu'elle se fasse remarquer, si Hugo Chavez ne la remarque pas lui-même. Encore plus facile : il suffit de se lever et de poser une question au président. Chavez est un « zombo », un mélange de Blanc, de Noir et d'Indien, un homme de la campagne, qui a grandi entouré de femmes à la peau sombre. Il va forcément remarquer une belle blonde ! Lorsque, dans les émissions, il repère une femme qui l'attire, il envoie une de ses secrétaires l'inviter pour une discussion informelle après l'émission. Les filles qui y assistent sont toutes des groupies, il n'a pas de mal à les séduire. Il en a déjà ramené dans la « suite japonaise » du palais Miraflores. S'il n'a pas le temps, il la saute dans son bureau, n'importe où. Depuis son divorce, il fait une grande consommation de femmes.

— Francisco Cardenas a trouvé cette « blonde atomique » ? questionna Malko.

— Oui, admit Marisabel Mendoza. Une fille qui a rendu Hugo Chavez fou de désir, assez forte de caractère pour ne pas se conduire en carpette, pour lui tenir, dans une certaine mesure, la dragée haute. Je puis même vous dire son nom : Miranda. Elle est la maîtresse de Chavez depuis plusieurs semaines.

De nouveau, elle plongea le nez dans son capuccino, laissant Malko fasciné. Le projet d'attentat contre Hugo Chavez était beaucoup plus avancé qu'il ne le croyait.

— Que s'est-il passé depuis ? demanda-t-il.

Marisabel reposa sa tasse et alluma une cigarette.

— Hugo Chavez est un homme qui travaille beaucoup, expliqua-t-elle. Depuis qu'il est président, il n'a jamais vécu avec une de ses conquêtes. Même l'hôtesse de l'air argentine qui venait chaque semaine de Buenos Aires ne passait qu'un weed-end de temps en temps. Il l'emmenait dans son appartement de Forte Tiuna, mais ne s'est jamais montré en public avec elle, bien qu'il soit divorcé. Ce qu'il aime c'est, le soir ou même la nuit, téléphoner à une fille pour qu'elle le rejoigne ou qu'il la rejoigne.

Le plan de Francisco Cardenas était bien conçu.

— Donc, conclut Malko, l'idée est de placer le véhicule piégé sur le parcours de Hugo Chavez lorsqu'il va retrouver sa maîtresse.

— ¡ *Claro !* confirma Marisabel.

— Il se déplace lui-même ?

— Oui, la plupart du temps. Mais il aime bien circuler la nuit dans Caracas, avec sa voiture blindée. Je pense que ça l'excite d'aller retrouver une fille superbe qui est à sa disposition. Pour une courte récréation sexuelle.

Elle se remit à fumer. Malko se dit que ces comploteurs d'opérette n'étaient pas si idiots. L'idée de la fille pour attirer Hugo Chavez sur un parcours connu était excellente. Mais cela laissait encore beaucoup de questions sans réponse. Marisabel ne lui laissa pas le temps de les poser. Écrasant brusquement sa cigarette, elle lança :

— J'en ai assez d'être ici, partons !

— Pour aller où ?

— Je ne sais pas. J'ai peur. Francisco ne me dit pas tout…

— Allons au *Tamanaco*, suggéra Malko. Nous ne pouvons pas tourner en rond dans Caracas.

Ils se frayèrent difficilement un chemin dans la foule de Sabana Grande. De nouveau, il crut repérer, dans une vitrine, le reflet d'un homme en train de les observer. Son pouls grimpa très vite. Cette filature était un *très* mauvais signe. Elle pouvait déboucher sur une arrestation brutale. Les Vénézuéliens étaient capables de découvrir rapidement qui était vraiment Malko. Dans ce cas, il risquait très gros. Pendant qu'ils avançaient, il se demanda si la solution la plus sage, pour lui, n'était pas de « démonter » pendant qu'il en était encore temps. Quitte à se réfugier provisoirement chez Priscilla Clearwater. Cela supposait d'abord une rupture de filature. Ils se retrouvèrent dans le parking souterrain de San Ignacio et Marisabel proposa :

— Allons chez moi, à Altamira. Suivez-moi, c'est derrière la plaza Francia.

**

À peine chez elle, la jeune femme se précipita sur le bar pour se servir une large rasade de Defender qu'elle avala pur, sans glace ni eau. Elle se débarrassa de sa veste noir et or, dévoilant un pull noir très fin, qui semblait peint sur sa poitrine magnifique. Captant le regard de Malko, elle lança avec un air de défi :

– Moi, je ne suis jamais allée chez un chirurgien esthétique ! Mes seins et mes fesses sont à moi. Ces filles, elles n'ont plus rien à elles, à part leur chatte, et encore…

On aurait dit que, par la vulgarité du propos, elle avait voulu choquer Malko. Celui-ci sourit.

– Je n'en ai jamais douté… À propos, comment avez-vous convaincu cette Miranda de coopérer à votre projet d'attentat ?

Marisabel Mendoza lui jeta un regard de dédain.

– Nous ne sommes pas idiots ! Elle n'est au courant de rien. Francisco lui a seulement expliqué que, si elle se présentait au concours de Miss Venezuela en étant la maîtresse de Hugo Chavez, cela l'aiderait beaucoup. Ici, les filles sont prêtes à tout pour devenir Miss quelque chose.

– Et elle ne se doute de rien !

Marisabel Mendoza eut un sourire un peu méprisant.

– Pourquoi ? D'habitude, on leur demande de coucher avec un producteur de télévision, un journaliste ou même un électricien, pour être bien éclairée.

– Plus tard, elle risque de gros problèmes, remarqua Malko. Les gens de la DISIP ne sont pas stupides. Ils découvriront les liens entre cette Miranda et l'instigateur de l'attentat.

– Ils ne découvriront rien du tout, cracha Marisabel, dopée par le scotch. Chavez mort, tout changera…

Un ange passa, déguisé en blonde atomique…

– Donc, en ce moment, conclut Malko, Hugo Chavez a comme maîtresse la femme que Francisco Cardenas lui a mise dans les pattes…

– Exactement ! confirma Marisabel en posant son verre vide.

Elle alla jusqu'à la fenêtre, écartant le rideau pour inspecter la rue. Se retournant ensuite avec un sourire d'excuse.

– Je suis trop nerveuse ! Je vais prendre un bain. Regardez la télé en attendant. Ensuite, nous sortirons. J'ai envie de danser, de m'amuser.

Elle semblait avoir totalement oublié son conflit avec Malko. Avant de quitter la pièce, elle se versa un troisième Defender qu'elle emporta dans la salle de bains.

Une fois seul, Malko s'approcha à son tour de la fenêtre, après avoir éteint, et examina soigneusement la rue. Sans rien voir de suspect. Pourtant, il était sûr qu'à Sabana Grande, ils avaient été suivis... Il alla se verser une vodka et, installé sur le canapé, contempla un grand portrait en pied de Marisabel Mendoza, au-dessus du piano, où elle avait vingt ans de moins.

Il était assis sur une caisse de dynamite. Mêlé à la préparation de l'assassinat du chef de l'État vénézuélien, alors qu'il était désormais certain d'être surveillé par la DISIP.

Ce n'était plus de la roulette russe, mais de la roulette belge : une cartouche dans les six chambres du revolver... Brusquement, il fut tenté de s'esquiver pendant que la jeune femme se trouvait dans la salle de bains. Mais il devait en apprendre plus sur le second volet du complot : Miranda, la « blonde atomique ».

La nuit était tombée quand Marisabel Mendoza réapparut. Transformée. Maquillée comme la reine de Saba, un débardeur rouge porté sans le moindre soutien-gorge sur une jupe noire s'arrêtant au genou.

Toujours juchée sur ses escarpins, et les jambes gainées de bas noirs.

– *¡ Vamos !* dit-elle, j'ai faim.

Leurs regards se croisèrent et, sa belle bouche tordue par un rictus agressif, elle lança :

– Vous me trouvez plus belle que la pute noire que vous aviez envie de sauter l'autre soir ?

Si Priscilla Clearwater, employée du gouvernement américain, l'avait entendue la traiter de pute, elle lui aurait arraché les yeux et les aurait gobés ensuite. Diplomate, Malko prit la main de Marisabel et la baisa.

– Vous aviez été odieuse avec moi, j'ai voulu l'être avec vous.

– Je n'ai pas été odieuse, corrigea la Vénézuélienne. Il *fallait* vous neutraliser. Pour nous protéger. Encore maintenant, nous ne savons pas ce que les Améicains désirent vraiment. Sauver Chavez ou nous aider ?

– Où allons-nous ? demanda Malko, peu disposé à s'engager sur ce terain glissant.

– À Las Mercedes, dit la jeune femme. Dîner et ensuite, dans une discothèque.

Teodoro Molov était en train de boucler les premières pages de *Tal Qual*. Soucieux, il avait laissé plusieurs messages à Marisabel Mendoza, mais la jeune femme ne l'avait pas rappelé. Or, il devait absolument la voir pour la convaincre de lui montrer les SAM 7 destinés à abattre l'hélico de Hugo Chavez. Ensuite, il irait revoir le président, avec des informations précises. La DISIP se chargerait de l'exploitation, mais c'est lui, Teodoro Molov, qui aurait joué le rôle principal…

Il rêva quelques instants à son sort futur. Il fallait

se faire attribuer un poste stable, sinon, sa trahison ne servirait à rien : Hugo Chavez changeait de collaborateurs à une vitesse effrayante. Donc, ne pas être trop proche du chef de l'État. Et avec des fonctions assez vagues pour ne pas donner prise aux problèmes Cela le ramena à son souci immédiat : se procurer l'information vitale concernant les missiles sol-air. Une nouvelle fois, il appela Marisabel Mendoza, sans plus de succès, et laissa un message, s'inquiétant du silence de la jeune femme.

Il rangea ses affaires, tenté d'aller se taper une pute au *Don Juan*, une disco-boîte à putes d'Altamira où on trouvait des filles superbes qui, après avoir dansé sur la table et s'être frottées à leurs clients, se laissaient entraîner, moyennant finances, dans la partie « clandestine » de la boîte pour une fellation rapide mais efficace. Ce soir, samedi, ça serait bondé, mais penser à Marisabel avait réveillé sa libido.

* *

Marisabel Mendoza dansait toute seule devant le bar. Le restaurant l'*Alezan* était bondé et ils attendaient une table. Systématiquement, elle continuait à soigner son angoisse au scotch. Dès son arrivée au restaurant, elle avait commandé un double Defender « 5 ans d'âge » avec très peu de glace…

Ils purent enfin se glisser sur une banquette et commander. Menu habituel : salade et viande grillée *a la plancha*.

Malko, impassible en apparence, ne cessait d'observer les clients du restaurant. La silhouette aperçue dans Sabana Grande l'avait traumatisé.

Le portable de Marisabel couina tout à coup : elle avait un message. Elle l'écouta et lança à Malko :

– C'est Teodoro Molov. Il insiste pour me voir…

Malko sourit.

– Il se sent peut-être seul…

La jeune femme eut une moue franchement dégoûtée.

– Beurk ! Jamais je ne coucherai avec lui. Il doit avoir une *pingua*[1] minuscule.

L'alcool la libérait… Elle continua au scotch pendant le repas. ça valait mieux que le vin chilien. Étrange soirée. Ils ne se parlaient guère, perdus chacun dans leurs pensées. Lorsqu'ils quittèrent l'*Alezan*, il était presque minuit.

– On va danser ! décida Marisabel.

Elle lança à toute allure la Toyota en direction de l'avenida del Libertador, puis rattrapa l'*autopista* et ils se retrouvèrent dans Las Mercedes, en face d'une discothèque gardée par un cerbère noir géant. Une trentaine de personnes faisaient la queue, mais Marisabel fonça droit sur l'immense Noir. Trente secondes plus tard, ils étaient à l'intérieur !

Inhumain !

Une foule compacte, verre à la main, piétinait dans une cohue incroyable, en se parlant à tue-tête. Des jeunes, des vieux, des femmes en jean, d'autres très habillées. Il y avait de tout. Marisabel, qui connaissait visiblement bien les lieux, traîna Malko jusqu'au bar, où elle se rechargea en Defender. Ensuite, elle essaya de danser sur place. En vain. À la moindre oscillation, on se cognait au voisin. Elle finit par y renoncer. Malko et elle restèrent face à face, serrés comme des sardines dans une boîte. Sans même pouvoir se parler, à cause du bruit. Progressivement, Malko vit le regard de Marisabel s'éteindre comme une bougie, comme si elle avait du brouillard dans les yeux.

– On rentre ? proposa-t-il.

La jeune femme le fixa comme s'il avait prononcé un mot obscène.

1. Queue.

— Je ne veux pas rentrer ! Je vous l'ai dit. J'ai peur.

Comme si la foule la protégeait. Elle prit soudain Malko par la main et l'entraîna vers un escalier menant au premier. Il crut qu'elle cherchait un peu de tranquillité, mais, en haut, il n'y avait que les toilettes... Marisabel s'engouffra dans celles des femmes et se retourna vers Malko.

— Gardez la porte. Que personne n'entre.

Elle ne ferma même pas le battant. Par l'entrebâillement, il la vit poser son sac sur la console des lavabos, en sortir un sachet de papier plié qu'elle ouvrit. Avec précaution, elle versa la poudre blanche sur le marbre pour en faire un rail bien droit. Ensuite, elle prit dans son sac un billet de 10 000 bolivars, le roula en cornet, planta la pointe dans sa narine et aspira d'un lent mouvement de tête... Pendant que Malko luttait avec une belle brune qui voulait absolument entrer...

Marisabel Mendoza aspira profondément la cocaïne, rejeta la tête en arrière, rafla son sac et rejoignit Malko.

— *¡ Es bueno !* soupira-t-elle.

— Vous prenez souvent de la cocaïne ? hurla Malko à son oreille lorsqu'ils furent redescendus.

Elle lui fit face. Ses yeux verts avaient retrouvé tout leur éclat et même un peu plus. Sans crier gare, elle colla son bassin à Malko et, sa bouche contre son oreille, répondit avec un drôle de rictus :

— De temps en temps ! Ça me donne envie de baiser, même avec un salaud de votre espèce...

***

Malko avait l'impression d'émerger d'une essoreuse... Assourdi, abruti, étouffant à cause de la fumée. Devant la discothèque, la queue s'était encore allongée. Titubant légèrement, Marisabel Mendoza lui tendit les clés de la voiture.

– Conduisez !

Ils étaient à deux pas du *Tamanaco*.

– Où allons-nous ? Je vais vous ramener.

La Vénézuélienne poussa un cri de chatte à qui on enlève ses petits.

– Non ! Je ne veux pas rester seule.

– Alors, allons au *Tamanaco*.

– Non, c'est dangereux...

Ils ne pouvaient pas tourner dans Caracas toute la nuit... Agacé, Malko embraya.

– Moi, j'y vais, conclut-il. Si vous y tenez, vous passerez la nuit dans votre voiture sur le parking.

– Salaud ! cracha-t-elle.

Les ongles de sa main gauche s'enfoncèrent dans la cuisse de Malko.

Quand il tourna dans la rampe menant au *Tamanaco*, les ongles s'enfoncèrent encore plus et il dut écarter violemment la main de la jeune femme. À peine garé dans le parking, il coupa le contact et ouvrit sa portière.

– Bonne nuit ! lança-t-il à Marisabel Mendoza. Faites attention en conduisant.

Il avait presque atteint l'entrée de l'hôtel lorsqu'il entendit un martèlement de hauts talons sur le bitume. Marisabel le poursuivait. Dès qu'elle l'eut rattrapé, elle s'accrocha à son bras comme une personne en train de se noyer.

– Ne me laissez pas ! supplia-t-elle, j'ai peur.

Elle était toujours accrochée à lui lorsqu'il prit l'ascenseur. Le visage inondé de larmes, le maquillage en déroute, elle leva sur Malko un regard désespéré.

– Ils vont venir me chercher ! J'en suis sûre. Francisco a dû obtenir des informations et il est allé se planquer.

– Mais non ! tenta de la rassurer Malko. Calmez-vous.

Quand il ouvrit la porte de sa chambre, elle n'était

pas calmée. Elle se jeta violemment dans ses bras, comme une petite fille qui a un gros chagrin, nouant ses bras autour de son cou, sanglotant toujours, des sanglots qui faisaient trembler tout son corps. Le mélange de cocaïne et de Defender se révélait explosif... Ils oscillaient au milieu de la pièce. Peu à peu, les mouvements désordonnés de Marisabel changèrent imperceptiblement de nature. Comme si elle venait de se rappeler qu'elle était une femme. Malko continua à la consoler, mais ce n'était plus la même chose... Le visage de la jeune femme abandonna le creux de son épaule et leurs regards se croisèrent. Les yeux émeraude semblaient éclairés de l'intérieur. Le ventre de Marisabel s'appuya avec une insistance impérieuse contre Malko. Les larmes coulaient encore sur ses joues, mais son expression était bien différente.

– C'est Francisco qui m'a forcée à vous emmener chercher la cocaïne, dit-elle. Je ne voulais pas. Jamais je ne vous aurais tué... Pardonnez-moi.

– Mais bien sûr, je vous pardonne ! affirma Malko, qui commençait à sentir sa libido reprendre des couleurs.

Marisabel contre lui, son gros chagrin évacué, dansait une rumba endiablée, tout en reculant vers la chambre. Arrivée au lit, elle s'y laissa tomber à plat dos, entraînant Malko. Ses cuisses s'ouvrirent autant que sa jupe le permettait, dans une invite on ne peut plus explicite. Et sa grande bouche se souda à celle de Malko dans un baiser furieux. La jupe noire remonta sur ses cuisses, découvrant la peau au-dessus de ses bas « stay-up ». Elle faisait littéralement des bonds sous Malko, le heurtant de son pubis, le regard égaré.

– *¡ Cojame, ahorita*[1] *!* ordonna-t-elle.

Ses mains farfouillaient fébrilement entre leurs

_____

1. Baise-moi, maintenant !

deux corps, déshabillant Malko. Elle parvint à extraire ce qui l'intéressait et le serra dans sa main droite. Puis, de la gauche, elle écarta l'élastique de son string et attira le sexe raidi dans son ventre, avec un soupir étranglé de soulagement. Malko, glissant les mains sous le débardeur rouge, saisit ses seins lourds à pleines mains. Marisabel gémit encore plus fort, bredouillant des mots incompréhensibles. Brutalement, il eut envie de vraiment la violer, d'enterrer ses angoisses au fond du ventre de cette femelle offerte. En fait, c'était la première fois qu'ils faisaient vraiment l'amour.

Abandonnant les seins durcis, il lui replia les jambes à deux mains, comme une grenouille, et commença à la défoncer à grands coups de reins. Marisabel se mit d'abord à soupirer, puis, à chaque pénétration, elle émit un cri rauque. Désormais, Malko s'enfonçait presque verticalement en elle, se laissant tomber de tout son poids. Marisabel hoqueta puis cria d'une voix cassée :

– Je vais jouir ! Je vais jouir !

Malko sentit ses ongles s'enfoncer dans sa nuque et le bassin de la jeune femme fut pris d'une véritable danse de Saint-Guy tandis qu'elle poussait un cri sauvage.

Sans paraître s'apercevoir qu'il était en train de se vider en elle…

Elle resta écrasée sous lui, les jambes repliées, le sexe fiché au fond de son ventre, agitant encore faiblement les hanches. Puis, son regard se voila et ses bras retombèrent sur le lit. Lorsque Malko se retira, elle n'eut aucune réaction.

Assommée de scotch et de cocaïne, elle s'était endormie.

*
* *

Dimanche matin, on travaillait à la DISIP. Angel Santano avait décidé de se rendre à son bureau, pour savoir ce qui s'était passé pendant la nuit. Surpris, il se heurta presque au colonel Montero Vasquez. Le Cubain lui donna un *abrazo* fraternel et sourit.

— Je ne pensais pas vous trouver ici aujourd'hui !

— Oh, je reste seulement une heure, affirma le numéro 2 de la DISIP. Entrez.

Il passa derrière son bureau, où étaient entassés les rapports de la veille qu'il parcourut rapidement. Le dernier comportait une dizaine de photos prises au télé, dans Sabana Grande. Angel Santano reconnut Marisabel Mendoza, en compagnie d'un homme qui n'était visiblement pas vénézuélien. Probablement un de ses innombrables amants.

— Intéressant ? demanda le colonel cubain.

Angel Sanano fit la moue.

— La routine. Une personne qui fréquente ma source. J'essaie de ratisser large. Vous voulez voir ?

— *¡ Que buena !* fit le Cubain avec un petit sifflement en regardant les photos de Marisabel Mendoza.

— Une de nos ennemies les plus déchaînées ! commenta Angel Santano. La reine des concerts de casseroles.

Soudain, le colonel cubain prit une des photos et l'examina de plus près. Angel Santano eut l'impression de recevoir une décharge électrique lorsqu'il l'entendit annoncer :

— Je connais l'homme qui se trouve avec elle !

— Vous êtes sûr ? demanda Angel Santano, stupéfait.

Le colonel Montero Vasquez reposa la photo et ajouta d'une voix calme :

— Si je ne me trompe pas, il s'agit d'un agent de la CIA extrêmement dangereux, qui se trouvait à Cuba il y a quelques mois.

CHAPITRE XIV

Angel Santano eut l'impression de recevoir le ciel sur la tête. Brutalement, le complot dénoncé par Teodoro Molov prenait une autre dimension. Si les Américains avaient couru le risque d'infiltrer au Venezuela un agent clandestin, c'est qu'il y avait un danger immédiat pour Hugo Chavez...

– Vous êtes certain ? demanda-t-il. Il se promènerait ainsi ouvertement...

– J'en suis presque sûr, confirma le colonel cubain. Si vous le permettez, je vais transmetre tout de suite cette photo à Cuba. Cet homme – si c'est lui – s'appelle Malko Linge. Il a pu s'exfiltrer de notre pays grâce à des complicités importantes après y avoir joué un rôle extrêmement néfaste. Vous voulez en savoir plus sur lui ?

Angel Santano n'hésita pas.

– Certainement ! Je vais convoquer les agents qui ont pris ces photos.

Le colonel cubain lui adressa un regard lourd de soupçons.

– Cette femme est une amie de votre source, dites-vous ? Elle est fichée politiquement ?

– Oui, dut admettre le policier vénézuélien, mais pour des activités mineures : manifestations, déclarations à la presse, concerts de casseroles. Je ne l'imagine pas mêlée à un projet *sérieux*.

Le Cubain le foudroya du regard.

– Cet agent de la CIA ne se mêle que de projets extrêmement *sérieux*.

Angel Santano sentit que son dimanche était fichu… Adieu le repas en famille et la partie de tennis.

– ¡ *Bueno !* conclut-il, restez avec moi, je vais convoquer les policiers qui ont travaillé hier. Un café ?

Le colonel Vasquez s'assit en face de lui. Se disant que, s'il n'était pas venu là, ses homologues n'auraient sans doute pas identifié cet espion américain.

Les yeux grands ouverts, Malko regardait le soleil s'engouffrer par la fenêtre donnant sur l'*autopista* de Baruta. Allongée en travers du lit, Marisabel Mendoza, portant encore son débardeur rouge, ses bas noirs et même son string, la jupe enroulée autour de ses hanches, dormait toujours.

Il avait déjà pris une douche, s'était rasé, mais n'osait pas la laisser seule dans la chambre. Il s'était réveillé très tôt, repensant à la filature supposée de la veille. Qui, finalement, n'était pas trop inquiétante. Cela prouvait simplement que Teodoro Molov était bien un traître. Désormais, c'était une course contre la montre. Il lui fallait convaincre les comploteurs de « démonter » à toute vitesse, de lui rendre le DVD compromettant et de mettre le cap sur Miami. La disparition de Francisco Cardenas signifiait peut-être que le milliardaire vénézuélien avait pris conscience du danger, avant de se retrouver dans une cellule de la DISIP.

Marisabel bougea dans son sommeil. À tâtons, sa main partit en exploration, trouvant le ventre nu de Malko. D'un mouvement réflexe, ses doigs se refermèrent sur son sexe au repos. Puis elle sembla continuer sa nuit.

Malko était en train de se replonger dans ses soucis lorsqu'il réalisa que, tout en faisant semblant de dormir, Marisabel faisait aller et venir très doucement ses doigts. D'abord, il retint son souffle, mais la sensation était trop exquise ; les yeux clos, sans bouger, la jeune femme le caressait avec habileté. Il vit son membre se développer, se dresser, tandis que les doigts de la jeune femme s'activaient de mieux en mieux. Enfin, elle ouvrit les yeux.

Deux émeraudes voilées. Sa bouche s'écarta pour un sourire sensuel et elle murmura :

– *¡ Buenos dias !*

Malko n'eut pas le temps de répondre. Comme un saurien endormi qui se dresse sur une berge, Marisabel avança lentement le corps au-dessus du sien, un peu en biais, souleva la tête, puis l'abattit sur le membre vertical, comme un oiseau gobe un poisson...

La sensation fut si forte que Malko poussa un cri étouffé. Marisabel semblait avoir repris sa sieste, mais sa langue dansait un ballet invisible et endiablé autour de lui, tandis que ses doigts le serraient toujours. Il ferma les yeux, savourant l'exquise sensation. Peu à peu, la tête de la jeune femme se mit à monter et à descendre, sa bouche venant au secours de sa langue.

Malko fixait sa croupe, bien décidé à la sodomiser. Mais la jeune femme en avait décidé autrement. Lorsqu'il voulut se dégager, elle s'accrocha à lui, accélérant sa fellation. Il se sentit partir et hurla.

Ils étaient définitivement réconciliés.

*
* *

Le dimanche, le *Malabar*, grande brasserie élégante, attirait toutes les familles aisées d'Altamira. Les gosses piaillaient partout et Francisco Cardenas avait eu du mal à trouver un coin tranquille. Plongé dans *El Universal*, il surveillait la porte du coin de l'œil. Jorge Montesinos, le *fiscal*, arriva pile à l'heure. Toujours cravaté, même le dimanche. Avec ses lourdes lunettes d'écaille, ses cheveux noirs épais rejetés en arrière, son nez important surmontant une grosse moustache triangulaire, il incarnait parfaitement les rigueurs de la loi. Les deux hommes échangèrent le triple *abrazo* traditionnel et partagèrent un peu de sangria. Francisco Cardenas se dit que Judas n'avait embrassé le Christ qu'une seule fois… Depuis, on avait fait des progrès dans l'hypocrisie.

Après une salade d'avocat, ce fut l'éternel *churrasco* épais de dix centimètres. Un vrai piège à cholestérol… La sangria coulait à flots, et la conversation roulait sur des sujets du jour : le pont sur l'*autopista* de La Guaira prêt à s'écrouler et la décision du parti d'opposition, Primo Justicia, de boycotter les prochaines élections. Pimentée de quelques remarques salaces sur les jolies filles autour d'eux.

À la crème flambée, Francisco Cardenas prit son courage à deux mains.

— *Bueno*, tu as parlé d'un problème…

Le *fiscal* hocha la tête affirmativement.

— Oui, mais je ne voulais pas l'évoquer au téléphone. Avec tous ces Cubains à la DISIP, on ne sait plus qui écoute qui…

Francisco Cardenas faillit vomir son *churrasco*. C'était bien ce qu'il avait craint. Il décida de mettre les pieds dans le plat, avec un sourire forcé.

— *Mira, amigo*, ton salopard de maître chanteur est devenu plus gourmand ?

Depuis plus de deux ans, il était l'objet d'un chantage qui lui ponctionnait de l'argent avec une régularité admirable. Quelques mois après le *golpe* raté de Pedro Carmona, président du Venezuela pendant quarante-huit heures, le *fiscal*, qui entretenait d'excellentes relations avec le vieux milliardaire, lui avait fixé un mystérieux rendez-vous dans un salon du *Hilton*.

Pour lui montrer une photo.

Très beau document d'ailleurs. Au premier rang, assis, en civil, Pedro Carmona, encadré par des officiers généraux debout ; à gauche, l'amiral Hector Raphael Ramirez Perez, ministre de la Défense, en tenue blanche d'apparat, à droite, le chef d'état-major de l'armée vénézuélienne. Derrière, se pressaient une demi-douzaine de *golpistes*. Tous ceux qui venaient d'approuver l'« Acte constitutif » du gouvernement Carmona. Parmi eux, Francisco Cardenas s'était reconnu, un peu en retrait, mais bien visible. Tous ceux qui se trouvaient sur cette photo étaient soit en fuite, soit en prison.

Tous, sauf Francisco Cardenas.

– Quelqu'un m'a apporté cette photo, avait expliqué Jorge Montesinos. Il m'a reproché de ne pas avoir engagé de poursuites contre toi, et m'a menacé de me dénoncer au *fiscal general*. Pour qu'il ne fasse rien, j'ai été obligé de lui donner dix millions de *bolos*.

– Je vais te les rendre ! avait aussitôt promis Francisco Cardenas, d'abord éperdu de reconnaissance.

Ce qu'il avait fait.

Seulement, quelques mois plus tard, le *fiscal* était revenu à la charge, prétendant que son mystérieux dénonciateur voulait encore de l'argent pour se taire. Et Francisco Cardenas avait subodoré la triste vérité : cet informateur fantôme n'existait probablement pas et son vieil ami le faisait chanter.

Certes, le milliardaire aurait pu se replier aux États-Unis, mais, à son âge, il n'avait pas envie de quitter sa belle *quinta*, ses habitudes et ses amis.

Alors, il avait payé.

Régulièrement, des sommes importantes qui ne faisaient qu'écorner son immense fortune.

Un peu comme une prime d'assurance vie.

Jorge Montesinos baissa la voix, en dépit du brouhaha de la salle qui leur assurait une confidentialité absolue.

— Non, dit-il, c'est plus grave que cela. L'autre nuit, *El Presidente* m'a appelé. Il était très perturbé. Quelqu'un venait de lui apprendre qu'un complot était organisé contre lui. Un groupe d'opposants aurait fait venir de Colombie des missiles sol-air russes pour abattre son hélicoptère.

Francisco Cardenas sentit le sang se retirer de son visage. La fausse information créée de toutes pièces par l'agent de la CIA et communiquée à Teodoro Molov lui revenait dessus comme un boomerang !

— Tu es sûr de cela ? croassa-t-il.

— C'est *El Presidente lui-même* qui me l'a dit !

Donc, Teodoro Molov était bien un traître. Francisco Cardenas se reprocha amèrement sa naïveté. Le journaliste ne perdait rien pour attendre. Au lieu d'avoir peur, il se sentait étrangement détaché.

— Je ne sais rien de cette affaire, protesta-t-il. Quel lien avec celui qui t'extorque de l'argent depuis des mois ?

— Il n'y a pas de lien *direct*, souligna Jorge Montesinos, mais cette nouvelle risque de se répandre. Et l'abject individu que j'ai réussi à contrôler jusqu'ici, risque de se réveiller et de ressortir cette photo.

— Mais je croyais que tu la lui avais achetée, à l'époque.

Pour dix millions de bolivars, remboursés par Francisco Cardenas.

— *¡ Claro que si !* confirma sans se troubler Jorge Montesinos. Mais depuis, il m'a avoué avoir conservé le négatif. Je vais lui proposer une somme importante pour lui racheter. Afin que tu sois définitivement tranquille. Imagine qu'il aille le montrer à quelqu'un

d'autre ? Des gens qui pourraient, à leur tour, vouloir
te faire chanter. Ce pays est tellement corrompu !

Dans sa bouche, c'était admirable, mais Francisco
Cardenas ne releva pas. Il n'était pas là pour jouer au
moraliste. Même si une sourde fureur commençait à
bouillir dans son cœur. Un maître chanteur et un
traître, cela faisait beaucoup. Sans le savoir, Jorge
Montesinos lui avait apporté sur un plateau d'argent
la preuve pour confondre Teodoro Molov.

– Combien vas-tu lui proposer pour cette photo ?
demanda-t-il.

– Je vais frapper fort, pour mettre un terme à cette
affaire : cinq cents millions de *bolos*[1].

Francisco Cardenas demeura impassible, comme
un joueur de poker qui vient de toucher un carré.

– Pas plus de trois cents millions, trancha-t-il ; ce
type doit gagner trois millions par mois.

Jorge Montesinos ne discuta pas, ce qui persuada
définitivement le vieux milliardaire que c'était bien
lui, le maître chanteur. Brutalement, il entrevit une
solution globale à ces deux problèmes.

Si son plan d'élimination de Hugo Chavez fonctionnait, il n'avait plus de raison de se plier au chantage.
D'un coup, la double trahison de Jorge Montesinos et
de Teodoro Molov le plongea dans une rage indescriptible. En plus, avec la menace pesant sur Hugo
Chavez, le *fiscal* allait peut-être en profiter, après avoir
reçu un ultime versement, pour se faire valoir auprès
du chef de l'État, en retrouvant providentiellement la
photo impliquant Francisco Cardenas dans le *golpe*.

Ce qui s'appelle faire d'une pierre deux coups.

Dissimulant sa fureur, le milliardaire dit d'une voix
égale :

– *Bueno*, tu me donnes quelques jours pour réunir
cet argent ?

1. Environ 200 000 dollars.

– *¡ Como no !* approuva le *fiscal*.

On était entre gens de bonne compagnie.

Francisco Cardenas fit signe au garçon de lui apporter l'addition et conclut :

– Dès que je l'ai, je t'appelle. Je te l'apporterai moi-même.

– *Muy bien*, approuva Jorge Montesinos. Je suis content de pouvoir te rendre ce service. Maintenant, il faut que j'aille rejoindre la famille.

Une fois de plus, les deux hommes échangèrent un *abrazo* chaleureux et le *fiscal* fila vers la sortie. Francisco Cardenas se rassit et commanda un autre café. Tant pis pour son cœur. S'il voulait profiter en paix de ses dernières années, il devait éliminer Hugo Chavez. En plus, la mort du président lui causerait un plaisir physique. Comme si on lui ôtait une tumeur. Il haïssait les communistes, la gauche, tout ce qu'incarnait Hugo Chavez. Cela valait bien quelques risques.

* *

Marisabel Mendoza dévorait comme quatre. Malko crut qu'elle allait avaler *aussi* la carapace de son homard. De nouveau, le ciel s'était couvert et ils déjeunaient au restaurant de la piscine du *Tamanaco*.

Le portable de la jeune femme sonna. Elle poussa une exclamation joyeuse en répondant et lança à Malko.

– C'est Francisco !

La conversation fut brève.

– Il est revenu ! annonça-t-elle. Il veut me voir demain, chez lui. Il a l'air en pleine forme. Je m'étais trompée sur lui.

– Il faudrait que je le voie aussi, dit Malko.

Il devait absolument mettre au courant Francisco Cardenas de la filature dont ils avaient été l'objet. Ce qui risquait de perturber ses projets, même si lui n'était pas directement visé.

– Je vais le lui dire, promit Marisabel Mendoza, mais il ne voudra sûrement pas que tu viennes chez lui.

– Moi non plus, je n'y tiens pas, assura Malko.

Pas question de mener la DISIP au vieux milliardaire.

– Il faudrait aussi savoir si Hugo Chavez a cessé de se servir de son hélico, remarqua-t-il. Pour en avoir le cœur net sur Teodoro Molov.

Marisabel lui adressa un sourire rassurant.

– S'il avait trahi, nous serions déjà arrêtés.

Il faillit lui dire qu'ils étaient déjà suivis, puis se ravisa. Il annoncerait la mauvaise nouvelle à Francisco Cardenas d'abord.

Marisabel étouffa un bâillement..

– Je vais rentrer chez moi, dit-elle, faire une sieste. Si je retrouve ma voiture… Hier soir, quand j'ai couru après toi, j'ai laissé les clefs dessus.

Malko l'accompagna au parking et monta dans sa propre voiture. Il avait désormais une urgence : prévenir la CIA, c'est-à-dire Priscilla Clearwater, des derniers développements fâcheux. Ce qui supposait, avant de prendre rendez-vous avec la Noire, d'être certain de ne pas être suivi. Il fallait qu'il trouve un lieu propice à une rupture de filature. Il se revit allant chercher Priscilla Clearwater à la résidence de l'ambassade d'Argentine. Au milieu d'une rue étroite et sinueuse à double sens, la calle Las Lomas, qui escaladait une des collines de Villa Arriba, tout près de l'ambassade.

Il n'eut pas de mal à retrouver les lieux. Le début de la calle Las Lomas était signalé par deux aigles en pierre surmontant des piliers, comme l'entrée d'une propriété privée. Malko s'engagea dans la voie étroite, repérant dans son rétroviseur une Nissan blanche, à une cinquantaine de mètres derrière lui.

Les virages s'enchaînaient, impossible de s'arrêter ou de faire demi-tour, la voie étant trop étroite.

Malko trouva enfin une impasse, s'y engagea et, après un rapide demi-tour, reprit la calle Las Lomas en sens inverse. Au virage suivant, il vit surgir la Nissan blanche, croisant au passage le regard surpris du conducteur. Deux hommes à bord. Talonné par d'autres voitures, le conducteur de la Nissan dut continuer tandis que Malko fonçait vers le bas de la colline.

Arrivé en bas, il tourna à gauche, calle Baruta, et s'arrêta. Quelques minutes plus tard, la Nissan blanche jaillit entre les deux aigles de pierre. Elle freina au milieu du carrefour, s'arrêta presque et son conducteur fila à droite, disparaissant à la vue de Malko.

Celui-ci repartit vers Las Mercedes. L'estomac noué. Marisabel n'était pas la seule à être suivie. Donc, les Vénézuéliens l'avaient identifié, peu importe comment. Le mal était fait. Il devait prendre une décision *très* rapidement. S'il était encore temps. Le plus simple était évidemment d'aller se réfugier à l'ambassade américaine ou de filer vers la Colombie, après avoir prévenu la CIA pour qu'on le récupère. L'Agence avait assez d'avions pour l'exfiltrer à partir d'une des innombrables pistes clandestines du *llano*.

Il fallait profiter qu'il n'était plus suivi pour un ultime contact. Revenu dans Las Mercedes, il s'arrêta près d'une cabine et composa le numéro du portable de Priscilla Clearwater.

– Il faut que je te voie, annonça Malko. Où es-tu ?

– Au Club Catalan, dans Altamira.

– Je vais venir. Maintenant.

– Il y a pas mal de gens ici, ce n'est pas prudent, objecta-t-elle. C'est un concours de *bolas criollas* [1].

---

1. Boules créoles.

— Rejoins-moi dehors, suggéra Malko.

— O.K. Il y a un parking intérieur dans le club. C'est tout en haut de l'avenida Juan-Bosco, à Altamira. Tu peux être là quand ?

— Vingt minutes.

— Attends-moi dans ta voiture.

***

La grande croix lumineuse censée veiller sur Caracas, plantée en haut du massif de l'Avila, la barrière rocheuse dominant la ville, était déjà allumée. L'avenida Juan-Bosco montait tout droit, s'arrêtant à la montagne. Juste avant d'arriver à l'avenida Boyaca, Malko aperçut sur sa droite l'inscription CLUB CATALAN au-dessus d'un grand portail ouvert. Il se gara dans le parking et attendit. Il commençait à pleuvoir. Lorsque Priscilla Clearwater, en blouson et jean, surgit du club quelques minutes plus tard, il tombait des cordes...

Elle se rua dans la voiture et jeta un regard inquiet à Malko.

— Qu'est-ce qui se passe ?

— Je suis suivi, annonça Malko. Vraisemblablement par la DISIP.

Il expliqua comment il s'en était aperçu. La réaction de la Noire fut immédiate.

— Tu veux « démonter ». Te réfugier chez moi en attendant ?

— Non, je veux essayer encore une fois de convaincre Francisco Cardenas de renoncer à son projet. J'espère le voir demain. C'est beaucoup plus avancé que ce que je croyais.

Il raconta le plan machiavélique de la « blonde atomique » destiné à attirer Hugo Chavez là où il fallait.

— Ça ne m'étonne pas, fit Priscilla Clearwater avec un sourire entendu. J'ai entendu des tas d'histoires sur les aventures de Chavez. Il a même sauté dans son bureau une correspondante d'Al-Jazira venue lui demander une interview.

– Elle n'était sûrement pas blonde ! compléta Malko.

La jeune Noire regarda en direction du Club Catalan. Nerveuse.

– O.K. Je transmets tout ça dès demain main. Que veux-tu ?

– Des instructions, dit Malko. Je suis dans la zone rouge. Si je décroche, Francisco Cardenas risque de réaliser son attentat et de se venger ensuite en m'impliquant, grâce au DVD. Je suis prêt à faire un dernier essai pour le décourager, mais je prends un gros risque. J'ignore si la DISIP s'intéresse à moi parce qu'on m'a repéré, ou si c'est à cause de mes contacts avec Marisabel. Si c'est le cas, c'est la conséquence de la trahison de Teodoro Molov. Donc, la DISIP serait au courant du complot...

– Je vais dire d'exiger une réponse flash, précisa la Noire. Normalement, on devrait avoir un « feed-back » en fin de matinée. Je vais t'envoyer Mike O'Brady.

Malko fit la grimace.

– La DISIP le connaît sûrement...

– Il vient tous les jours au *Tamanaco* pour nager. Même quand il n'a pas de contact.

– O.K. C'est un risque de sécurité, mais j'essaierai de le croiser discrètement.

Priscilla se pencha vers lui. Ses lèvres étaient souples et chaudes. Tendrement, elle dit à voix basse :

– Tu vas t'en sortir, tu es indestructible...

Ce qu'on avait cru des tours jumelles du World Trade Center.

Il la regarda s'éloigner en courant sous la pluie. Quelle chute de reins... Après cette petite pensée agréable, il redescendit vers le centre, se demandant

si un comité d'accueil ne l'attendait pas au *Tamanaco*.
Marisabel Mendoza devait récupérer de ses émotions
chez elle. Si rien de fâcheux n'arrivait d'ici là, la tâche
essentielle de Malko était de décourager Francisco
Cardenas.

Tout en roulant vers l'*autopista*, il réfréna une
furieuse envie de ne pas retourner au *Tamanaco*, où
l'attendait peut-être une très mauvaise surprise.
Débarrassé de ses suiveurs, il était comme en ape-
santeur dans une petite bulle de sécurité. Il avait l'impression de revivre son épopée cubaine, quelques
mois plus tôt, lorsqu'il était traqué par la DGI, bien
décidée à le liquider ou à lui faire passer le restant de
ses jours avec les *plantados*, les centaines de prison-
niers politiques cubains. Amer, il se remémora les
propos rassurants de Frank Capistrano, *Special Advisor for Security* de la Maison Blanche, le couvrant de
fleurs et lui vantant l'agrément de cette mission facile.
«Le flatteur vit toujours au dépens du flatté.»

*
* *

La réunion avait commencé à huit heures pile, alors
que le soleil, toujours visible tôt le matin, se reflétait
dans les vitres sales de la salle de réunion de la DISIP,
au dernier étage de «l'hélicoïde».

Angel Santano avait déjà bu trois cafés, en attendant Manuel Cordoba, le patron de la 4e Section, chargée de la surveillance des suspects de l'affaire révélée
par Teodoro Molov, et le colonel Montero Vasquez.
Depuis la veille, ce dernier était directement impliqué
dans l'affaire, par le biais de l'agent de la CIA identifié sur les photos prises par les agents de la DISIP.
À peine le colonel cubain se fut-il assis qu'Angel Santano s'adressa à Manuel Cordoba.

– J'ai reçu hier les photos prises samedi. Quels
sont les événements nouveaux ?

Le policier fit la moue.

– Pas grand-chose. Marisabel Mendoza n'a eu aucun contact avec « Mickey ». Elle s'est promenée et ensuite a été dîner et danser avec l'homme qui l'a accompagnée toute la journée et avec qui elle a terminé la nuit au *Tamanaco*. Auparavant, une caméra de surveillance placée dans les toilettes des femmes d'une discothèque et surveillée par un de nos agents l'a surprise en train de prendre de la cocaïne.

Angel Santano manifesta un léger agacement. La suspecte pouvait bien se bourrer de coke à se faire exploser les neurones, ce n'était pas son problème.

– *Bueno*, conclut-il, et l'homme qui l'accompagnait ?

– Nous l'avons identifié. Malko Linge, sujet autrichien, séjourne au *Tamanaco*, suite 766. Nous ignorons comment il est entré en contact avec cette femme.

– Et sur sa personnalité ? demanda Angel Santano.

Manuel Cordoba regarda ses notes.

– D'après le personnel du *Tamanaco*, il est journaliste et effectue une enquête sur le pétrole. Il a demandé les numéros de PDVSA pour rencontrer certains dirigeants. Nous n'avons rien sur lui dans les archives. Il a dit qu'il travaillait pour un grand quotidien autrichien, le *Kurier*. Beaucoup de gens s'intéressent au pétrole vénézuélien, en ce moment.

Le colonel Montero Vasquez réprimait visiblement une forte envie d'exploser. Dès que le policier de la DISIP se tut, il lui adressa un sourire venimeux.

– *Compañero*, bravo ! Le travail de vos hommes a permis de découvrir la présence de ce Malko Linge sur le territoire vénézuélien.

Stupéfait, le chef de la 4ᵉ Section de la DISIP demanda :

– Vous le connaissez ?

Le colonel Vasquez baissa les yeux sur son dossier et lut d'une voix appliquée, en détachant chaque mot :

– M. Malko Linge, citoyen autrichien, est arrivé à Cuba en mai de cette année, avec un passeport canadien au nom de Walter Zimmer. Identité usurpée d'un véritable sujet canadien, touriste déjà venu dans notre île, négociateur en *hedge funds*. Malko Linge était venu prendre contact avec des officiers félons qui préparaient un coup d'État contre le *Comandante*. Ses manœuvres ont été déjouées. Il a quitté La Havane en utilisant un passeport diplomatique *russe*, au nom de Vladimir Zirowski, sur le vol Aeroflot n° 342 à destination de Moscou. Ce faux passeport avait été vraisemblablement fabriqué par le FSB russe, ce qui en dit long sur les rapports de cette entité avec les Américains. J'ajoute que Malko Linge parle un grand nombre de langues, dont le russe, et que c'est un des meilleurs chefs de mission de la Central Intelligence Agency. Si ce n'est le meilleur... Sinon, il ne nous aurait pas échappé...

Ça, c'était pour l'orgueil cubain... Au fur et à mesure de l'exposé, Manuel Cordoba semblait se tasser sur sa chaise.

Un ange traversa la pièce, se cogna aux vitres fermées, tourna un peu en rond et finit par s'échapper en brisant une vitre, pour ne pas voir ce qui allait se passer.

Manuel Cordoba mit presque une minute à reprendre des couleurs, affirmant d'une voix ferme :

– Nous aurions sûrement découvert sa véritable occupation très vite. Ces photos ne datent que d'avant-hier. Et le Service n'est pas encore informatisé.

– Je suis content de pouvoir vous y aider ! fit, d'un ton lourd de menaces, le colonel Vasquez.

Évidemment, les Vénézuéliens n'avaient pas été formés par les Soviétiques et les Allemands de l'Est, comme les Cubains.

Il se dit que c'était le moment de tirer son second

missile. D'une voix empreinte de solennité, il se tourna vers Angel Santano.

– *Compañero*, je me suis entretenu hier soir avec mon chef, le général Francisco Cienfuegas, en charge de la *Dirección General de Inteligencia*. Qui, à son tour, en a référé au *Comandante* Fidel Castro.

Il ne dit pas « que Dieu le bénisse », parce que ce n'était pas dans la ligne du parti, mais le cœur y était.

Touché de plein fouet, le numéro 2 de la DISIP, réussit à demander d'une voix calme :

– Et quelle a été la réaction du Lider Maximo ?

– Le gouvernement cubain demande l'arrestation immédiate de cet agent américain et son transfert à Cuba, où il est accusé de meurtre.

CHAPITRE XV

Le silence se prolongea assez longtemps, rompu d'un ton prudent par Angel Santano qui sentait venir les problèmes. Avec beaucoup de diplomatie, il affirma avec un sourire :

– Il s'agit d'une décision qui ne m'appartient pas, car ce Malko Linge est citoyen autrichien, entré légalement dans notre pays et ne se livrant à aucune activité illégale à ce jour.

Le colonel Montero Vasquez faillit en avaler son stylo, et explosa :

– *Compañero*, cet homme a été vu en compagnie d'une personne vraisemblablement engagée dans la préparation d'un attentat contre le président de la République bolivarienne du Venezuela. Ce n'est pas une activité *illégale* ?

Moralement, il écumait. Le sourire d'Angel Santano le frappa comme un coup de poignard.

– *Coronel* Vasquez, répliqua-t-il d'un ton posé, nous ne sommes pas du tout certains que Marisabel Mendoza participe à ce complot, qui, je vous le rappelle, a été porté à notre connaissance par son ami, l'informateur « Mickey ». D'autre part, étant donné le profil de cette femme, il peut très bien s'agir d'une simple relation amoureuse.

– Avec un agent de la CIA ? explosa le Cubain.

Le policier de la DISIP faillit répliquer que même les agents de la CIA avaient une vie sexuelle, mais eut une réponse plus diplomatique.

— Nous n'avons encore rien sur la participation de cet homme à un quelconque complot.

Devant tant de mauvaise foi, le colonel cubain se calma et demanda d'un ton doucereux :

— *Mira*, cet agent *confirmé* de la CIA est donc à Caracas sans raison particulière ?

Angel Santano le calma d'un geste apaisant.

— Je ne dis pas cela. Il est évident que nous allons enquêter sur lui, ne plus le lâcher d'une semelle. Il est certain qu'il se trouve au Venezuela pour une raison professionnelle, mais peut-être pas celle que vous évoquez. Beaucoup de gens s'intéressent à notre pétrole. Il peut très bien se trouver ici pour tenter de prendre des contacts avec les anciens dirigeants de PDVSA chassés de la compagnie, ou avec les nouveaux. C'est un sujet très important. Quant à l'enquête sur ce supposé complot, c'est *El Presidente* lui-même qui la supervise.

Fou de rage, le colonel Vasquez ne put que garder le silence.

— Bien entendu, continua Angel Santano, pour verser un peu de miel sur la blessure du colonel cubain, je vais communiquer à la présidence les éléments nouveaux concernant M. Malko Linge. Je pense qu'il faudrait qu'*El Comandante* Fidel Castro s'entretienne de cette affaire avec notre président.

La messe était dite.

Le colonel Vasquez se leva, ferma son dossier, salua d'un signe de tête plutôt sec et sortit. Aussitôt, Angel Santano se tourna vers sa secrétaire, qui avait assisté à toute la réunion.

— Luisa, préparez-moi un rapport complet pour Miraflores. Je veux qu'il soit là-bas avant la fin de la matinée.

Se retournant vers Manuel Cordoba, il demanda :

– Vous n'avez rien oublié ?

Le policier se troubla légèrement.

– *Señor* Santano, je n'ai pas mentionné un petit incident qui aurait pu ternir l'image de notre service. Hier dimanche, en fin de journée, cet agent de la CIA a semé nos agents. Nous ignorons si c'était volontaire ou non. Il a été perdu pendant une heure environ, puis est retourné à son hôtel pour n'en plus bouger.

Il raconta les circonstances du largage. Angel Santano hocha la tête.

– Il a pu se tromper de chemin et faire demi-tour. Vous ne le lâchez plus. Mais *à distance*. C'est un professionnel, il ne doit pas vous repérer. Rien de plus pour le moment.

***

Frank Capistrano était en train de lire pour la troisième fois le compte rendu transmis par la station de Caracas. Il se sentait vaguement coupable, mais n'avait pas l'habitude de s'apesantir sur ses états d'âme. La situation était délicate. Humainement, il avait envie de donner le feu vert pour une exfiltration discrète de Malko Linge du Venezuela, *via* la Colombie, ce qui ne posait pas trop de problèmes à l'Agence.

Néanmoins, les retombées négatives risquaient d'être immédiates : les comploteurs, se sentant trahis, balanceraient les « preuves » contre Malko, officiellement agent de la CIA et trafiquant de drogue sur une grande échelle. On pouvait compter sur le gouvernement de Hugo Chavez pour donner le maximum de publicité à cette bavure. Ce qui pouvait avoir des répercussions sur *toute* l'Amérique latine, en train de glisser irrésistiblement à gauche.

Maintenir Malko au Venezuela, au contact des comploteurs, avait un inconvénient – le risque élevé pour lui – et deux avantages : conserver une chance de faire avorter le complot et éviter un scandale impliquant l'agence de renseignements américaine... Dans les cas litigieux, le *Special Advisor* de la Maison Blanche avait toujours choisi la raison d'État. C'est pour cela qu'il avait survécu à cinq présidents...

D'une écriture ferme, il traça sur le compte rendu la mention : Vu. C'est-à-dire qu'on ne modifiait pas le dispositif.

Malko avait mal dormi, taraudé par l'idée de voir surgir des policiers vénézuéliens. Normalement, il aurait du « démonter » samedi, dès qu'il s'était aperçu de sa filature. En ne réagissant pas, il jouait avec le feu.

Seulement, il ne pouvait pas non plus s'affranchir des consignes de la CIA. Il était comme un militaire au combat : lié par une discipline stricte. La matinée allait passer lentement, en attendant le contact éventuel avec Mike O'Brady, le jeune agent de la station de Caracas. Un risque supplémentaire qu'il était forcé de courir.

Sans appétit, il descendit quand même prendre son breakfast à la cafétéria, au niveau de la piscine. Il y avait un peu de soleil, comme tous les matins, et il s'installa dehors. Une demi-heure plus tard, alors qu'il en était à sa quatrième tasse de café, il vit surgir Mike O'Brady. Le jeune Américain se dirigea nonchalamment vers sa place habituelle, de l'autre côté de la piscine, s'installa et ouvrit un journal. Sans trop d'espoir, Malko essaya d'accrocher son regard mais il était trop loin. Aller le retrouver sous tous les regards était un risque qu'il ne voulait pas prendre. Et pourtant, il devait absolument savoir ce que Washington avait décidé à son sujet.

Malko était pratiquement le dernier client de la cafétéria qui cessait de servir à dix heures. Il commençait à désespérer lorsque le miracle arriva : le ciel se couvrit d'énormes nuages noirs et quelques gouttes commencèrent à tomber. Mike O'Brady replia son journal, se leva et fonça vers l'abri le plus proche, le couloir reliant la piscine aux ascenseurs. C'est là que Malko l'intercepta, juste en face du salon de coiffure.

— Venez ! fit-il en le faisant entrer dans les toilettes hommes.

Le jeune Américain parut surpris.

— Je vous attendais dehors, remarqua-il.

Malko lui jeta un regard sans aménité.

— On ne vous a pas dit que j'étais ciblé par la DISIP ?

— Si, mais…

— Les Vénézuéliens ne sont pas des imbéciles, remarqua Malko, avec un sourire ironique. *Vous* êtes déjà sûrement catalogué comme CIA. Vous approcher ouvertement est un gros risque de sécurité. Pour vous, il est limité : une expulsion après quelques heures de garde à vue et une mauvaise note dans votre dossier. Moi, ce serait beaucoup plus grave. O.K. Vous avez un message pour moi ?

Mike O'Brady s'ébroua.

— *Yes, sir.* Les consignes sont de maintenir le dispositif actuel.

Malko réussit à demeurer impassible. On le laissait dans la fosse aux lions, la CIA n'ayant pas renoncé à stopper l'attentat contre Hugo Chavez.

— Merci, dit-il. Dites à Priscilla de ne plus me contacter. En cas d'urgence, j'ai son portable. Sortez le premier.

Il attendit que le jeune Américain ait disparu pour émerger à son tour des toilettes. Son angoisse avait fait place à une résignation tendue. Sa seule chance était de convaincre très vite «Napoléon» de mettre fin à son projet. Seule Marisabel Mendoza était en mesure d'organiser une rencontre discrète. Remonté dans sa chambre, il appela la jeune femme.

– *¡ Mi vida !* lança la jeune femme d'une voix douce comme le miel. *¿ Que tal ?*

– On pourrait déjeuner ensemble, dit Malko. J'aimerais bien rencontrer le directeur de la CITGO[1], tu peux sûrement m'aider.

– *Bueno*, fit la jeune femme, ce matin, je vais à mon institut de beauté. On pourrait se retrouver là-bas, vers deux heures ; *Edificio Provincial Norte*, dans El Libertador.

– Parfait, accepta Malko. *Hasta luego*.

– *Hasta luego, mi amor*, roucoula la Vénézuélienne.

Ça, c'était la voix des ovaires. La furie qui menaçait de le tuer s'était transformée en chatte amoureuse. S'ils étaient écoutés, cette conversation était totalement *safe*. Depuis le début de son séjour, Malko avait contacté une douzaine de dirigeants des sociétés pétrolières vénézuéliennes. Il espérait que Marisabel avait décrypté sa demande. Il voulait revoir Francisco Cardenas.

Francisco Cardenas était d'excellente humeur ; après avoir pris son petit déjeuner sur sa terrasse, il se détendait quelques instants en écoutant les pépiements de ses perruches. Ce week-end avait marqué un tournant pour lui. Désormais, il voyait l'avenir avec une clarté absolue. D'abord, éliminer les derniers obstacles, en réglant au passage quelques comptes, puis, à la fin de la semaine, frapper.

Ce qui demandait, dans les jours à venir, une prépa-

---

1. Compagnie pétrolière indépendante.

ration minutieuse et une vérification de tous les composants de sa machine infernale.

Abandonnant à regret ses perruches, il appela son chauffeur après avoir donné un coup de fil.

– *Vamos a El Rosal*, lança-t-il en s'installant à l'arrière de la Mercedes.

Vingt minutes plus tard, la voiture stoppa devant une élégante *quinta* rose, retranchée derrière des colonnes blanches qui lui donnaient un faux air de temple gréco-romain. Sur le fronton, s'étalait en lettres d'or : « *Cuerpo y Alma Estetica Alternativa* ».

C'était la « fabrique de miss » du vieux milliardaire, un business juteux niché dans ce quartier chic, coincé entre l'avenida Francisco-de-Miranda et l'*autopista* Francisco-Fajardo.Utilisant un prête-nom, Francisco Cardenas n'apparaissait nulle part dans les statuts.

Derrière les colonnes blanches, des équipes de chirurgiens esthétiques, de diététiciens, de profs de gym, de coaches de toute nature accueillaient des candidates venues des quatre coins du Venezuela, n'ayant comme capital que leur beauté, prêtes à tous les sacrifices pour faire exploser le plafond de verre qui les séparait de la fortune et de la notoriété. Les deux allant souvent ensemble.

Ici, on commençait par évaluer leur physique et sa capacité d'amélioration. La première sélection était féroce et beaucoup repartaient en pleurs dans leur lointaine province, sans espoir de prendre un jour l'ascenseur social.

Les autres commençaient alors un parcours du combattant sans concession, où on leur apprenait à exister, à irradier la beauté. Tout était étudié : du regard à la démarche, avec des cours d'instruction générale et de communication. Il fallait plaire, plaire toujours, quelles que soient les circonstances. Beaucoup de ces apprenties miss étaient pauvres et avaient travaillé comme des folles pour venir tenter leur chance ici, se prostituant au besoin. Aussi, quand elles se retrouvaient pensionnaires de cet institut, c'était déjà une sécurité. Et, pour les sujets exceptionnels, l'institut investissait dans des campagnes de communication.

Car une Miss Venezuela valait beaucoup d'argent. Les riches Vénézuéliens faisaient la queue pour en épouser une. C'était un marqueur social, comme une Rolls ou une luxueuse *quinta*. Chaque semaine, il y avait des concours de sélection, partout, même dans les coins les plus reculés du *llano*. En quelque sorte, cela remplaçait le loto.

Francisco Cardenas pénétra dans le hall au sol de marbre blanc, orné d'une seconde inscription en lettres dorées : « *Si la belleza no esta aqui, no existe*[1]. » La réceptionniste se précipita à sa rencontre. Une rousse ravissante, aux yeux bleu cobalt, une poitrine à la fois pleine et aiguë, une bouche qu'on aurait cru dessinée par Michel-Ange, des ongles écarlates de deux centimètres, des jambes fines partant d'une croupe rebondie, juchée sur des talons aiguilles de douze centimètres.

Elle expédia à Francisco Cardenas un regard qui était presque une fellation.

– *¡ Buenos dias ! Señor Presidente*.

– *Buenos dias*, Carmen, répondit aimablement le vieux Vénézuélien.

On avait placé Carmen à la réception un peu comme un appartement témoin… C'était entièrement une « fabrication maison ». Tout était faux : les prunelles – des verres de contact –, les cheveux, pratiquement repiqués un par un, les seins – implantés –, la silhouette, affinée à coup de liposuccions, la croupe rebondie grâce au silicone, la bouche bourrée de botox.

---

1. Si la beauté n'est pas là, elle n'existe pas.

Francisco Cardenas lui jeta un regard presque tendre. Carmen était arrivée un jour en bus de Maracaibo, après avoir amassé un gros paquet de *bolos* par des moyens non précisés. Elle voulait être Miss Maracaibo et avait entendu parler de la *Cuerpo y Alma Estetica Alternativa Compania*.

Hélas, elle ne mesurait que un mètre soixante-deux ! Rédhibitoire. Honnête, l'évaluateur avait tout de suite douché ses espoirs. Carmen avait menacé de se suicider. Éconduite, elle avait effectivement avalé une dose massive de barbituriques sur les marches de la belle *quinta* rose. Mauvaise pub. Devant cette obstination, la direction avait décidé de la transformer en pub vivante. Aux candidates, on montrait la photo de Carmen avant – une petite noiraude qui louchait légèrement – et ensuite refaite de fond en comble. Depuis, elle nageait plus que dans le bonheur, assurant des prestations sexuelles gratuites à tous les employés de l'institut à la moindre demande. Plantée au milieu du hall, elle était prête à se laisser tomber à genoux sur le marbre blanc. L'idée d'administrer une fellation à Don Francisco l'inondait de bonheur. Hélas, ce dernier avait d'autres préoccupations en tête.

– Miranda est arrivée ? demanda-t-il.

– *Si, señor Présidente*, elle est dans la salle d'attente.

– Envoyez-la-moi dans mon bureau, Carmen. *Muchas gracias.*

**

Garé en double file dans l'avenida del Libertador, Malko vit surgir de l'institut de beauté Marisabel Mendoza, vêtue de sa veste noir et or et d'un pantalon de soie noire qui semblait peint sur elle.

---

1. Ça te plaît ?

— *¿ Te gusta*[1] *?* roucoula-t-elle, plantée devant lui.

Sa bouche énorme semblait peinte par un pinceau japonais, ses sourcils étaient magnifiquement épilés, ses ongles encore plus rouges que d'habitude. Par l'entrebâillement de sa veste, Malko aperçut un haut transparent jaune dissimulant à peine sa poitrine.

— Tu es magnifique ! reconnut Malko, surpris de cet étalage de séduction.

Une lueur un peu folle dansait dans les prunelles vertes. Marisabel se pencha à son oreille et précisa :

— Je me suis fait épiler la chatte ! Et j'ai mis un pantalon, pour ne pas avoir l'air d'une salope avec des bas, à cette heure-ci...

Malko sursauta : quelqu'un frappait de petits coups à la vitre. Il tourna la tête, découvrant, à côté de la voiture, une liane brune, au front haut et bombé, le nombril à l'air, avec un jean délavé et serré.

— Ah ! C'est ma fille ! Isabel, fit Marisabel.

Elle baissa la glace et la jeune fille lança :

— Tu as oublié de me laisser des *bolos*, *mamita* !

Pendant que sa mère fouillait dans son sac, elle dévisagea Malko avec un regard direct qui n'était pas celui d'une vraie jeune fille, puis s'éloigna en balançant les hanches vers l'institut de beauté. Marisabel éclata de rire.

— Elle voulait voir avec qui je baisais !

— Je t'ai dit au téléphone que je voulais rencontrer...

Marisabel lui posa un doigt sur les lèvres.

— *¡ Mi vida !* Pour le moment, j'ai envie de baiser. Je me suis faite belle pour toi. *¡ Vamos !*

— Où ? demanda Malko, déjà emporté par ce typhon sexuel.

— Je vais te guider. On va à l'*American Dallas*.

Elle posa sa main manucurée sur la cuisse de Malko.

— *¡ Vamos a l'esquina caliente*[1] *!*

1. Allons au coin chaud !

Malko comprit que ce n'était pas le moment de lui annoncer *tout de suite* les mauvaises nouvelles.

* *
*

Lentement, Marisabel Mendoza frottait sa poitrine à la chemise de voile, regardant durcir la pointe de ses seins. Sa croupe frémissait sous la soie noire du pantalon et, insensiblement, son ventre se rapprochait de celui de Malko.

L'*American Dallas* était moins glamour extérieurement que l'*Aladdin*, mais les chambres se ressemblaient beaucoup. Un grand lit, de quoi poser ses vêtements et beaucoup de miroirs. En un clin d'œil, la jeune femme se fut débarrassée de son pantalon, révélant deux traits de toison noire, méticuleusement calibrés, de part et d'autre du renflement de son sexe. Elle prit la main de Malko et la plaqua sur elle.

– *¿ Te gusta ?* Ça ne pique pas, c'est fait à la cire…

Ça ne piquait pas. Il enfonça doucement un doigt dans son ventre et elle commença aussitôt à le déshabiller. Le massant d'abord comme elle l'avait fait au *Tamanaco*. Elle leva les yeux sur lui, l'air gourmand.

– On dirait un *topocho*[1]…

Malko, ignorant ce qu'était un *topocho*, ne fit aucun commentaire. Juste avant de s'agenouiller devant lui, Marisabel précisa espièglement :

– On m'a dit que je suçais comme une Colombienne !

Sa fellation avait une douceur et une habileté admirables, même si la Colombie n'avait pas l'exclusivité de ce don du ciel. Malko savoura, comme au *Tamanaco*. Mais cette fois, elle n'avait pas envie qu'il jouisse dans sa bouche et elle se redressa, la même lueur folle dans ses yeux verts. Frottant son ventre contre le sexe dressé.

1. Banane sauvage.

– *¿ Que quieres, mi amor ?*

Sans attendre la réponse, elle gagna le lit et s'y age-nouilla, la croupe haute.

Malko l'emmancha d'un coup, plongeant dans du miel. Marisabel ronronnait. Sentant Malko se retirer, avec un geste d'une obscénité charmante, elle écarta les globes de ses fesses à deux mains, comme pour l'inciter à violer ses reins.

Malko, ravi, s'enfonça dans sa croupe, lentement, mais d'une seule traite, jusqu'à ce que leurs peaux se touchent. Avec une facilité déconcertante. Marisabel n'était plus vierge… Ensuite, il l'aplatit sous lui, afin de pouvoir la prendre encore plus profondément. Jusqu'à ce qu'il se sente partir. Ils crièrent en même temps. C'était presque meilleur qu'avec Priscilla Clearwater. Marisabel ne dissimulait pas le plaisir qu'elle avait à se faire posséder de cette façon. Elle s'y était d'ailleurs visiblement préparée. Redescendu de son nuage, Malko se dit qu'il était temps de passer aux choses sérieuses.

Il attendit que Marisabel soit revenue de la salle de bains et ait allumé une cigarette pour demander :

– Tu veux les mauvaises nouvelles ou les *très* mauvaises ?

La lueur joyeuse dans les prunelles émeraude s'éteignit aussitôt.

– Qu'est-ce que tu veux dire ?

– Samedi, à Sabana Grande, nous étions suivis, annonça Malko. Hier, moi, je l'étais.

Il lui raconta l'épisode du demi-tour calle Las Lomas, et comment il avait ensuite pu avoir un contact avec la station de la CIA de Caracas. Marisabel Mendoza l'écoutait, livide, son menton tremblant légèrement.

– Il faut prévenir Francisco ! dit-elle. S'il n'est pas déjà arrêté.

– Nous le serions aussi, la rassura Malko.

– C'est ce salaud de Teodoro ! cracha la jeune femme. Tu avais raison.

– Si c'est lui, remarqua Malko, c'est bizarre que Cardenas ne soit pas inquiété. Je ne comprends pas.

– Moi non plus, avoua Marisabel en se rhabillant fébrilement.

– Comment le prévenir ? Tu es suivie et, très probablement, ton téléphone écouté.

Marisabel remonta le Zip de son pantalon de soie noire.

– Je vais au Tennis Club. Il y passe presque tous les jours. Le mieux, c'est de l'attendre là-bas. Ramène-moi à ma voiture.

Sa flamboyante libido s'était évaporée. En sortant du parking, elle dit d'une voix altérée :

– J'ai peur ! Je n'ai jamais été en prison, il paraît que c'est horrible.

En descendant devant l'institut de beauté, elle jeta à Malko :

– Rejoins moi au Tennis Club. Tu me demandes à l'entrée.

*
* *

Angel Santano ne quittait plus guère son bureau, occupé à gérer l'affaire Teodoro Molov-Marisabel Mendoza et, maintenant, Malko Linge. Il avait demandé que lui soient communiqués les comptes rendus d'écoute deux fois par jour, afin de pouvoir réagir en temps réel.

Son option était très simple : arrêter Marisabel Mendoza et cet agent de la CIA ou leur laisser la bride sur le cou afin de voir où cela allait mener.

Il balançait encore.

CHAPITRE XVI

En sortant de l'Institut *Cuerpo y Alma Estetica Alternativa*, Francisco Cardenas était euphorique. Miranda Abrego était désormais la maîtresse attitrée du président Hugo Chavez. Ce dernier avait bon goût. Cette « blonde atomique » de un mètre quatre-vingts était absolument parfaite. La base était bonne, on lui avait juste remonté un peu les pommettes, épaissi la bouche au botox, augmenté de deux bonnets une poitrine déjà convenable.

Lorsque, deux mois plus tôt, on l'avait glissée dans l'auditoire de l'émission « Allô Presidente », Hugo Chavez avait immédiatement mordu à l'hameçon. La faisant quérir par une de ses assistantes, pour une réunion informelle de groupies. Convenablement briefée, Miranda Abrego avait récité sa leçon, en partie véridique. Déjà élue l'année précédente Miss Macaray, elle avait été prise en main par l'institut dans l'espoir de devenir Miss Venezuela. *Chavista* dans l'âme, car née dans un *barrio*, elle avait voulu approcher son idole de plus près. Le soir même, elle avait pu prouver son chavisme au chef de l'État au cours d'une étreinte rapide mais intense dans la « suite japonaise » du palais Miraflores.

Ce qui n'avait pas rassasié Hugo Chavez. Depuis, il la voyait irrégulièrement mais d'une façon constante, la convoquant à Miraflores, l'envoyant chercher ou allant lui-même la retrouver en pleine nuit dans le petit appartement qu'elle occupait calle Caurimare, dans les collines de Belo Monte.

Le plus souvent, ses visites avaient lieu le week-end. Sans préavis, ou presque.

Bien entendu, Miranda Abrego n'en revenait pas de son bonheur qu'elle attribuait en grande partie à Francisco Cardenas, qui la défrayait entièrement en attendant le concours de Miss Venezuela.

Même si la DISIP se penchait sur sa vie, elle ne trouverait rien d'inquiétant. Tout était limpide.

Francisco Cardenas l'avait beaucoup questionnée sur les visites nocturnes de Hugo Chavez. Son parcours était simple : il arrivait toujours par l'avenida de Rio-de-Janeiro et son petit convoi escaladait ensuite la colline, stoppant en face de l'immeuble de Miranda Abrego, ses membres assurant la sécurité pendant sa récréation sexuelle. À plusieurs reprises Francisco Cardenas avait étudié l'itinéraire probable de Hugo Chavez, afin de repérer l'endroit où positionner le véhicule bourré d'explosifs.

— *¿ Adonde vamos, ahora*, Don Francisco ? demanda Manuel, son chauffeur.

— À la *quinta*. Je repartirai seul.

* * *

Alors qu'il roulait en direction d'El Hatillo, Francisco Cardenas éprouva soudain une violente douleur dans la poitrine. Il s'arrêta aussitôt, le temps de prendre deux pilules de trinitrine. Ses artères, pourtant réparées, lui jouaient encore des tours. Il avait pourtant cru être tranquille après ses pontages.

Il repartit, farouchement décidé à terminer son affaire avant que Dieu ne le rappelle à lui. Comme il ne possédait pas le bip ouvrant le portail de la *finca*

Daktari, il dut sonner. C'est Raul, le survivant des deux Salvadoriens, qui lui ouvrit. Le gros homme fut visiblement soulagé de le voir.

– Don Francisco, que se passe-t-il ? Nous n'avons plus de nouvelles de personne ! Le général s'inquiète et les deux *gringos* sont nerveux.

– Nous devons être prudents, expliqua le Vénézuélien. Je viens le moins souvent possible, mais nous touchons au but. Je vais avoir besoin de vous pour plusieurs choses. Mais, d'abord, dites au général de venir me voir.

Quelques instants plus tard, le général Gustavo Berlusco, en chemise à carreaux et jean, rejoignit Francisco Cardenas. Les deux hommes échangèrent un vigoureux *abrazo*. Le général avait repris du poids, n'ayant rien d'autre à faire que manger. Francisco Cardenas alla droit au but.

– Est-ce que le *carro-bomba* est prêt ?

– Depuis longtemps, affirma le général Berlusco. L'explosif se trouve dans le faux plancher. Le véhicule est chargé de cartons contenant du matériel électronique.

– *Muy bien*, approuva le vieux milliardaire. Et la mise à feu ?

– Les *gringos* en ont prévu deux. L'une à distance par l'intermédiaire d'un téléphone portable, l'autre avec un déclenchement direct.

– C'est-à-dire ?

– Il y a un bouton sur le tableau de bord. Il suffit d'appuyer dessus. Mais évidemment…

Celui qui déclencherait l'explosion serait transformé en chaleur et en lumière… C'était l'option kamikaze.

– Pourquoi ce dernier dispositif ? demanda Francisco Cardenas.

– Nous ignorons si le véhicule de Hugo Chavez est équipé de contre-mesures électroniques. Dans ce cas, on ne peut pas utiliser le téléphone portable.

– *Muy bien*, répéta Francisco Cardenas d'un air absent.

– L'action est prévue quand ? demanda le général Berlusco. Je n'aime pas moisir ici, je préférerais retourner en Colombie…

– C'est une question de jours désormais, promit le vieux milliardaire.

Il lui relata sa conversation avec Miranda Abrego. Le regard du général Berlusco pétilla d'une joie mauvaise.

– Le fils de rat ! Il va aller en enfer en croyant monter au paradis.

– *Bueno*, conclut Francisco Cardenas, pour l'instant, je n'ai pas besoin de toi. Je dois parler à Raul. Envoie-le-moi.

Nouvel *abrazo*. Resté seul, Francisco Cardenas alla dénicher dans le bar une bouteille de Defender « Success » et se versa une bonne rasade de whisky. L'alcool dilatait les vaisseaux, paraît-il. Du coup, il s'offrit aussi une cigarette, interdite en principe par son médecin.

Raul Blanco pénétra dans la pièce après avoir frappé. Le vieux milliardaire l'invita à s'asseoir près de lui et l'apostropha avec chaleur.

– Bientôt, *amigo*, tu vas pouvoir retourner dans ton pays avec beaucoup d'argent, mais j'ai encore besoin de toi.

– *A su orden*, Don Francisco, assura le Salvadorien.

– Tu peux écouter un téléphone portable ?

L'autre hésita un peu.

– Si j'ai le matériel. *Claro, si*.

– *Muy bien*. Tu vas repartir avec moi et je te donnerai de l'argent pour acheter ce qu'il te faut. J'ai aussi besoin d'autre chose.

Il lui détailla sa demande.

– Les *gringos* peuvent faire ça très bien, affirma Raul Blanco. Et moi, je m'en occuperai ensuite.

– Tu es un bon garçon ! s'épanouit Francisco Cardenas. *Vamos*, je t'emmène.

* *
*

Marisabel Mendoza vint chercher Malko à l'entrée du Tennis Club d'Altamira. Remaquillée, elle avait l'air très convenable.

– Il est là ? demanda Malko.

– Pas encore, mais il va venir, paraît-il.

Ils gagnèrent l'arrière du club, là où se trouvaient la piscine et les courts de tennis. À peine assise, Marisabel alluma une cigarette, visiblement très nerveuse.

– Depuis ce que tu m'as appris, souffla-t-elle, j'ai l'impression de ne pas pouvoir respirer…

– Le pire n'est pas toujours certain ! dit Malko.

– *Mira*, Isabel m'a dit que tu devais être un bon baiseur…, remarqua Marisabel dans un souci évident de calmer son angoisse.

– Elle s'y connaît déjà ? Pourtant elle paraît très jeune.

La Vénézuélienne exhiba ses dents magnifiques dans un sourire salace.

– Ici, les filles commencent à quinze ans, dès qu'elle se font refaire la poitrine. En ce moment, Isabel sort avec un horrible petit chaviste, un journaliste de *Telesur* ! Ils distribuent dans les rues des badges de Noël « Feliz Chavidad [1] », avant d'aller baiser dans sa chambre minable.

Leur marivaudage s'arrêta net. Francisco Cardenas venait d'apparaître, approchant de sa démarche lente, un peu solennelle. Il parut surpris de les voir. Après avoir baisé la main de Marisabel, il commanda un thé et demanda :

– Quel bon vent vous amène ?

---

1. Altération de « Feliz Navidad » : « joyeux Noël ».

Il semblait d'excellente humeur, mais Malko doucha tout de suite son euphorie.

– Un mauvais vent, fit-il. Marisabel et moi sommes surveillés par la DISIP.

Le Vénézuélien écouta Malko sans l'interrompre, mais quand il alluma une cigarette, sa main tremblait légèrement.

– Cela ne m'étonne pas ! laissa-t-il enfin tomber. J'ai eu la preuve, pendant ce week-end, que Teodoro Molov nous a trahis.

Malko n'en crut pas ses oreilles, sidéré par son calme.

– Et cela ne vous inquiète pas ?

Le vieux milliardaire eut un léger haussement d'épaules.

– Si, bien sûr ! reconnut-il, mais je n'ai pas été inquiété, vous le voyez bien…

– À quoi attribuez-vous cette tranquillité ? ne put s'empêcher de demander Malko.

Francisco Cardenas eut un geste évasif.

– Je pense que la DISIP n'a rien de précis, ils veulent en savoir plus avant de frapper… mais ils ne sauront rien. Et ensuite, ce sera trop tard.

Il semblait totalement zen, et commença à découper avec des gestes de chat un éclair au chocolat. Malko se dit qu'il était temps de faire redescendre sur terre le vieux comploteur.

– *Señor* Cardenas, fit-il d'un ton ferme, je crois que vous n'avez pas bien compris. Continuer serait du suicide. Avec ou sans Molov, nous avons la DISIP sur le dos. Il faut « démonter », remettre ce projet, sinon, nous allons tous à la catastrophe. C'est-à-dire que nous allons être arrêtés.

Francisco Cardenas sembla se refermer comme une huître et leva sur Malko un regard carrément hostile.

– *Señor* Linge, je sais que les Américains ne veulent pas de cette élimination, pour des raisons géostratégiques, mais moi, c'est le but de ma vie. Je suis vieux et malade. Je ne veux pas disparaître avant de l'avoir menée à bien. Donc, je continue.

Malko faillit lui sauter à la gorge. Vieillard entêté, Francisco Cardenas refusait de voir la réalité en face.

L'ambassadeur de Cuba présidait la séance. Le colonel Montero Vasquez y était venu avec deux conseillers cubains en mission comme lui à la DISIP. Convoqué par le diplomate, qui était beaucoup plus qu'un ambassadeur.

— *Compañeros*, annonça ce dernier, j'ai reçu ce matin un long message de La Havane. C'est *El Comandante* lui-même qui l'a rédigé. Après avoir eu un contact direct avec le président Chavez.

— Il accepte de nous livrer cet espion américain ? demanda, plein d'espoir, le colonel Vasquez.

— Il y met de telles conditions que cela devient impossible. Il craint des réactions internationales.

— Alors, que faire ? demanda le colonel de la DGI. Nous pouvons le kidnapper et l'exfiltrer sur Cuba ?

L'ambassadeur secoua la tête.

— C'est risqué. L'opinion vénézuélienne n'est pas encore politiquement mûre pour ce genre d'action. Même au sein de la DISIP, il peut y avoir des résistances. *El Comandante* a évoqué une solution beaucoup plus simple. Une élimination physique sur place, sans intervention de vos homologues vénézuéliens. Comme la CIA l'a fait avec l'un de nos agents, il y a quelques mois, à Cayman Islands. Ils l'ont fait dévorer par un requin en captivité : il n'y a jamais eu aucune preuve. Ma question est la suivante, *compañero coronel* : vous sentez-vous capable de remplir cette mission ?

Le colonel Montero Vasquez n'hésita pas une demi-seconde.

– Si mon autorité, le général Cienfuegos, m'en donne l'ordre, certainement.

L'ambassadeur poussa vers lui un câble et dit avec un sourire :

– Voici vos instructions, *compañero coronel*, signées par le général Cienfuegos.

CHAPITRE XVII

Avec une lenteur exaspérante, Francisco Cardenas achevait de déguster son gâteau, l'arrosant d'une flûte de Taittinger. Deux des courts de tennis étaient désormais occupés, des enfants jouaient un peu partout sur les pelouses. Qui aurait pu croire, dans cette ambiance bucolique, que ce vieillard tiré à quatre épingles était en train de préparer l'assassinat du chef de l'État ? Malko avait décidé de tenter un ultime essai pour faire changer d'avis « Napoléon ».

– *Señor* Cardenas, attaqua-t-il, je sais que votre plan est très bien conçu. Marisabel m'a parlé de votre idée d'utiliser une future reine de beauté pour appâter Hugo Chavez, une certaine Miranda. Mais, il faut être réaliste...

Les yeux globuleux du vieux milliardaire se fixèrent sur Marisabel Mendoza avec une expression furibonde.

– Pourquoi as-tu parlé de ça ?

Marisabel vira à l'écarlate et bredouilla :

– *Pero*, Francisco, je croyais...

Francisco Cardenas se leva brusquement, avec un regard glacial pour la jeune femme.

– *Bueno*, dit-il, je ne veux plus rien avoir affaire avec toi. Ni avec vous, *señor* Linge. Nous nous reverrons *après*...

Il s'inclina légèrement devant Marisabel et s'éloigna de sa démarche un peu raide, abandonnant ses éclairs et son champagne. Marisabel voulut le rattraper, mais Malko la retint.

– Inutile. Il est muré dans son rêve.

– Mais qu'est-ce qu'on peut faire ?

– Pas grand-chose. Nous préparer à une éventuelle arrestation.

– Comment ?

– Déjà, en expliquant nos rapports. Quelqu'un m'avait donné ton nom. Je me suis présenté à toi comme journaliste autrichien effectuant une enquête sur le pétrole. Tu m'as aidé à prendre des contacts. Et ensuite, nous sommes devenus amants. Bien entendu, tu ignores tout de mes liens avec la CIA.

– Mais *eux* vont le savoir !

– Ce n'est pas certain et, si c'est le cas, la CIA s'intéresse *aussi* au pétrole vénézuélien. Ce qui donne un sens à mon séjour ici.

– J'espère que je ne me couperai pas, soupira la jeune femme

– Moi, j'espère que nous n'en arriverons pas là… Il y a autre chose à faire pour nous protéger.

– Quoi ?

– Empêcher Francisco Cardenas de mener à bien son projet. S'il essaie et échoue, nous serons arrêtés tous les deux dans les cinq minutes qui suivent. À propos, tu souhaites toujours la mort de Chavez ?

– *Si, claro*, fit Marisabel d'une voix mal assurée, mais j'ai tellement peur de la DISIP ! Je ne sais plus.

– Il faudrait au moins retarder ce projet, plaida Malko. Il n'y a que deux moyens : s'attaquer au véhicule piégé qui doit toujours se trouver à la *finca*, ou à cette Miranda.

– La *finca*, c'est très difficile, affirma Marisabel. Et puis, c'est dangereux, si nous sommes surveillés, d'aller là-bas.

– Exact, reconnut Malko. Donc, il reste la maîtresse de Chavez. Tu sais où elle habite ?

– Non.

– Il faudrait la trouver. Quelqu'un doit le savoir dans cet institut de beauté. Tu les connais ?

– Un peu.

– Très bien. Nous irons demain. Si nous arrivons à la localiser, nous pourrons peut-être raisonner Francisco Cardenas.

– Je ne comprends pas, coupa Marisabel. Pourquoi n'est-il pas inquiété, lui, alors que Teodoro Molov *sait* qu'il est le cœur du complot ?

– Je l'ignore, avoua Malko. Peut-être qu'il est surveillé. De loin. Ou alors, il y a une explication que nous ignorons.

***

Angel Santano détestait les réunions avec son supérieur hiérarchique, le général Miguel Torrès, qui occupait un vaste bureau au dernier étage de « l'hélicoïde » avec une vue imprenable sur les *barrios* pouilleux du quartier San Miguel. Retranché derrière une épaisse moustache noire, le général Torrès semblait toujours prêt à sauter à la gorge de ses interlocuteurs.

Assis du bout des fesses sur un fauteuil inconfortable, le numéro 2 de la DISIP venait d'exposer les derniers développements de l'étrange affaire du complot dénoncé par Teodoro Molov, à laquelle se greffait désormais celle de l'espion de la CIA en contact avec Marisabel Mendoza.

– Vous avez vérifié les allégations des Cubains sur ce Malko Linge ? demanda d'une voix rogomme le général Torrès.

– Ici, nous n'avons rien, avoua Angel Santano. J'ai fait des demandes auprès de nos homologues et j'at-

tends les réponses. *Sin embargo*[1] les Cubains sem-
blent très affirmatifs. À part ses contacts avec la
señora Mendoza, nous avons peu d'éléments sur ses
activités à Caracas. Il paraît chercher à rencontrer
d'anciens dirigeants de PDVSA.

— Et Teodoro Molov, vous l'avez revu ?

— Non. Il a rencontré *El Presidente*.

Le genéral Torrès caressa sa grosse moustache,
ennuyé. L'implication de Hugo Chavez lui liait les
mains. Il ne fallait pas être plus royaliste que le roi.
Visiblement, son subordonné et lui ne possédaient pas
tous les éléments du problème. Il convenait donc de
se montrer très prudent.

— C'est quand même étrange, remarqua-t-il. Ce
journaliste Teodoro Molov, votre source, dénonce un
complot contre *El Presidente*, mais refuse de donner
des noms. Il rencontre *El Presidente* et celui-ci ne
nous donne aucune instruction. Ensuite, vos hommes
découvrent dans l'entourgae de la *señora* Mendoza un
supposé espion de la CIA. Elle, vous la connaissez
bien ?

— *Si, claro !* C'est une activiste antichaviste
comme il y en a plein à Altamira. Je l'ai fait surveiller
parce qu'elle a de fréquents contacts avec Teodoro
Molov, à qui elle apporte tous les ragots antichavistes.
Elle n'a jamais été considérée comme dangereuse.

— *Bueno*, conclut le général Torrès. Je vais demander une audience au président. En attendant, continuez à surveiller Molov, Mendoza et cet agent de la
CIA.

Même le pépiement de ses perruches chéries n'arrivait pas à apaiser Francisco Cardenas, revenu dans

---

1. Néanmoins.

sa *quinta* après son départ du Tennis Club. Sa fureur contre Marisabel retombée, il était désormais étreint par une angoisse bien réelle. Était-il, lui aussi, sous la surveillance de la DISIP ?

Depuis qu'il était certain, grâce aux révélations de Jorge Montesinos, de la trahison de Teodoro Molov, l'idée l'avait effleuré. Mais, avait-il raisonné, si Molov l'avait dénoncé comme instigateur d'un complot destiné à assassiner le chef de l'État, la DISIP aurait déboulé chez lui depuis longtemps... Maintenant, il ne savait plus. Or, il était crucial pour lui de savoir si oui ou non on le surveillait. Les jours suivants allaient être décisifs. S'il était suivi, tout son plan tombait à l'eau. Il devait en avoir le cœur net.

Abandonnant ses perruches, il gagna la cuisine où Manuel, son chauffeur, attendait ses instructions. Un homme sûr, dont toute la famille travaillait dans une des *fincas* de Francisco Cardenas. À lui, il pouvait dire la vérité.

– Manuel, dit-il, j'ai l'impression que ces salauds de chavistes veulent me faire des problèmes.

– Que Dieu et la Vierge vous protègent, Don Francisco ! répondit aussitôt le chauffeur.

– *Bueno*, Manuel, je voudrais en être certain. Voilà ce que nous allons faire. Je vais partir avec la Mercedes, toi tu vas prendre le 4×4 et partir *avant* moi. Tu attendras avenida Francisco-de-Miranda et, quand j'arriverai, tu me suivras, à bonne distance. Je vais faire un grand tour, jusqu'au centre. Comme cela, tu verras bien si on me suit. *Vamos*.

Les deux hommes gagnèrent la cour. Une filature était le seul talon d'Achille du vieux milliardaire : il n'utilisait pas le téléphone et avait fait vérifier son installation téléphonique.

* *

Malko faillit sourire devant les colonnes prétentieuses de l'institut *Cuerpo y Alma Estetica Alternativa*. Marisabel Mendoza se gara juste devant. Certes, ils prenaient un risque en venant là, avec les agents de la DISIP à leurs trousses, mais le fait, pour Marisabel, de se rendre dans ce genre d'établissement n'avait rien de suspect.

— Tu les connais ? demanda Malko.

— Un peu. J'ai amené Isabel pour des petits trucs. Et ils savent que je suis proche de Francisco.

À peine eurent-ils foulé le marbre blanc du hall qu'une rousse haute comme trois pommes, mais hypersexy, jaillit de la réception, perchée sur des échasses de quinze centimètres, la bouche offerte et le regard humide.

— Je suis Carmen, annonça-t-elle, que puis-je faire pour vous ?

Marisabel lui expliqua que Malko était journaliste et qu'il faisait un papier sur les miss. Carmen répondit avec enthousiasme.

— Je vais vous installer dans le bureau de Don Francisco et appeler le responsable, Jesus Lara.

Ils la suivirent jusqu'à un magnifique bureau aux murs couverts de photos de miss dédicacées à leur « créateur ». Une bonne centaine : les produits de la maison. Un canapé en U en cuir rouge occupait tout un coin de la pièce, en face d'une table basse faite d'une dalle de verre supportée par le bronze d'une femme à quatre pattes dans une pose suggestive. Le bureau en bois sombre était nu, à part une lampe et quelques papiers. Derrière, la photo d'une Miss Venezuela, grandeur nature.

On frappa au battant et un jeune moustachu, syle designer, se glissa dans la pièce. Marisabel lui expliqua le but de leur visite.

Le visage du jeune homme s'éclaira aussitôt.

— C'est une très bonne idée de faire un reportage

sur nos candidates ! C'est Don Francisco qui vous envoie ?

— Oui, confirma froidement Marisabel. Il m'a parlé d'une certaine Miranda, sur laquelle il fonde beaucoup d'espoirs.

— Ah ! Miranda ! Si, si, nous espérons qu'elle sera la prochaine Miss Venezuela.

— Nous pourrions la rencontrer ? demanda Malko. Jesus Lara hésita.

— Il faudrait que je demande à Don Francisco…

Marisabel Mendoza lui lança un regard à faire exploser sa libido et proposa d'une voix caressante :

— Ne le dérangez pas ! Dites-nous simplement où nous pouvons la joindre

— Mais elle est ici, justement ! Pour une séance de gym. Vous voulez la voir ?

— Avec joie ! fit Malko, n'en croyant pas sa chance.

Jesus Lara était déjà debout.

— Je vous l'envoie, annonça-t-il. Vous verrez, elle est ex-tra-or-di-naire !

Il s'éclipsa et Malko dit aussitôt :

— Demande-lui son adresse et son téléphone.

Quelques secondes plus tard, un coup timide fut frappé à la porte. Malko eut un choc en voyant la créature qui pénétra dans le bureau. Birgit Nielsen avec trente ans de moins ! Une blonde atomique aux longs cheveux cascadant jusqu'aux reins, des yeux saphir allongés au khôl, une bouche de dorade bien élevée qu'on imaginait tout de suite autour d'un sexe, deux obus pointant sous la robe bleu électrique, une peau mate et fine, des épaules larges, des ongles de trois centimètres et des escarpins qui la grandissaient encore.

Elle se planta devant Malko avec une expression provocante, déhanchée juste ce qu'il fallait, le regard plongé dans le sien, et dit d'une voix de fausse petite fille :

– *Me llamo Miranda. ¿ Te gusta ?*

Malko ne put s'empêcher de sentir un léger picotement sur le dessus de ses mains, tant il y avait de
sous-entendu dans sa voix enfantine.

– *¡ Mucho !* affirma-t-il en souriant.

Miranda pivota, lui permettant d'admirer une
croupe à pousser au suicide une Africaine, et s'assit,
en virevoltant assez pour laisser apercevoir le trait
blanc d'une culotte en dentelle. Un homme normal
était déjà prêt à la lui arracher avec les dents. Marisabel se tourna vers Malko et lui demanda en anglais :

– Comment la trouves-tu ?

– Très spectaculaire !

La jeune femme eut un sourire salace.

– Ici, au Venezuela, nous pêchons les requins avec
des morceaux de raie manta. Ils adorent ça et avalent
la raie, l'hameçon et la ligne. Pour n'importe quel
homme, cette fille, c'est la même chose.

Assise bien droite dans le canapé de cuir rouge, la
future Miss Venezuela, arborant un sourire mécanique, attendait la suite.

– Questionne-la, demanda Malko. Demande-lui où
elle habite.

Marisabel ouvrait la bouche lorsque la porte s'ouvrit sur Jesus Lara. Son expression ravie avait disparu
et il arborait un sourire un peu crispé.

– *Mira*, dit-il, Miranda a rendez-vous pour une
leçon de danse.

Bien dressée, la jeune femme était déjà debout.
Sans quitter son sourire inoxydable, elle prit congé et
sourit, balançant ses hanches avec langueur.

Contenant sa déception, Malko demanda :

– Pourrions-nos la revoir pour faire des photos ?

– Il me faut l'autorisation de Don Francisco, répliqua un peu sèchement Jesus Lara.

– Elle habite loin d'ici ?

– Elle a une chambre ici, assura le jeune homme.

Il avait sûrement appelé Francisco Cardenas et ils n'en obtiendraient rien de plus. D'ailleurs, c'est tout juste si Jesus Lara ne verrouilla pas la porte derrière eux lorsqu'ils sortirent.

Malko aperçut, garée un peu plus loin, une voiture grise. S'ils planquaient pour récupérer Miranda, ils risquaient d'attirer l'attention de la DISIP.

– Qu'est-ce qu'on fait ? demanda Marisabel.

– Il faut penser à ma couverture. Nous pourrions essayer de rencontrer l'ancien patron de la CITGO.

– *¡Bueno!* On va dans le centre, alors.

*
* *

Francisco Cardenas, au volant de sa Mercedes, franchit le portail et se gara devant sa *quinta*. Rejoint quelques minutes plus tard par Manuel.

– Je n'ai vu personne, Don Francisco, annonça le chauffeur. Si on vous avait suivi, je m'en serais aperçu.

– *Muchas gracias*, remercia le vieux milliardaire, sortant une liasse de billets de 10 000 bolivars et la tendant à son employé.

S'il n'y avait pas eu le coup de fil de Jesus Lara lui apprenant la démarche de Marisabel et de l'agent de la CIA, son bonheur aurait été complet. Mais, désormais, la situation était verrouillée. Le personnel de l'institut avait l'interdiction formelle de parler de Miranda et son adresse devait être gardée secrète.

Il se fit servir un thé par la *chula* et composa le numéro de Jorge Montesinos.

– *Amigo*, fit-il lorsqu'il l'eut en ligne, nous pourrions aller prendre un capuccino au *Gran Café*, demain, quand tu sors du *Palacio de Justicia*.

Le *fiscal* approuva avec enthousiasme : cela signifiait que Francisco Cardenas allait lui remettre les trois cents millions de bolivars.

– *¡ Cómo no !* Je termine vers sept heures.

– Je viendrai te chercher, promit le vieux milliardaire. Tu te gares toujours au même endroit ?

– Oui, sur l'emplacement qui nous est réservé, avenida Bolivar.

– *Bueno, hasta luego, amigo.*

Francisco Cardenas ferma les yeux, écoutant ses perruches. Cette fois, le compte à rebours était sérieusement entamé et les Américains n'oseraient pas se mettre en travers de son projet.

Installé sur la terrasse du bar du *Tamanaco*, le colonel Montero Vasquez savourait un Defender-Coca, en se demandant quand la pluie allait se déclencher. Il attendait les deux agents de la *Dirección Cinque* de la DGI, celle chargée de l'élimination physique des ennemis de la révolution.

Après avoir beaucoup réfléchi, le colonel cubain avait décidé que le meilleur endroit pour liquider l'agent de la CIA était le *Tamanaco*. Là où les policiers de la DISIP attachés aux pas de l'espion laissaient un peu de mou. Les agents cubains passeraient inaperçus dans les va-et-vient du *lobby*. Personne ne contrôlait les ascenseurs et il n'y avait pas de portail magnétique à l'entrée de l'hôtel.

Les agents de sécurité, payés une misère, n'étaient pas vraiment agressifs. Possibilité supplémentaire : on pouvait gagner *directement* les étages, à partir du niveau piscine. Il suffisait donc d'aller au restaurant de la piscine et de remonter, sans passer par le *lobby*.

Bien sûr, la DISIP ne se doutait de rien. L'opération devait être rapide et anonyme. Ensuite, il y aurait quelques vagues, mais Hugo Chavez n'allait pas se brouiller durablement avec son grand ami Fidel pour un espion de la CIA.

Un de ses deux agents, Ismael Calda, rejoignit le colonel cubain qui, royal, lui commanda aussi un scotch. Il semblait ravi.

– Je crois avoir trouvé une bonne idée, *compañero coronel*, annonça-t-il.

– Laquelle ?

– Lorsque j'étais là-haut *compañero coronel*, j'ai vu une femme de chambre en train d'enfourner des monceaux de linge sale dans une ouverture dans le mur du couloir. C'est un gros conduit qui doit aboutir dans une buanderie où on trie le linge avant de le mettre dans les machines.

– Et alors ?

Ismael Calda eut un large sourire.

– *Compañero coronel*, ce serait encore mieux si on enlevait ce gringo ! Après l'avoir « tapé », on le glisse là-dedans, on le récupère en bas et on l'emmène...

Le colonel Vasquez mit quelques secondes à visualiser l'opération puis tapa amicalement dans le dos de son subordonné.

– *Ismael, es muy bien. ¡ Muy bien !*

L'idée que cet espion de la CIA termine dans un tas de linge sale le ravissait. Son sourire s'effaça.

– Ismael, annonça-t-il, nous allons agir dès ce soir.

CHAPITRE XVIII

Malko n'en pouvait plus, après avoir passé une heure en compagnie du dirigeant d'une filiale de PDVSA qui lui avait servi un discours à la langue de bois à donner la migraine, Marisabel traduisant scrupuleusement des propos sans le moindre intérêt.

— On va prendre un verre chez moi, avait proposé la jeune femme, épuisée elle aussi.

Ils n'étaient pas depuis cinq minutes dans l'appartement d'Altamira que la porte s'ouvrit sur Isabel, escortée d'un maigre moustachu en polo rayé d'une propreté douteuse.

— *Buenas tardes*, *mamita*, lança la jeune fille ; tu connais Ricardo...

Marisabel connaissait et ne semblait pas apprécier.

Isabel et son chevalier servant ne s'attardèrent pas, s'engouffrant dans un couloir sous le regard réprobateur de la mère. Celle-ci dit à Malko :

— Cette petite conne vient se faire baiser ici car chez lui, il n'y a pas d'eau chaude... C'est une merde chaviste qui hait les bourgeois mais n'aime pas l'eau froide. Tiens, ouvre une bouteille de champagne.

Il prit dans le frigo du bar une bouteille de Taittinger Comtes de Champagne Rosé et des flûtes. Il avait hâte que la journée se termine. Une de plus sans problème. Mais, le lendemain, il faudrait reprendre le collier, attendre le coup dur. Qui n'arriverait peut-être pas.

Soudain, des gémissements rythmés traversèrent la cloison. Marisabel Mendoza posa sa flûte si violemment sur la table basse que le verre faillit se briser.

– La première chose que je fais quand la *Bicha* est morte, gronda-t-elle, c'est de virer ce petit con.

Malko ne pouvait pas vraiment la blâmer... Ils bavardèrent encore un moment autour de la bouteille de Taittinger puis il se leva. Il fallait tenir la CIA au courant des derniers développements. Il n'avait plus de contact avec Francisco Cardenas, donc n'importe quoi pouvait arriver.

En descendant le long de la plaza Francia, il s'arrêta près d'une cabine et appela Priscilla Clearwater.

– Je passerai ce soir, fit-il simplement.

Malko tournait depuis un moment dans les rues encombrées de Las Mercedes, cherchant comment se débarrasser de ses suiveurs. Il ne les avait pas repérés mais partait du principe qu'ils étaient là. Pas question de les emmener chez Priscilla Clearwater. Les voitures avançaient à touche-touche sur l'avenida Principal de Las Mercedes. Malko roulait à côté d'un vieux bus verdâtre bourré à craquer. Ils atteignirent le carrefour avec la calle Vera-Cruz, juste en face du centre commercial Las Mercedes. Le carrefour comportait trois feux successifs qui passèrent au rouge en même temps.

Le bus continua, coupant la circulation venant de la calle Vera-Cruz comme si les feux n'existaient pas, visiblement pressé de se débarrasser de ses passagers.

Malko se colla sur son flanc droit et franchit d'une traite les trois feux rouges, protégé par le gros bus. D'un coup d'œil dans le rétroviseur, il aperçut une voiture qui essayait désespérément de déboîter. Il ralentit, laissant le bus le doubler, et s'engagea dans la voie qu'il empruntait d'habitude pour gagner le *Tamanaco*. Il fallait couper la rue qui menait à l'*autopista*, pour atteindre la rampe du *Tamanaco*. Ce feu-là était aussi au rouge. Malko coupa froidement la circulation, manœuvre parfaitement acceptée à Caracas, sous le regard connaisseur d'un policier en casque colonial. Il fonça ensuite en direction de l'*autopista*, et aperçut, de l'autre côté du terre-plein, la voiture grise qui venait tout juste de franchir le premier feu. Trois minutes plus tard, il se noyait dans le flot de véhicules de l'*autopista* en direction d'Altamira.

Satisfait de cette petite victoire.

Les mœurs des automobilistes vénézuéliens étant ce qu'elles étaient, les flics qui le surveillaient n'avaient peut-être même pas pensé qu'il voulait les semer…

Il se gara assez loin de l'immeuble de Priscilla Clearwater et continua à pied. La Noire l'accueillit, en chemisier et pantalon, visiblement inquiète.

— Tu as un nouveau problème ?

— Pas encore, mais j'ai perdu le contact avec Francisco Cardenas.

Il expliqua ce qui s'était passé. Désormais, il n'était plus en mesure de contrôler « Napoléon ». Or, il avait l'impression que celui-ci était prêt à frapper.

— S'il arrive quelque chose à Chavez, la DISIP m'arrêtera immédiatement. Je demande donc l'autorisation de décrocher, avant qu'il ne soit trop tard. Je ne sers plus à rien.

— Je vais transmettre, fit la jeune femme. Tu veux rester dîner ?

— Non, je ne veux pas donner l'impression que je les ai semés. Je reviens demain, à la même heure, pour que tu me communiques la réponse de Washingon.

Une heure plus tard, il pénétrait dans le hall du *Tamanaco*. Balayant le *lobby* du regard, il repéra deux moustachus maigres et mal vêtus qui le suivirent des yeux avec un intérêt non dissimulé.

Ses anges gardiens.

Visiblement soulagés de le voir réapparaître.

*   *
*

Teodoro Molov se sentait mal. Dans deux jours, il avait rendez-vous avec Hugo Chavez et n'avait rien de plus à lui apprendre. Impossible de joindre Marisabel Mendoza et donc d'en savoir plus sur les mystérieux SAM 7 importés de Colombie.

Il n'y avait pas encore eu de tentative d'attentat, sinon il l'aurait su.

Qu'allait-il dire au chef de l'État ? Il ne pourrait plus éviter de lui révéler le nom de Francisco Cardenas, ce qui le mettait automatiquement hors jeu. Le vieux milliardaire serait sûrement arrêté et interrogé. Mais parlerait-il ? Teodoro Molov commençait à se demander si cette histoire de SAM 7 était vraie. Il courait tellement de rumeurs à Caracas... La raison du silence de Marisabel Mendoza, à qui il avait laissé en vain plusieurs messages, était peut-être qu'elle n'avait rien à dire et ne voulait pas perdre la face. Ce ne serait pas la première fois qu'un attentat serait annoncé et jamais réalisé.

Il laissa un ultime message à la jeune femme, demandant de le rappeler d'urgence.

*   *
*

Romeo Vitarro et Manuel Braga, les deux agents de la DISIP, s'étaient installés dans le *lobby* du *Tamanaco*, à côté des grandes baies vitrées dominant la piscine. Soulagés d'avoir retrouvé leur client. Ils n'avaient qu'une crainte : se faire semer. Ce qui, dans ce cas, pouvait signifier une mutation en province... Leur maigre budget ne leur permettant pas de profiter du luxe du *Tamanaco*, ils en étaient réduits à regarder l'animation du *lobby* en échangeant des remarques obscènes sur les filles qui passaient. Manuel Braga donna soudain un coup de coude à son copain.

— Tiens, c'est le colonel Montero Vasquez.

Le colonel cubain venait de pénétrer dans le *lobby*, accompagné de deux hommes. Il se sépara d'eux et gagna la réception. Ne connaissant pas les deux agents de la DISIP, il ne leur prêta aucune attention.

Romeo Vitarro regarda les trois Cubains, suspicieux.

— Qu'est-ce qu'ils foutent ici ? D'habitude, ils sont plutôt au *Hilton*.

Le *Hilton*, dans le centre, était devenu le centre des chavistes qui travaillaient dans tous les ministères voisins. Les Cubains y traînaient souvent, au restaurant de la piscine du premier étage, coincé pourtant entre un immeuble à demi brûlé et un autre, lépreux à souhait...

Les trois Cubains étaient de nouveau ensemble. Ils eurent un bref conciliabule, puis se séparèrent, deux d'entre eux s'engouffrant dans un des ascenseurs et le colonel Vasquez ressortant de l'hôtel. Intrigués, les deux agents de la DISIP se regardèrent.

— Qu'est-ce qu'ils foutent là ? répéta Romeo Vitarro.

Ils n'aimaient pas beaucoup les Cubains, imposés par leurs chefs. Cuba avait mauvaise réputation au Venezuela, en dépit de la lune de miel des deux présidents.

Manuel Braga suggéra :

— Va voir dehors ce qu'il fait...

Pure curiosité.. Romeo Vitarro disparut et revint quelques minutes plus tard.

— Je ne le vois pas. Il a dû repartir.

– Bon, laisse tomber, ce n'est pas notre problème, conclut le policier. Pourvu que notre client aille dîner vite, je meurs de faim.

– Et qu'il soit avec cette belle salope de *burgui-sita*, ajouta Romeo Vitarro. J'ai l'impression qu'ils passent leur temps à baiser.

Ils se turent, partageant la même rêverie érotique. Le type qu'ils suivaient avait de la chance.

– Tiens, il est revenu, remarqua Manuel Braga.

Le colonel Montero Vasquez venait de resurgir dans le *lobby* et discutait avec un employé de la réception. Ensuite, de nouveau, il gagna la sortie.

* *
*

Malko s'était quasiment assoupi en regardant CNN. La fatigue nerveuse. Le téléphone le fit sursauter.

– Quelqu'un vous demande en bas, annonça un employé de la réception.

Peut-être Marisabel... Il n'avait même pas faim. Cette tension nerveuse permanente lui coupait l'appétit. Il s'ébroua, prit son portable et sortit de la chambre. Le couloir était vide, mais lorsqu'il fut à mi-chemin des ascenseurs, il vit déboucher deux hommes venant dans sa direction. Jeunes, athlétiques, le cheveu ras. Ils lui adressèrent un sourire en le croisant, mais il nota au passage la dureté de leurs regards. Il allait se retourner quand il se sentit ceinturé, soulevé du sol. Un des deux hommes était revenu silencieusement sur ses pas pour se jeter sur lui.

Son cœur se mit à pomper des flots de sang, tandis qu'il se débattait, le souffle coupé par l'étau qui lui serrait la poitrine. Collé à lui, son adversaire ne lâchait pas prise. Le second passa comme une flèche devant Malko et s'arrêta un mètre plus loin. Celui-ci le vit se pencher et ouvrir une trappe ronde dans le mur, à une cinquantaine de centimètres du sol. L'homme se retourna au moment où celui qui maintenait Malko le lâchait. Malko n'eut pas le temps de s'en réjouir. Les deux hommes se ruaient à nouveau sur lui, avec une violence inouïe.

L'un le saisit par les chevilles, le déséquilibrant, l'autre par le cou, le bloquant avec une clé de karaté.

Malko aperçut une silhouette au fond du couloir et hurla de toute la force de ses poumons :

– *Help !*

Déjà, les deux hommes, maintenant son corps à l'horizontale, lui enfournaient la tête dans la trappe. Lui serrant les bras le long du corps, ils firent passer les épaules dans l'ouverture et il se retrouva dans le noir. Ses deux agresseurs continuèrent à l'enfourner avec la même violence. Il resta quelques secondes en équilibre, mais le poids de son corps l'entraîna et il fila dans la manche de toile, tête la première. Le dernier bruit qu'il entendit fut celui de la trappe qui se refermait.

Sa chute ne fut pas longue. Il atterrit dans quelque chose de mou, au milieu d'une obscurité totale.

* *
*

Romeo Vitarro et Manuel Braga surveillaient les ascenseurs. C'était l'heure où descendait généralement leur client. Soudain, ils virent en jaillir les deux Cubains qui se trouvaient auparavant avec le colonel Montero Vasquez. Visiblement pressés, ils se précipitèrent vers la sortie.

– *¡ Mira !* fit Manuel Braga, d'où ils viennent ?

– *¡ El gringo !*

Ils réfléchissaient vite… Romeo Vitarro se précipita sur un « home téléphone », appela le standard, demandant qu'on lui passe la chambre 766. Le téléphone sonna dans le vide. Le policier fonça vers son copain.

– Ces enfoirés ont fait *una cagada*[1]. Faut les rattraper.

Ils étaient chargés de surveiller le *gringo*, donc, s'il lui arrivait quelque chose, ils étaient en faute. Ils se ruèrent à l'extérieur et apostrophèrent le voiturier.

– Tu as vu deux types qui couraient ?

Avec les flics de la DISIP, on ne discutait pas. Le voiturier pointa le bras vers la zone des boutiques à droite de l'entrée.

– Ils sont partis par là.

Les deux policiers vénézuéliens foncèrent le long de la galerie commerciale extérieure, arrivant ensuite à la zone se trouvant derrière l'hôtel, plongée dans l'obscurité. Qui ne menait nulle part.

Malko se redressa, à quatre pattes dans une mer de linge sale. Cela sentait l'humidité, des odeurs acides, la saleté. Il faisait très chaud, et noir comme dans un four ! Comme il se dirigeait à tâtons pour essayer de trouver une issue, un carré clair apparut devant lui : une ouverture. Le faisceau d'une lampe électrique balaya l'intérieur du container.

– ¡Aqui ! ¡Aqui !

Ébloui, il ne distingua que deux vagues ombres. Un bras se tendit vers lui et il le prit machinalement. Aussitôt, il fut tiré en avant avec violence, ses épaules heurtèrent douloureusement un rebord métallique et il bascula à l'extérieur. Il faisait moins sombre que dans le container et il distingua trois silhouettes. Au moment où il se relevait, on jeta une toile sur lui et il sentit qu'on l'enroulait dedans. Le tout, sans un mot. Aveuglé, impuissant, il se sentit soulevé du sol, puis respira l'air frais de la nuit : il était à l'extérieur. Ses

1. Une merde.

kidnappeurs stoppèrent brusquement. Il entendit le bruit d'une portière qui coulissait, puis fut jeté brutalement sur un sol métallique. Un moteur ronfla et le véhicule démarra brutalement.

Il pensa à la DISIP, mais pourquoi, dans leur pays, les policiers auraient-ils agi ainsi ? Ils pouvaient, sans aucun problème, l'arrêter dans le *lobby*.

*
* *

Immobiles dans l'ombre, Manuel Braga et Romeo Vitarro entendirent un bruit de moteur en contrebas du *Tamanaco*, dans la zone de service reliée un peu plus bas à la rampe de sortie. Quelques instants plus tard, deux hommes passèrent près d'eux sans les voir, se dirigeant vers le parking.

Lorsqu'ils passèrent dans la lumière, ils les reconnurent sans peine : c'étaient les deux Cubains. Leur voiture à eux était garée juste devant l'hôtel, sur la zone des taxis. Manuel Braga se glissa au volant tandis que Romeo Vitarro courait à la réception, collant sa carte de la DISIP sous le nez de l'employé.

– Va vite voir à la *habitación* 766, ordonna-t-il. Je te rappelle dans cinq minutes pour que tu me dises ce que tu as trouvé.

L'autre, terrifié, était déjà dans l'ascenseur.

Romeo Vitarro regagna la voiture au moment où son copain démarrait derrière les Cubains qui venaient de sortir du parking.

Le policier appela immédiatement la permanence de la 4e Section de la DISIP, relatant ce qui venait de se passer.

– Attrapez ces enfoirés de Cubains ! lança le permanencier.

Ils rattrapèrent la Toyota grise des Cubains, arrêtée au feu en bas de la rampe, et s'immobilisèrent derrière elle. Romeo en profita pour appeler la réception de l'hôtel.

– Il n'y a personne dans la suite 766, *señor*! annonça l'employé.

Romeo Vitarro explosa, insultant le Seigneur et l'accusant de mœurs contre-nature.

– Ils l'ont enlevé! jeta-t-il à Manuel Braga. Ces enfoirés de Cubains ont kidnappé le *gringo*!

Il reprit sa radio et avertit sa permanence, demandant des instructions. Passant sous l'*autopista*, la voiture des Cubains se dirigeait vers l'aéroport militaire de La Carlota. Romeo Vitarro jura de nouveau.

– Fils de rats! Ils vont à Chuao.

Là où se trouvait l'ambassade de Cuba.

Le policier avertit aussitôt sa hiérarchie. La réponse fut immédiate :

– Il ne faut, à aucun prix, qu'ils atteignent l'ambassade cubaine. Foncez là-bas.

Le kidnappé ne se trouvait sûrement pas dans le véhicule qu'ils suivaient. Manuel Braga enclencha sa sirène et doubla la Toyota des Cubains. Cinq minutes plus tard, il s'engageait à cent à l'heure dans l'avenue Aurora, puis tournait dans la calle Roraima où se trouvait l'ambassade cubaine, priant pour que l'autre véhicule n'y soit pas arrivé avant eux.

* *
*

Angel Santano allait se mettre à table lorsqu'il reçut l'appel de la permanence de la 4e Section.

Fou de rage, il comprit immédiatement ce qui se passait. Le colonel Vasquez avait décidé d'agir, sans attendre un accord officiel. C'était une entorse aux règles de bonne conduite et il n'hésita pas. Cet espion américain leur appartenait.

– Qu'on bloque l'ambassade de Cuba, ordonna-t-il. Envoyez des motards là-bas, immédiatement.

L'appétit coupé, il appela son chauffeur, puis le général Torrès et, enfin, la permanence du palais Miraflores.

***

Malko réussit à se débarrasser de la toile et se trouva nez à nez avec un véritable colosse qui braquait un pistolet automatique sur lui, tout en s'accrochant à la paroi du fourgon pour ne pas être déséquilibré par les cahots. Le véhicule filait à toute vitesse, prenant les virages avec une brutalité inouïe.

– *Gringo*, lança-t-il en anglais, si tu cherches à filer, je te flingue.

Cinq minutes plus tard, le fourgon stoppa brusquement et les portières arrière furent ouvertes de l'extérieur. Malko aperçut une petite rue calme, mal éclairée. Le fourgon était arrêté en face d'un portail jaune surmonté de caméras. Le colosse le poussa dans le dos et il dut sauter à terre. Apercevant un autre homme en train de tambouriner au portail, en hurlant.

Soudain, une voiture équipée d'un gyrophare déboucha, roulant à toute vitesse. Presque en même temps que trois motos qui empruntèrent la rue à contre-sens, venant de l'avenida Rio-de-Janeiro.

– ¡ *Cono !* lança un des Cubains. ¡ *La DISIP !*

Au moment où le portail de l'ambassade coulissait enfin, les motards immobilisèrent leurs machines sur le trottoir, interdisant l'entrée de l'ambassade. Vêtus de noir, DISIP écrit en énormes lettres jaunes dans le dos, deux hommes armés de MP 5 surgirent à leur tour de la voiture et braquèrent des pistolets sur les Cubains en hurlant :

– ¡ *Caballeros !* Faites-nous la faveur de lever les mains !

Deux des Cubains s'exécutèrent, mais le colosse ne broncha pas. Malko vit dans son regard qu'il préférait le tuer plutôt que de le remettre aux policiers vénézuéliens.

CHAPITRE XIX

Malko, tous les muscles tétanisés, le pouls à 150, vit le regard de l'homme qui le menaçait se baisser, visant l'endroit où il allait tirer, sans se soucier du vacarme extérieur. Il sentit que l'autre allait appuyer sur la détente. À cette distance, un projectile de 9 mm lui ferait exploser le cœur.

Soudain, une voix claqua derrière lui.

— *¡ Diaz, para[1] !*

Après une infime hésitation, le colosse abaissa le canon de son pistolet. Malko bondit aussitôt à terre, bousculant presque l'homme qui lui avait sauvé la vie. Ce dernier disparut dans l'obscurité, tandis que Malko était entouré par les motards en cuir noir de la DISIP. Les gyrophares de trois voitures de police éclairaient la scène de lueurs intermittentes. Une douzaine d'hommes s'invectivaient devant le portail ouvert de l'ambassade cubaine. Un policier en civil écarta les motards et demanda à Malko, en mauvais anglais :

— *Señor*, vous n'êtes pas blessé ?

— Non, mais je ne comprends pas ce qui s'est passé. Je sortais de ma chambre, au *Tamanaco*, lorsque deux hommes se sont jetés sur moi et m'ont

1. Diaz, arrête !

enfourné de force dans un conduit d'évacuation du linge. Ensuite…

Le policier le coupa, avec un sourire embarrassé.

– Ce sont des *bandidos*, des racketteurs. Ils enlèvent les étrangers pour demander une rançon. Heureusement, la sécurité de l'hôtel a donné l'alerte. Pouvez-vous venir faire une déposition à la *Policia Metropolitana* de Chuao ?

– Bien sûr.

– Avez-vous votre passeport, *señor* ?

Malko affirma qu'il l'avait et le policier l'escorta jusqu'à une Golf munie d'un gyrophare où attendaient deux autres policiers. Dix minutes plus tard, ils étaient à la station de police de Chuao, coincée entre deux *autopistas*, en contrebas de la circulation. On offrit du café à Malko et un policier commença à prendre sa déposition, lui faisant d'abord relater les événements de la soirée.

D'autres policiers entraient et sortaient sans arrêt. Le pouls de Malko se calma peu à peu. Il n'était pas à la DISIP et ces policiers le traitaient comme n'importe quel touriste agressé. Après la relation des faits, on commença à lui poser des questions sur les raisons de sa présence au Venezuela, la durée de son séjour.

Ce qui lui permit d'exhiber sa carte de presse autrichienne – fausse bien entendu – et d'expliquer le but de sa présence à Caracas : la préparation d'une série d'articles sur le pétrole vénézuélien, incluant l'interview des dirigeants de PVDSA nommés par le régime Chavez.

Le policier notait scrupuleusement, faisant épeler les noms, demandant des précisions. Ce n'était plus celui qui avait commencé à prendre sa déposition. Malko comprit qu'il avait en face de lui un homme des Services. Toujours poli et souriant mais posant des questions très précises. D'un air innocent, le Vénézuélien demanda enfin :

– Avez-vous des références locales ?

– J'utilise souvent une Vénézuélienne comme interprète, Marisabel Mendoza.

Il donna les deux adresses de la jeune femme, précisant :

– Ce sont des amis européens qui me l'ont recommandée. Elle est très efficace.

Il y eut encore quelques questions, puis le policier lui offrit un autre café et sortit du bureau. Malko sentit de nouveau son pouls s'emballer. L'attente lui sembla très, très longue. Puis le policier réapparut, son passeport à la main. Souriant.

– *Bueño. Señor*, une voiture va vous reconduire à votre hôtel. Nous sommes désolés de cet incident.

– Mes agresseurs ont été arrêtés ?

– *¡ Claro ! ¡ Si !* Nous les connaissons, ce sont des *bandidos*.

Visiblement, il aimait bien ce mot.

Malko ne respira que dans le *lobby* du *Tamanaco*. Ne réalisant pas encore ce qui s'était passé. Qui avait cherché à le kidnapper ? Ce n'était pas la DISIP en tout cas. Au moins, il était certain que les Services vénézuéliens ne voulaient pas l'arrêter, du moins pour l'instant. Mais la surveillance dont il était l'objet était bien réelle…

Brutalement, il se rendit compte qu'il mourait de faim. Baissant les yeux sur sa Breitling, il vit l'heure : dix heures et demie. Il composa le numéro de Marisabel, qui répondit aussitôt.

– Marisabel ?

Il y eut un court silence et une voix très jeune demanda :

– *¿ Quien habla ?*

– Malko Linge.

– *Bueno*, c'est sa fille, Isabel. *Mamita* a oublié son portable à la maison. Elle est à une soirée chez des amis.

– Tant pis, fit Malko.

Il allait raccrocher quand Isabel demanda :

– Vous voulez venir l'attendre ici, à Altamira ?

– Non, j'ai faim !

La jeune Vénézuélienne eut un rire cristallin.

– Je peux vous faire une *tortilla*[1]... Et *mamita* va bientôt rentrer.

Malko, après ce qui venait de se passer, n'avait pas envie de dîner seul.

– O.K., dit-il, je viens. Préparez la *tortilla*.

Angel Santano écumait de rage en pénétrant dans son bureau de « l'hélicoïde ». Se retrouver à près de onze heures du soir au travail !

– Le colonel Vasquez n'est pas encore arrivé ? jeta-t-il au planton.

– *No, señor* Santano.

Le policier se laissa tomber dans un fauteuil et alluma un cigare pour se détendre. Depuis plus de deux heures, il était pendu au téléphone. Il bénit la vigilance des policiers chargés de surveiller le supposé agent de la CIA. Si les Cubains avaient réussi à l'emmener dans leur ambassade, c'était le début d'une sérieuse crise diplomatique.

Un motard de la DISIP frappa à la porte et déposa devant Angel Santano une copie de la déposition de Malko Linge, dans laquelle il se plongea aussitôt. Il l'avait à peine terminée qu'on frappa de nouveau à la porte. Cette fois, c'était le colonel Montero Vasquez, le visage fermé. Les deux hommes s'étaient brièvement parlé, au dernier stade du kidnapping. Angel Santano n'offrit même pas au colonel cubain de s'asseoir et l'apostropha, glacial :

1. Omelette.

– Qu'est-ce qui vous a pris ? Votre tentative de kidnapping de ce soir est inadmissible. J'en ai parlé au dircab du président. Nous allons élever une protestation officielle. Nous sommes au Venezuela, pas à Cuba.

Le colonel Vasquez s'attendait à cet accueil et répondit sur le même ton :

– Je suis un militaire. J'obéissais aux ordres de mon chef, le général Cienfuegos. Des ordres *écrits*, souligna-t-il. Cet individu est recherché pour meurtre à Cuba.

– Nous ne sommes pas à Cuba ! répéta Angel Santano. M. Malko Linge est citoyen autrichien, voyage avec un passeport en règle, et, qui plus est, possède une carte de presse de son pays. D'après sa déposition, il effectue une enquête pour son quotidien.

Le colonel Vasquez devint écarlate.

– Vous savez très bien que c'est une « légende » ! S'il est tellement innocent, pourquoi le surveillez-vous ?

À son tour, Angel Santano s'énerva, frappant son bureau du plat de la main.

– C'est Marisabel Mendoza qui était surveillée, à cause de sa proximité avec ma source. Depuis que nous nous sommes intéressés à cet homme – grâce à vous –, nous avons découvert des choses qui nous concernent.. Je pense, effectivement, qu'il remplit ici une mission de renseignement.

– Il est donc mêlé à ce projet de complot ? triompha le Cubain.

Angel Santano balaya le complot d'un geste furieux.

– Pas du tout. Je ne suis pas obligé de vous le dire, mais je ne veux pas qu'il y ait de malentendu entre nous. M. Malko Linge, à mon avis, a été envoyé par la CIA pour sonder les nouveaux dirigeants de

PDVSA nommés par le gouvernement. Afin d'évaluer ceux qui pourraient être retournés...

Comme le colonel cubain demeurait muet, visiblement incrédule, Angel Santano enfonça le clou.

– La *Securidad Militar* vient d'arrêter trois officiers qui étaient en contact avec des agents américains à qui ils avaient livré des informations *très* confidentielles sur l'armée vénézuélienne. Les heures de vol mensuelles de nos F-16, par exemple.. Je suis persuadé que la mission de M. Linge est similaire. Et qu'il va nous mener à des traîtres possibles. Nous interrogerons tous ceux avec qui il a été en contact.

– Et son contact avec la *señora* Mendoza, qui, *elle*, est peut-être mêlée à cette affaire de complot ?

– Coïncidence !

– Donc, vous ne touchez pas à cet agent de la CIA ?

– Surtout pas ! Du moins, pour le moment.

Un ange traversa le bureau d'un vol lourd, et s'évanouit à travers le mur. Raide comme un pic à glace, le colonel Vasquez salua militairement.

– *Muy bien*. Je vais rendre compte.

Il fit demi-tour et sortit sans serrer la main du policier de la DISIP.

*
* *

Isabel Mendoza, le nombril toujours à l'air, regarda Malko par en dessous, avec un sourire digne de Lolita. Ses seins petits et pointus semblaient prêts à crever le débardeur rouge.

– Vous avez toujours faim ?

– Hélas, oui.

– *Bueno*. Je vous ai fait une *tortilla*. Venez.

Elle le précéda jusqu'à la cuisine, avec un balancement de hanches à pousser au viol n'importe quel mâle normal. Quand il entra dans la cuisine, Malko pensait déjà moins à son omelette. Pourtant, Isabel la sortit du micro-ondes et la posa sur la table centrale.

Pendant qu'il dévorait, appuyée à la table, elle l'observait comme une bête curieuse. Puis, elle lui tendit une Polar[1] déjà débouchée.

Un peu rassasié, Malko regarda la jeune fille. Il y avait dans ses yeux quelque chose d'extrêmement troublant, une invite muette, avec l'assurance d'une femme beaucoup plus âgée.

— Quand revient Marisabel ? demanda-t-il.

— Pas avant deux bonnes heures. Elle est à El Hatillo et ils vont encore boire comme des trous.

— Bien, conclut Malko, je n'ai plus qu'à vous remercier pour l'omelette.

Isabel eut un drôle de sourire, contourna la table et vint se planter devant Malko, le frôlant de sa poitrine aiguë. Le visage levé vers lui, elle ne prononça qu'un mot :

— Comment ?

Pris de court, il ne répondit pas. D'un geste parfaitement naturel, Isabel saisit alors son débardeur et le fit passer par-dessus sa tête, révélant une poitrine qui semblait taillée dans le marbre, comme seules les filles de son âge peuvent en avoir.

— Mes seins sont beaucoup plus petits que ceux de maman, annonça la Lolita d'une voix égale, ça ne vous dérange pas ?

L'atmosphère s'était brutalement chargée d'électricité. Malko sentit de drôles de picotements dans son ventre. Isabel avança, le coinçant entre la table et son corps tiède et ferme.

— Alors, qu'est-ce que vous attendez ?

Ses yeux dans ceux de Malko, elle posa la main à plat sur lui et commença à la faire aller et venir,

1. Bière.

lentement. Une sorte de rictus triomphant tordit sa bouche et elle lança joyeusement :

– Mais vous bandez !

Il aurait fallu être mort pour ne pas réagir au manège de cette étincelante Lolita tropicale. Malko sentait sa résistance fondre comme du beurre au soleil. Décidément, cette soirée était folle ! Presque sans s'en rendre compte, il posa les mains sur les fesses de la jeune fille, moulée par le jean trop ajusté.

Aussitôt, dressée sur la pointe des pieds, Isabel glissa une langue effilée dans sa bouche, qui commença à tourner comme une girouette en folie. Faisant appel à toute son éthique, Malko eut l'horrible courage de la repousser. Aussitôt, l'œil noir, Isabel lança d'une voix coupante :

– Si vous ne me baisez pas, je dirai à *mamita* que vous avez essayé de me violer !

– Mais enfin ! s'insurgea Malko, *pourquoi* avec moi ? Vous avez un copain et...

– J'ai toujours eu envie d'essayer un des amants de *mamita*, avoua Isabel. Mais ils ont tous peur. ¡ *Vamos* !

En un clin d'œil, elle fit glisser son jean et envoya ses escarpins au diable. Il ne lui restait qu'un string de dentelle framboise dissimulant à peine son sexe bombé. De nouveau, elle vint se frotter à Malko, se balançant comme une liane. Cette fois, c'est elle qui était appuyée à la table. D'un geste précis, elle descendit le Zip de Malko et l'attrapa à pleine main, se renversant en arrière sur la table de bois. C'était trop.

Écartant la dentelle framboise, Malko plongea en elle jusqu'à la garde. Les jambes repliées, accrochée des deux mains au rebord, Isabel se mit à gémir rythmiquement. De plus en plus vite. Malko planait, grisé par ce cataplasme de peau de vingt ans. Se sentant partir, il crispa ses deux mains sur la poitrine nue, dure comme du marbre. Isabel poussa un cri aigu et se tordit sous lui. Malko encore fiché en elle, ses jambes se déplièrent, elle ouvrit les yeux et dit :

— Tu es le premier *gringo* que je baise !

Malko se sentait un peu honteux, maintenant. Les pieds d'Isabel reprirent contact avec le sol et elle soupira.

— J'avais toujours rêvé de me faire baiser sur cette table de cuisine. Depuis que j'ai vu le film *Le facteur sonne toujours deux fois*. J'ai dû me caresser cinquante fois en y pensant. Qu'est-ce qu'il est sexy, Jack Nicholson... *Bueno*, maintenant, je vais dormir.

Elle se retourna, demanda avec ironie :

— Tu es content de ta tortilla ?

— Je m'en serais contenté, affirma hypocritement Malko.

— Ne fais pas de bruit ! dit soudain Isabel en s'engageant dans le living-room. Je ne veux pas réveiller *mamita*.

Malko eut l'impression de recevoir un seau d'eau glacée.

— Quoi ! Je croyais qu'elle était sortie.

Isabel pouffa comme une enfant.

— Non. Elle a pris un somnifère. Et elle m'a interdit d'aller retrouver mon copain... C'est bien fait pour elle...

Ils étaient arrivés à la porte.

— *¡ Hasta luego !* dit à mi-voix Isabel. Je ne dirai pas à *mamita* que tu es passé.

*
**

Francisco Cardenas s'était réveillé très tôt et prenait son breakfast au milieu de ses perruches. Il se sentait incroyablement calme, et pourtant, c'était une journée décisive. Il allait dégager le terrain pour l'étape final de son projet. Il avait décidé d'assassiner Hugo Chavez durant le week-end suivant. Évidemment, cela supposait que le chef de l'État rende visite à Miranda. C'est ce qui s'était passé au cours des quatre derniers week-ends. Francisco Cardenas s'était assuré que le chef de l'État n'avait pas de déplacement en province ou à l'étranger et donc, qu'il n'y avait pas d'obstacle matériel.

Miranda, qui lui racontait en détail sa vie sexuelle avec Hugo Chavez, lui avait affirmé que ce dernier ne pouvait plus se passer d'elle. Ce qui était au moins partiellement vrai. La jeune candidate au titre de Miss Venezuela représentait pour le chef de l'État l'idylle idéale. Le physique dont il avait toujours rêvé, une disponibilité sans faille, une docilité sexuelle admirable et inventive et, surtout, c'était une fille du peuple, sans la moindre prétention intellectuelle.

Francisco Cardenas était fier de son choix.

En se reservant de café, il récapitula les derniers points à vérifier.

D'abord, la mise sur écoute du portable de Miranda Abrego, de façon à savoir *quand* frapper.

Il avait déjà repéré l'endroit où faire stationner le fourgon piégé, dans la calle Caurimare, à environ deux cents mètres de l'immeuble de Miranda Abrego. Dans ce quartier calme, la nuit, le passage d'un convoi comme celui de Chavez ne passait pas inaperçu.

Il ne risquait pas de le confondre avec un autre.

Francisco Cardenas avait décidé de déclencher lui-même l'explosion, par l'intermédiaire du téléphone portable. Il se tiendrait dans une petite impasse qui surplombait la calle Caurimare. La charge explosive était si puissante que le véhicule de Hugo Chavez n'avait pas besoin d'être exactement en face du fourgon piégé pour être détruit.

Le vieux milliardaire voulait voir de ses yeux la *Bicha* se transformer en boule de feu à 4 000 degrés.

Ensuite, le général Berlusco commencerait immédiatement son offensive pour retourner les éléments antichavistes de l'armée, afin de former une junte provisoire. La suite appartiendrait à l'Histoire.

Bien sûr, il espérait la reconnaissance rapide du gouvernement américain, sans trop d'espoir. Il y aurait une période difficile car les chavistes n'abandonneraient pas facilement le pouvoir. Les émigrés de Miami, complètement déconsidérés, ne seraient, hélas, d'aucun secours.

Francisco Cardenas ferma les yeux, bercé par le pépiement des perruches. La journée allait s'écouler lentement. Il n'avait rendez-vous qu'à six heures avec Raul, le Salvadorien.

Marisabel Mendoza et Malko émergèrent du building abritant le siège de PDVSA, abrutis d'ennui. Un des nouveaux dirigeants de la compagnie pétrolière, nommé par Hugo Chavez, leur avait tenu un discours antiaméricain de deux heures, entrecoupé par la projection de diagrammes et de graphiques incompréhensibles.

– Je n'en peux plus ! avoua Marisabel.

– Il faut encore en voir un aujourd'hui, insista Malko. C'est important pour notre sécurité. Nous sommes en train d'« enfumer » la DISIP. Cela vaut un petit effort.

Il lui avait raconté sa soirée de la veille, son interrogatoire et l'insistance des policiers à le faire parler de ses contacts avec les dirigeants pétroliers. Désormais, il comprenait mieux pourquoi il n'avait pas été inquiété. Les Services vénézuéliens ne le liaient pas au complot.

Le soir, il devrait encore fausser compagnie à ses suiveurs pour rencontrer une fois de plus Priscilla Clearwater, son seul lien avec Washington. Qu'allait décider la CIA maintenant que Malko n'avait plus le contact avec Francisco Cardenas ?

Tandis qu'ils roulaient sur l'*autopista* en direction de l'est, Marisabel remarqua soudain :

– Je suis sûre que ce sont les Cubains qui ont essayé de t'enlever, hier soir.

– C'est possible, reconnut Malko, mais pourquoi ?

– Tu pourrais reconnaître l'endroit où la police est intervenue ?

– Ce n'est pas sûr, il faisait nuit. Pourquoi ?

– J'ai une idée.

Un peu plus tard, il quittèrent l'*autopista* et la Vénézuélienne s'engagea dans une petite rue, stoppant devant un portail jaune.

Instantanément, Malko reconnut les lieux, les caméras fixées sur le mur, les barbelés. Puis il aperçut un drapeau en haut d'un mât, dans le jardin. Le drapeau cubain.

– C'était bien là, dit-il. Tu as raison, les Cubains ont voulu m'enlever.

– Ils risquent de recommencer, dit Marisabel. Ou de te tuer.

CHAPITRE XX

Francisco Cardenas venait de se garer dans l'avenida Sur 3, presque au coin du palais de justice, quand il vit arriver le 4×4 Toyota de Raul le Salvadorien qui se gara un peu plus loin. Comme personne n'en sortait, le vieux milliardaire gagna l'autre véhicule. Raul Blanco était seul au volant. Impassible, il lui tendit la main.

– *¿ Hola, que tal ?*

– *Muy bien*, affirma Francisco Cardenas. Vous avez le matériel ?

Le Salvadorien se pencha et prit sur le plancher de la voiture un objet rectangulaire enveloppé dans un chiffon qu'il déplia, découvrant un paquet emballé dans du papier huilé, autour duquel couraient des fils électriques se terminant par ce qui ressemblait à un briquet. Raul Blanco retourna le paquet et Francisco Cardenas aperçut deux lamelles métalliques brillantes.

– Ce sont des aimants, expliqua le Salvadorien. Très forts. Même avec des secousses, cela ne se détachera pas.

– Il y a combien de… ?

– 500 grammes.

Francisco Cardenas fit la moue.

– Ce n'est pas beaucoup.

Raul Blanco sourit, méchant.

– On ne va pas faire sauter le quartier ! C'est du très bon explosif.

– Il n'a aucune chance de s'en sortir ?

– *Bueno*, fit le Salvadorien avec un sale sourire, le Seigneur fait parfois des miracles, mais, chez moi, au Salvador, ça n'a jamais loupé. Il suffit de bien le placer. Juste sous le siège. Mais si vous êtes inquiet, je peux en ajouter, j'en ai emporté…

– Je préfère.

Le Salvadorien prit un sac de toile à l'arrière du véhicule et en sortit une sorte de mastic jaunâtre, plutôt malléable. Il rouvrit le papier huilé et y ajouta une quantité presque identique d'explosif, avant de refermer le tout. Heureusement, grâce aux vitres teintées, personne ne pouvait rien voir de l'extérieur. Lorsqu'il eut terminé, il tendit le paquet à Francisco Cardenas qui eut un léger geste de recul.

– Je ne suis pas sûr de bien le mettre, protesta-t-il. Je préfère que vous vous en chargiez.

Raul Blanco, impassible, précisa :

– *Bueno*. Ce n'est pas une commande à distance, mais une minuterie. On peut régler de cinq minutes à deux heures.

Francisco Cardenas réfléchit rapidement. À partir du moment où il appellerait Jorge Montesinos, celui-ci ne s'éterniserait pas au travail. Du palais de justice à son domicile, il y avait environ quarante minutes à cette heure de grande circulation.

– Vingt-cinq minutes, ordonna-t-il. Je vais te montrer où il faut le mettre.

Ils partirent ensemble vers les arbres du parc Bolivar. Cinq minutes plus tard, le vieux milliardaire aperçut le 4×4 de Jorge Montesinos garé à sa place habituelle. La voie était déserte et il faisait nuit. Cependant, il ne voulait prendre aucun risque.

– Attendez-moi ici, dit-il à Raul Blanco.

Il y avait une cabine téléphonique au coin de l'avenida Sur 2. Miracle, elle marchait ! Francisco Cardenas y introduisit une carte et composa, le cœur battant, le numéro de Jorge Montesinos. Celui-ci répondit avant même la fin de la première sonnerie.

– *¡ Hola !*

– *Hola*, c'est moi, dit Francisco Cardenas. Je suis en retard. On peut se retrouver à côté de l'université bolivarienne, en face de l'hôpital. J'ai ce qu'il faut. C'est possible pour toi ?

– *Claro que si*, approuva aussitôt le *fiscal*. J'attendais ton appel. Je descends tout de suite. Rendez-vous là-bas dans une demi-heure, si le trafic n'est pas trop mauvais.

– *Muy bien*, conclut Francisco Cardenas avant de raccrocher.

Personne n'avait pu écouter cette conversation et l'usage de la cabine empêcherait d'identifier l'auteur de cet appel. Il se hâta de retrouver Raul Blanco.

– *¡ Ahorita !* dit-il à voix basse. Mettez la minuterie à vingt minutes.

– *¿ Seguro ?*

– *Si*.

L'ex-paramilitaire enfonça un bouton rouge et fit tourner la mollette du cadran jusqu'à vingt. Ensuite, il traversa l'avenue Bolivar jusqu'au 4×4 de Jorge Montesinos. Après s'être assuré que personne ne l'observait, il s'accroupit rapidement auprès du véhicule. Quand il se releva, il avait les mains vides.

L'engin explosif était en place.

Il rejoignit calmement Francisco Cardenas.

– *Bueno*, fit le vieux milliardaire. *Ahorita, vamos* à Sabana Grande.

* *

Teodoro Molov émergea de la station de métro Chaquaito. C'était le moyen le plus simple pour venir de son bureau, car il y avait une station, Plaza-Francia, à trois blocs de l'immeuble de *Tal Qual*. En voiture, il aurait mis quatre fois plus de temps. Il aimait bien cette détente des échecs, entre les séances de bouclage. Il ne savait pas toujours contre qui il allait jouer, et c'est ce qui était amusant...

Il se hâta au milieu de la foule compacte de Sabana Grande et, dix minutes plus tard, aperçut les toiles rayées de blanc et vert du *Gran Café*. Une vingtaine de joueurs d'échecs étaient déjà installés. Il repéra quand même une table où un joueur esseulé attendait un partenaire. Ce dernier lui adressa un petit signe de la main. Ils avaient déjà joué souvent ensemble. Les deux hommes se donnèrent un chaleureux *abrazo*, puis s'installèrent. En dépit du brouhaha de la foule, les joueurs parvenaient à se concentrer.

– Je prends les noirs, annonça Teodoro Molov.

Il comptait sur cette partie pour se dénouer avant son entrevue avec Hugo Chavez, fixée à minuit, comme la précédente.

***

Francisco Cardenas avait garé sa voiture dans le parking de l'hôtel *Melia*, anonyme à souhait. Raul Blanco sur ses talons, il remonta par la calle Caromota jusqu'à Sabana Grande. L'animation de l'artère piétonnière, avec ses centaines de *buhoneros* et ses milliers de badauds, contrastait avec le reste du quartier.

Ils arrivèrent à la hauteur du *Gran Café*. Francisco Cardenas se félicitait qu'il fasse nuit : il y avait peu de chance qu'on le reconnaisse dans ce quartier populaire. Avec un petit pincement au cœur, il repéra au milieu des joueurs d'échecs celui qu'il cherchait et se tourna vers Raul Blanco.

– C'est celui en chemise à carreaux, avec la moustache, à la table extérieure.

– *Bueno*, fit le Salvadorien. Il va rester longtemps ?

– Encore une heure, à mon avis.

Il fixait l'homme qu'il allait faire tuer, sans la moindre émotion. Maintenant qu'il avait la preuve de sa trahison, il n'éprouvait qu'un grand soulagement à le voir disparaître. Il aurait même aimé le voir mourir, mais c'était un risque inutile. À son âge, il n'avait pas envie de détaler comme un gamin, et il y avait toujours des policiers dans le coin.

– Vous l'avez bien repéré ? demanda-t-il à Raul Blanco.

– *Si*, confirma le Salvadorien. *¿ Se va ?*

– *Si. Buena suerte*[1].

Raul Blanco fit un rapide signe de croix : il n'aimait pas cette formule.

* * *

Marisabel Mendoza et Malko s'étaient partagé une bouteille de Taittinger au bar du *Tamanaco*, après leur dernier rendez-vous. Tous deux soucieux, pour des raisons différentes. Malko, désormais certain que des Cubains avaient voulu le kidnapper, était sur ses gardes. Comment avaient-ils pu le retrouver ? Apparemment, il avait été sauvé par une intervention de la DISIP. Seulement, les Cubains pouvaient recommencer, maintenant qu'ils l'avaient localisé. Et cela n'était pas une perspective agréable…

– Je voudrais bien avoir des nouvelles de Francisco, soupira Marisabel. Je l'ai appelé, il est constamment sur messagerie. Il faudrait aller à la *finca*, mais c'est risqué.

1. Bonne chance.

– Attendons, conseilla Malko, je dois avoir un contact avec quelqu'un de la CIA, ce soir.

Ses relations avec la Vénézuélienne s'étaient complètement transformées. Désormais, elle se comportait comme une alliée.

– Tu ne vois pas comment savoir où habite cette Miranda ? demanda Malko.

– Je ne vois qu'un moyen : aller à l'institut et proposer de l'argent à Jesus Mira. J'irai demain matin.

Malko regarda sa Breitling. Il devait aller voir Priscilla Clearwater. Il eut soudain une idée.

– Allons à Altamira, suggéra-t-il. Quand nous remonterons le long de la plaza Francia, tu ralentiras et je descendrai.

– Et ensuite ?

– Je traverserai la place à pied. Mon rendez-vous n'est pas loin. Ensuite, je reviendrai te retrouver chez toi.

– *Bueno. Vamos*, approuva Marisabel.

Une fois de plus, ils repartirent vers Altamira. La radio de la voiture crachait du « regatton » à jet continu. Soudain, la musique s'interrompit pour laisser place à un commentateur. Malko saisit parfaitement la première phrase :

– « ¿ *Quien a matado el fiscal Jorge Montesinos ?* »

Marisabel écouta la suite avec attention puis se tourna vers Malko.

– On vient d'assassiner un procureur. Sa voiture a sauté près de l'université, il a été tué sur le coup...

– Tu le connaissais ?

– Pas personnellement. C'était un de ceux qui ont enquêté sur le *golpe* et fait emprisonner un grand nombre d'antichavistes.

– Francisco Cardenas le connaissait ?

– Oui, je crois même qu'ils étaient assez liés. C'est bizarre. Depuis près de quarante ans, il n'y a pas eu d'attentat à la voiture piégée dans ce pays...

Un ange traversa le 4×4. Bien sûr, ce n'était pas un gros attentat, mais quand même… Marisabel semblait perturbée.

– Tu crois que Francisco Cardenas est mêlé à ce meurtre ? demanda Malko.

– Je n'en sais rien, avoua la jeune femme. Mais c'est une coincidence étrange. Comme une répétition de ce qu'il veut faire avec Chavez.

Ils remontaient l'avenida Luis-Roche et l'obélisque blanc de la plaza Francia apparut, cent mètres plus loin. Marisabel ralentit et Malko sauta à terre, se mêlant immédiatement à la foule.

*
* *

Raul Blanco n'avait jamais joué aux échecs de sa vie et regardait la partie sans comprendre les mouvements des deux joueurs. Francisco Cardenas était parti depuis longtemps et le Salvadorien s'imprégnait des lieux, repérant son itinéraire de fuite. Forcément une rue transversale, car il y avait trop de monde dans Sabana Grande. Il avait d'abord pensé frapper pendant que sa cible était en train de jouer, mais d'autres joueurs pouvaient intervenir. Or, la foule était si compacte que sa fuite ne serait pas facile.

L'homme qu'il devait abattre regarda sa montre. Il ne restait plus que quelques pièces sur le plateau et, visiblement, les deux hommes avaient presque terminé leur partie…

Raul Blanco recula un peu, se noyant dans la foule des badauds. Lorsque Teodoro Molov se leva, serra la main de son partenaire et regagna le trottoir nord de Sabana Grande, Raul Blanco démarra juste derrière lui. Tout en marchant, il prit dans sa sacoche un court Browning 7,65 et le garda à bout de bras, invisible dans l'obscurité. Il y avait une balle dans le canon et l'arme n'avait pas de cran de sûreté. Il suffisait de relever doucement le chien pour qu'elle soit prête à tirer.

Bousculé par les passants, le Salvadorien ne regardait que la nuque de l'homme qui marchait devant lui. Il aperçut sur sa gauche une petite rue perpandiculaire et presque déserte, montant vers l'avenida del Libertador, la calle Jeronimo. Juste en face d'une boutique de lingerie, « El paradisio del blumer[1] ». Il accéléra légèrement, tendit le bras jusqu'à ce que l'extrémité du canon touche la nuque de Teodoro Molov et appuya sur la détente du Browning.

L'explosion sèche lui parut très bruyante, mais personne ne sembla la remarquer.

Teodoro Molov sembla trébucher, et tomba les bras en avant sur le trottoir, s'effondrant contre le mannequin d'une vitrine de vêtements.

Raul Blanco avait déjà remis le pistolet dans sa sacoche et s'enfuyait en courant dans la calle Jeronimo. Il se retourna : personne ne le poursuivait. Une autre voie s'ouvrait sur sa droite, encore plus sombre, il s'y engagea, reprenant une allure plus normale. Son pouls ne s'était même pas accéléré : c'était une opération facile, comme il en avait fait des dizaines au Salvador, quand il s'agissait d'éliminer les *subversivos*. Au départ, parachutiste, il avait eu tellement d'accidents qu'il était truffé de broches métalliques destinées à maintenir ensemble les différentes parties de son corps ! Ce qui le rendait inapte à des opérations militaires et l'obligeait, quand il passait des portails magnétiques, à se déshabiller pour montrer qu'il n'avait pas d'arme ! Depuis, il préférait ces actions ponctuelles, un petit peu plus risquées, mais simples.

Il continua plus lentement et atteignit l'avenida del Libertador, puis s'arrêta à un arrêt de bus. Ni taxi ni métro, où il pouvait être contrôlé. Il mettrait le temps

1. Le Paradis de la culotte.

nécessaire pour regagner sa voiture garée avenida Sur 3 et ensuite, la *finca* où il se ferait une bonne *parillada*.

Tuer lui ouvrait l'appétit.

Il ne pensait déjà plus à la bombe qu'il avait posée sous la voiture du *fiscal*. Ce qu'il y avait de reposant dans son métier, c'est qu'il n'avait aucun lien avec ses victimes, dont il ne connaissait même pas le nom. Lorsqu'il lisait le récit de leur mort dans les journaux, il ne se sentait absolument pas concerné.

Avec les 100 000 dollars qu'il venait de gagner, il allait pouvoir retourner au Salvador et s'acheter un petit business dans un coin calme, puis trouver une femme. Il n'aimait pas le Venezuela, bien qu'il n'en ait pas vu grand-chose. Des gens languissants et gentils. Lui venait d'un monde beaucoup plus violent. Un bus arrivait, en direction de la Candelaria. Il y monta et s'assit, pensant à ce qu'il allait manger, de retour à la *finca*.

Francisco Cardenas, assis dans son canapé en argent massif, zappait entre les différentes chaînes de télé, à la recherche des infos. L'attentat contre Jorge Montesinos faisait l'ouverture de tous les journaux télévisés, avec quelques documents photos : le 4×4 du *fiscal* au toit éventré entouré par les policiers en noir de la DISIP et de simples flics. Jorge Montesinos avait été tué sur le coup, les deux jambes arrachées, et la voiture avait brûlé aussitôt.

Le vieux milliardaire, las de voir toujours les mêmes images, éteignit la télé et demanda à sa *chula* de lui ouvrir une bouteille de Taittinger Comtes de Champagne. Pour célébrer sa victoire. Personne ne parlait encore de Teodoro Molov, mais ce n'était pas étonnant : un meurtre beaucoup moins spectaculaire.

Ce serait pour les bulletins de la soirée. Francisco Cardenas faisait totalement confiance à Raul Blanco.

Il laissa les bulles lui picoter agréablement la langue, euphorique. Désormais, il avait les mains libres pour la dernière phase de l'opération : l'élimination de Hugo Chavez. Il tremblait d'excitation à l'idée d'envoyer le signal qui expédierait la *Bicha* en enfer.

* *
*

Malko, après avoir traversé en biais la plaza Francia, marcha cinq cents mètres dans l'avenida San-Juan-Bosco pour atteindre l'immeuble de Priscilla Clearwater. Dès qu'il eut appuyé sur l'interphone, la porte s'ouvrit. La Noire l'attendait sur le palier, toujours aussi sexy, même en sage chemisier et pantalon.

— J'avais peur que tu ne viennes pas, dit-elle.

— J'ai failli ne pas venir, rétorqua Malko. Hier, des Cubains ont essayé de me kidnapper.

Il lui raconta sa mésaventure et son sauvetage par les policiers de la DISIP.

— Comment les Cubains t'ont-ils retrouvé ?

— Je n'en ai pas la moindre idée ! avoua-t-il. Si les Services d'ici m'avaient balancé, ils ne m'auraient pas sauvé ensuite. Durant mon interrogatoire, j'ai eu l'impression qu'ils connaissent mes liens avec l'Agence, mais préféraient me surveiller que m'arrêter.

— Nous avons plusieurs opérations « grises » en cours au Venezuela, expliqua Priscilla Clearwater. Des évaluations du personnel nommé par Chavez. Cela ne marche pas toujours bien. À la suite de ces contacts, trois officiers ont été arrêtés par la Sécurité militaire vénézuélienne. Chavez a très peur qu'on retourne ses partisans dans l'armée.

— As-tu reçu des instructions me concernant ? interrogea Malko qui ne souhaitait pas s'éterniser.

– Oui. Tu dois faire tout ce qui est possible pour bloquer ce projet d'attentat.

– C'est-à-dire ?

– Puisque tu n'as pas de contact avec Francisco Cardenas, il faut détruire le fourgon piégé, ou le désactiver.

– Seul ?

– Nous n'avons personne de sûr à te donner, reconnut la Noire. Dès que ce sera fait, tu as le feu vert pour une exfiltration. Je m'en occuperai.

Malko demeura silencieux. Le fourgon piégé se trouvait à la *finca* Daktari, sous la garde du général Berlusco et d'autres partisans de Francisco Cardenas, sans parler des deux Irlandais qui n'avaient rien à perdre.

– Ce ne serait pas plus simple d'avertir le gouvernement vénézuélien ? suggéra Malko. En l'orientant sur Francisco Cardenas ?

– Ils n'ont pas abordé cette solution, précisa diplomatiquement Priscilla Clearwater. Est-ce que je peux faire quelque chose pour toi ?

Malko se leva avec un sourire légèrement amer.

– Prier pour moi. O.K. Je te recontacte quand c'est fait.

*
* *

Marisabel Mendoza accueillit Mazlko avec un soulagement visible.

– J'étais horriblement inquiète, lança-t-elle. On vient d'annoncer à la radio que Teodoro Molov a été assassiné ce soir, dans Sabana Grande. Une balle dans la tête, tirée par un inconnu qui a réussi à s'enfuir.

– C'est sûrement Francisco Cardenas ! conclut Malko.

Au cours de la même soirée, un procureur et le

traître éliminés. Cela ne pouvait pas être une coïncidence. Marisabel annonça :

– J'ai réservé à l'*Alezan*. On y va ?

Dès qu'ils furent installés dans le 4×4, Malko se
tourna vers la jeune femme.

– Ton Glock est dans la boîte à gants ?

– Oui.

Il l'ouvrit et prit l'arme, vérifia le chargeur, avant
de le glisser dans sa ceinture.

– Jamais deux sans trois…, dit-il avec un sourire
un peu forcé. Je préfère être prudent.

Francisco Cardenas pouvait très bien être tenté de
le liquider *aussi*. Il attendit d'être installé au restaurant pour dire à la jeune femme :

– Je pense que ces deux meurtres signifient que
notre ami est sur le point de passer à l'action pour
Hugo Chavez. Or, j'ai reçu l'ordre de tout faire pour
l'en empêcher.

– Tu vas le tuer ?

– Non. Je dois neutraliser ou détruire le fourgon
piégé. Et cela, je ne peux le faire que si tu m'y aides.
Je connais tes convictions : si tu me dis non, je ne t'en
voudrai pas.

Marisabel se versa un verre de sangria et en but une
partie. Visiblement déstabilisée. Ses prunelles vertes
s'étaient voilées d'une sorte de brouillard, comme
chaque fois qu'elle était sous le coup d'une forte émotion. Malko respecta son silence, persuadé qu'elle
allait refuser. Dans ce cas, il n'avait plus qu'à prendre
d'assaut, tout seul, la *finca* Daktari. Autrement dit,
aller au suicide.

CHAPITRE XXI

Hugo Chavez se trouvait dans la salle d'opérations, au cinquième étage de Forte Tiuna, en réunion avec l'état-major de l'armée de l'air, quand on lui apporta un message annonçant le meurtre de Jorge Montesinos. Immédiatement, il appela Angel Santano sur son portable. Le policier de la DISIP était déjà sur les lieux de l'attentat.

– On sait ce qui s'est passé ? demanda le chef de l'État.

– Pas encore, avoua Angel Santano. Le véhicule a sauté alors qu'il roulait. Il y a des témoins. Il a été presque entièrement détruit. C'est soit une bombe télécommandée, soit un engin explosif planqué dans le véhicule, commandé par une minuterie... Il y a longtemps qu'on n'avait pas eu cela ici...

– Et le *fiscal* ?

– Il n'a pas survécu à ses blessures, les deux jambes arrachées par la déflagration. Il n'a pas parlé avant de mourir. L'enquête commence à peine.

– Il faut trouver le coupable, intima Hugo Chavez. Et vite !

Il eut du mal à reprendre le cours de sa réunion. La mort de Jorge Montesinos l'inquiétait. C'était lui qu'il avait chargé de retrouver les gens impliqués dans le complot destiné à le tuer. Donc, il devait y avoir un lien entre les deux faits. Son portable sonna. C'était Isaias Rodriguez, le *fiscal general de la Republica*, le supérieur hiérarchique de Jorge Montesinos. Il apprit à Hugo Chavez que l'enquête interne au ministère de la Justice avait déjà commencé, avec la mise sous scellés de tous les dossiers du *fiscal* assassiné. Et qu'on trouverait sûrement une piste rapidement.

En un éclair, Hugo Chavez se dit qu'on allait vraiment tenter de l'assassiner.

Depuis l'avertissement de Teodoro Molov, il ne se servait plus de son hélicoptère, mais il pouvait y avoir d'autres façons de le frapper. Il appela son secrétaire et lui glissa à l'oreille :

– Appelle-moi Teodoro Molov sur son portable.

Il se replongea ensuite avec les aviateurs dans les problèmes des F-16 vénézuéliens basés à Macaray, qui n'avaient plus de pièces de rechange… Quelques minutes plus tard, le secrétaire vint chuchoter à son oreille :

– Le portable de Teodoro Molov est sur messagerie. J'ai laissé un message.

De toute façon, Hugo Chavez avait rendez-vous avec le journaliste à minuit. À ce moment, il connaîtrait enfin le nom de l'homme qui complotait son assassinat. Et était très probablement responsable de celui de Jorge Montesinos.

***

– Je veux bien t'aider, dit à voix basse Marisabel Mendoza. Mais qu'est-ce qu'il faut faire ?

Il y avait tant de bruit que Malko la fit répéter. Il la sentait complètement destabilisée et insista :

– Tu rêvais de tuer Chavez. Tu as changé d'avis ?

– J'ai peur, avoua-t-elle. Il y a trop de morts. Peut-être ne suis-je pas faite pour ce genre de choses. J'ai l'impression que Francisco Cardenas est devenu fou.

Une série d'explosions venant de la rue fit sursauter Malko qui interrogea du regard la jeune femme. Celle-ci se força à sourire.

– C'est un feu d'artifice. À Noël, tout le monde en tire.

Malko se détendit ; le Glock pesait à sa ceinture d'un poids rassurant, mais, contre des tueurs professionnels, c'était léger. Il regarda l'énorme pièce de viande rouge que le garçon venait de déposer devant lui : il se sentait incapable d'avaler un petit pois. Entre les Cubains qui s'attaqueraient peut-être de nouveau à lui, Francisco Cardenas et sa mission impossible, c'était trop.

– Il faut que nous pénétrions dans la *finca* Daktari, dit-il. Tu peux m'aider ?

– Je peux essayer, assura la jeune femme. Le portail est toujours fermé. J'espère qu'ils m'ouvriront. Et ensuite ?

– Ensuite, nous verrons, dit Malko. Je ne suis pas un expert en explosifs et je ne me sens pas capable de désamorcer cette bombe roulante… Trop dangereux. L'idéal serait de la conduire ailleurs et de l'abandonner, pour prévenir ensuite la police…

– Ceux qui sont à la *finca* ne nous laisseront pas faire, objecta Marisabel. Gustavo Berlusco veut la mort de Hugo Chavez plus que tout. Raul Blanco est un homme dangereux, les deux Irlandais aussi. Sans parler des employés qui se trouvent là-bas, que je ne connais pas.

Malko posa sa main sur la sienne.

– Nous essaierons demain matin. Maintenant, détends-toi.

Pour ce soir, à part rester vivant, il n'avait rien à faire.

*
* *

Hugo Chavez était revenu à son bureau du palais Miraflores depuis une demi-heure quand son aide de camp débarqua avec une dépêche de l'Agencia Nacional de Prensa et la posa sur son bureau.

— Le journaliste Teodoro Molov a été abattu ce soir dans Sabana Grande, annonça-t-il. Une balle tirée dans la nuque par un inconnu que personne n'a remarqué. Il venait de jouer aux échecs au *Gran Café*.

Le chef de l'État demeura silencieux et congédia d'un geste brusque son collaborateur.

Cette fois, c'était signé ! Les deux hommes abattus ce soir connaissaient les comploteurs. Si on les avait éliminés, c'est que ceux-ci devaient être prêts à frapper. Il eut l'impression qu'un cercle mortel était en train de se refermer sur lui. Il appela son secrétariat.

— Convoquez immédiatement le général Miguel Torrès.

Le patron de la DISIP devait réagir. C'était à lui de protéger le chef de l'État. Dans un geste un peu enfantin, Hugo Chavez sortit de son étui le pistolet automatique Makarov offert par Fidel Castro, qui ne le quittait jamais, et en vérifia le chargeur.

Il se sentait rajeunir de plus de dix ans : lorsqu'il préparait son *golpe* de 1992. Ou, en 2003, lorsqu'il sentait les assassins rôder autour de lui.

Il se versa un scotch sans eau et le but d'un trait. L'alcool dissipa un peu sa tension. Il était trop préoccupé pour se lancer dans quoi que ce soit avant sa conversation avec le patron de la DISIP.

Aussi, il composa un numéro en mémoire dans son portable qui répondit immédiatement.

— *¡Mi vida! ¿Que tal?*

La voix douce, un peu apprêtée, sucrée comme celle d'une pub, lui envoya un jet d'adrénaline dans les artères. Miranda avait travaillé sa voix de façon que chaque syllabe expédie à son interlocuteur un petit message sexuel.

C'est justement ce dont Hugo Chavez avait besoin à cet instant précis.

— Qu'est-ce que tu fais ? demanda-t-il.

— Je t'attends, répondit Miranda. Quand viens-tu me voir ? J'ai une très belle robe, fendue comme tu aimes…

Hugo Chavez ouvrait la bouche pour lui demander plus de détails lorsqu'on frappa à la porte.

— *Bueno*, je te rappelle ! promit-il.

Le général Miguel Torrès, suivi d'Angel Santano, pénétra dans le grand bureau. Hugo Chavez les fit prendre place sur deux chaises au haut dossier de cuir noir et apostropha le général Torrès.

— Que savez-vous sur les deux meurtres de ce soir ?

— Nous en savons un peu plus sur celui de Jorge Montesinos, annonça le patron de la DISIP. Il s'agissait d'un engin explosif muni d'une minuterie. Il a vraisemblablement été placé sous la voiture pendant qu'elle stationnait devant le *Palacio de Justicia*.

— C'est tout ? fit Hugo Chavez, déçu.

— *Señor Presidente*, l'enquête commence à peine, protesta le général Miguel Torrès. Cela fait des dizaines d'années que nous n'avons pas connu ce genre d'attentat. Cette méthode semble importée de l'étranger.

— D'où ?

— Probablement de Colombie.

— Et pour Teodoro Molov ?

— Aucun indice encore. Personne n'a rien vu. À *Tal Qual*, ils sont tombés des nues. Ce journaliste ne semblait avoir aucun ennemi. À part…

Il se tut brusquement et Hugo Chavez le relança.

— À part *qui* ?

— Certains journalistes, là-bas, murmurent qu'il aurait été abattu par des hommes de ma maison, en raison de ses positions antigouvernementales.

Hugo Chavez s'ébroua, furieux. C'était un comble !

Alors que, justement, Teodoro Molov avait sûrement été abattu pour avoir voulu le protéger.

– Avez-vous une raison de lier ces deux affaires ? demanda-t-il.

Les deux hommes se regardèrent.

– Non, *señor Presidente*, conclut Angel Santano. Pas à ce stade.

Hugo Chavez reprit :

– *Señor* Santano, Teodoro Molov était un de vos informateurs. Vous ne savez *vraiment* rien de plus ?

Angel Santano sentit le sang se retirer de son visage et eut toutes les peines du monde à répondre d'une voix ferme :

– *No, señor Presidente*. J'espérais qu'il vous en aurait dit plus lorsque je vous l'ai envoyé, à sa demande.

Hugo Chavez, furieux, congédia les deux hommes. Dans cette affaire, tout le monde avait merdé. En plus, il n'arrivait pas à avoir une confiance absolue dans la DISIP. Certes, des hommes comme Miguel Torrès ou Angel Santano étaient fiables, mais on n'avait pas pu épurer *tous* les agents de terrain. Or, ceux-ci, dans le passé, avaient eu beaucoup de contacts avec les *gringos*. Il s'ébroua : il n'avait plus envie de travailler pour ce soir, ni même d'aller retrouver sa « blonde atomique ». Très peu de gens étaient au courant de cette liaison, en dehors de son premier cercle et des hommes de sa protection rapprochée. Ceux-ci avaient dû en parler à la DISIP, mais il n'avait eu aucun retour : c'était sa vie privée.

Il sortit du bureau et les hommes en noir vautrés dans l'antichambre se levèrent d'un bond.

– *¡ Muchachos !* lança Hugo Chavez, mi-figue mi-raisin, soyez particulièrement vigilants. Il paraît qu'on veut attenter à ma vie.

– *¿ Adonde vamos ?* demanda le chef.

– Forte Tiuna.

Au milieu des militaires, il se sentait en sécurité. Quant à ses déplacements, entre le fait qu'ils n'étaient jamais programmés à l'avance, ses voitures blindées et le professionnalisme de sa sécurité rapprochée, il avait l'impression de ne pas craindre grand-chose.

***

Comme toujours à l'heure de sortie des restaurants, tout le secteur d'Altamira était paralysé. Marisabel avançait au pas sur l'*autopista*.

Malko avait décidé de dormir dans la propriété d'El Hatillo, de façon à être à pied d'œuvre pour l'expédition à la *finca* Daktari le lendemain. Il restait encore un problème à résoudre : semer les policiers de la DISIP attachés à leurs pas.

La radio n'arrêtait pas de parler des deux meurtres de la soirée. La mort de Teodoro Molov semblait avoir marqué Marisabel Mendoza. Malko, tendu, surveillait les véhicules qui les doublaient. Heureusement, les glaces teintées les protégeaient du regard et les motos, instrument préféré des tueurs à gages, étaient rares à Caracas. Ils atteignirent enfin l'*autopista* de Baruta et la circulation devint plus fluide.

Ils traversèrent El Hatillo désert. Malko fut soulagé de se retrouver dans la grande maison un peu froide où il avait été kidnappé par les deux Salvadoriens pour son équipée dans le *llano*. Cela semblait maintenant à des années-lumière… Marisabel mit de la musique et se laissa tomber sur un des grands canapés.

— Je suis morte ! soupira-t-elle.

— Moi aussi, avoua Malko.

Il n'avait même plus envie de faire l'amour. Pourtant, la jeune femme l'entraîna dans sa chambre.

— Je n'ai pas envie de dormir seule, avoua-t-elle.

Alors que Marisabel dormait déjà, Malko resta

quelques minutes à réfléchir dans le noir, se disant que l'expédition à la *finca* Daktari n'allait pas être de tout repos.

* *

Il était très tôt et, pour une fois, le soleil brillait, éclairant la vallée où s'étalait Caracas d'une lumière aveuglante. Pris dans la circulation infernale de l'*autopista* de la Trinidad, Raul Blanco, au volant du fourgon piégé, se dirigeait vers le centre, comme des milliers d'autres *Caraquenos* se rendant au travail. Devant lui, une *camionetica*[1] où s'entassaient une quinzaine de passagers soufflait des volutes de fumée bleue par toutes ses soupapes.

Une heure plus tôt, le Salvadorien avait quitté la *finca* Daktari au volant du fourgon préparé par les deux Irlandais, bourré de cartons de matériel électronique acheté d'occasion, qui ne valait pas grand-chose mais occupait tout l'espace disponible. On pouvait fouiller tous les cartons, un par un, on ne trouverait que des télés, des magnétoscopes, des micro-ondes... Le plancher truqué dissimulait plus de 800 kilos de RDX, avec son double système d'allumage.

Le déclencheur électronique activé par l'onde d'un téléphone portable, le téléphone « récepteur », se trouvait dans le double plancher, branché sur le circuit électrique grâce à un raccord avec la batterie. Il suffisait d'appeler un certain numéro. L'onde porteuse déclencherait automatiquement l'explosion.

Le second système de mise à feu était, lui, beaucoup plus simple. Un détonateur électrique relié à un déclencheur bricolé sur le tableau de bord. Il suffisait d'appuyer dessus pour déclencher l'explosion instantanée, mais cela aurait l'inconvénient – ou l'avantage –

1. Jeep allongée transformée en minibus.

de tuer celui qui ferait ce dernier geste. Les Irlandais l'avaient installé là par habitude...

Raul Blanco avait chaud et il descendit la vitre. Il avait hâte de retourner à la *finca*, avant la dernière partie de l'opération. On approchait du week-end, la période où Hugo Chavez rendait visite à son *amante*.

Dès vendredi soir, Raul Blanco écouterait en temps réel le portable de la jeune femme, planqué dans un véhicule à proximité du domicile de Miranda Abrego, afin d'anticiper la visite du chef de l'État, qui s'annonçait toujours juste avant de venir. Ensuite, il transmettrait cette information à Francisco Cardenas. C'est ce dernier qui se chargerait de déclencher l'explosion, au moment précis où le convoi de Hugo Chavez passerait devant le véhicule bourré d'explosifs.

L'embranchement des deux *autopistas* approchait enfin. Raul Blanco passa devant un policier debout sur le muret séparant les deux voies, contemplant les véhicules d'un air distrait. Ensuite, le Salvadorien acheta des bonbons à un infirme installé au milieu du trafic sur sa chaise roulante. Il sortit enfin à Chacao, puis suivit l'avenida Rio-de-Janeiro pour gagner les collines de Belo Monte, quartier résidentiel de villas et de petits buildings. Il s'engagea ensuite dans le labyrinthe de rues étroites escaladant la colline. Miranda Abrego habitait calle Caurimare, dans un petit immeuble dominant une minivallée, un penthouse appartenant à une société.

Raul Blanco passa devant, puis alla se garer un peu plus loin, dans la calle Icabaro, près de l'entrée du club *Tachira*. La présence des vigiles du club le mettait à l'abri d'un vol de véhicule. De là, il n'aurait qu'à déplacer le fourgon un peu plus bas dans la calle Caurimare. De façon que le convoi de Hugo Chavez soit piégé à l'aller, ou au retour.

CHAPIRE XXII

Miranda Abrego se réveilla en sursaut, aveuglée par le soleil qui inondait sa chambre. Elle s'était endormie tout habillée, maquillée, parfumée. Elle avait même ses escarpins aux pieds ! Après le coup de fil de Hugo Chavez, elle s'était préparée pour son éventuelle visite. Souvent, lorsqu'il l'appelait ainsi, il venait plus tard, dans la nuit, jamais aux mêmes heures.

À regret, elle se dévêtit. Encore une journée monotone à suivre ses cours à l'institut. Du maintien, de la diction, de la gymnastique. Curieusement, depuis qu'elle était l'*amante* du chef de l'État, elle ne pensait plus à ce qui était jadis son but suprême : le titre de Miss Venezuela. Sa liaison secrète avec Hugo Chavez occupait à plein temps ses pensées, même si elle ne se traduisait que par de brèves visites axées toujours sur le même but : la satisfaction sexuelle de son amant. Miranda Abrego n'éprouvait aucune humiliation à n'être qu'un objet sexuel. C'était déjà tellement extraordinaire d'être le jouet sexuel de l'homme le plus puissant du Venezuela...

Au fond, elle était réellement amoureuse de lui. Elle attendait ses brèves visites, le cœur battant, craignant toujours qu'il ne se fatigue d'elle, en dépit de son physique magnifique. Tous les matins, elle priait pour que cette liaison dure longtemps. C'était sa seule bouffée d'oxygène, et il ne lui manquait qu'une chose : pouvoir étaler son bonheur au grand jour. Cela, hélas, était impossible. Francisco Cardenas, son bienfaiteur, lui avait fait jurer de ne révéler à personne son idylle. Ni aux journalistes, ni à ses rares amis, ni au personnel de l'institut, ni même à sa mère.

Elle aurait bien aimé parler politique avec son amant, mais ce dernier, dès qu'il était en face d'elle, ne pensait qu'à lui arracher sa culotte, et à se satisfaire dans tous les orifices de son corps. Miranda Abrego, avec un de ses coaches, avait appris à devancer tous les désirs d'un homme. Et, en même temps, dès qu'il l'approchait, elle fondait sexuellement. La fascination du pouvoir. La jeune femme était devenue une poupée gonflable docile et réactive. Remerciant tous les jours Francisco Cardenas de l'avoir sélectionnée parmi tant d'autres filles férocement décidées à réussir.

Elle regarda son calendrier : on était jeudi. Normalement, elle recevrait une visite pendant le week-end, peut-être deux. Hugo Chavez n'avait encore raté aucun week-end, même lorsqu'il était épuisé par un de ses discours-fleuves de plusieurs heures.

*
* *

Malko, en se réveillant, mit quelques secondes à réaliser où il se trouvait. C'était la première fois qu'il dormait là. Marisabel apparut quelques instants plus tard, très sexy dans une robe de chambre de satin rouge, réhaussée de dentelles noires, avec un plateau de petit déjeuner.

En même temps, il y avait les quotidiens : *El Universal*, *Ultimas Noticias*, *Tal Qual*. Toutes les manchettes ne parlaient que des deux meurtres de la veille.

– J'ai parcouru les articles, dit Marisabel. Il n'y a rien de nouveau. Tu veux toujours aller à la *finca* ?

– C'est indispensable, affirma Malko. Si Francisco Cardenas est privé de sa bombe roulante, il est impuissant. Seulement, je ne veux pas traîner la DISIP derrière moi. Ils doivent être déjà en planque.

– Je crois que je les ai vus, confirma la jeune femme. Il y a une voiture rouge garée un peu plus loin, dans La Lagunita. Or, dans ce quartier, personne ne stationne dehors.

– Comment pourrait-on faire ?

Elle sourit.

– Si tu n'as pas peur de marcher, il y a un moyen. Nous sortons à pied par l'arrière de la propriété, pour rejoindre un chemin qui serpente dans la colline. En le suivant, nous retrouvons l'*avenida* à deux kilomètres d'ici. Tout à côté de la *finca* Daktari, pas loin du Country Club.

– On peut tenter le coup, conclut Malko.

– Il y a tout ce qu'il faut pour te raser, précisat-elle. Moi aussi, je vais me préparer. On peut partir dans une demi-heure.

– Tu as des armes, ici ?

– Non, pourquoi ?

– Je n'ai que ton Glock. Ils sont sûrement armés, là-bas.

– Sûrement, reconnut-elle. Je pense que c'est de la folie d'y aller comme ça. Il faudrait plutôt prévenir la police.

Malko secoua la tête.

– J'ai pour instruction de régler ce problème moi-même. Dans mon univers, on ne fait pas souvent appel à la police. En plus, on ne sait pas comment Francisco Cardenas réagirait. N'oublie pas qu'il a toujours ce DVD compromettant.

– Je sais, admit-elle, c'est de ma faute.

– Bien, nous allons quand même essayer, conclut

Malko. Je pense que les occupants de la *finca* ne s'attendent pas à nous voir débarquer.

Personne ne pouvait savoir que Marisabel Mendoza avait changé de camp. Avec le Glock, c'était le seul atout de Malko. Pas suffisant pour garantir une issue heureuse.

* *

Ils étaient tous les deux en sueur lorsqu'ils débouchèrent presque en face du Country Club d'El Hatillo. À cet endroit, La Lagunita était une large avenue à deux voies, ombragée d'arbres magnifiques, avec un terre-plein de pelouse.

Malko regarda autour de lui. Personne. Les policiers de la DISIP planquaient toujours devant la *quinta* de Marisabel Mendoza. Ils marchèrent encore une centaine de mètres pour atteindre la *finca* Daktari. Le portail rouge encadré de colonnes blanches était fermé. La jeune femme interrogea Malko du regard.

– On y va ! dit-il.

Le Glock était passé dans sa ceinture, sous sa veste. Marisabel appuya sur l'interphone. Une fois, deux fois, trois fois… Enfin une voix d'homme répondit et elle donna son nom. Malko fit passer son arme devant, dissimulant la crosse avec sa main. Une petite porte intégrée dans le portail s'entrouvrit sur un visage buriné surmonté d'un chapeau blanc. L'homme toisa les visiteurs, l'air méfiant.

– *¿ El general está aqui ?* demanda aussitôt Marisabel Mendoza.

L'homme secoua la tête, bredouilla une réponse inintelligible, eut un geste vague désignant le bâtiment principal et s'éloigna vers les communs, laissant Marisabel et Malko pénétrer dans la *finca*.

Aucun signe de vie. Une Kia blanche et un vieux pick-up étaient garés devant le bâtiment principal.

– Allons chercher le fourgon, suggéra Malko, c'est le plus important.

Ils gagnèrent le hangar où ils avaient vu le véhicule piégé en cours de préparation. Sa porte était ouverte et Malko eut tout de suite un mauvais pressentiment : le hangar était vide. Dans un coin, il restait des débris de bois, tout un fatras de pièces mécaniques, d'outils, des bidons d'essence et un grand fût de gas-oil. Malko étouffa une exclamation de dépit. Ils arrivaient trop tard : le fourgon piégé était déjà positionné quelque part à Caracas, avec une tonne d'explosif prêt à exploser sur le passage de Hugo Chavez.

Derrière lui, Marisabel poussa un cri et il se retourna.

Le général Gustavo Berlusco, en chemise à carreaux, braquait sur eux un fusil d'assaut M 16.

*
* *

Le canon du fusil pivota légèrement, se braquant sur Marisabel, et le général vénézuélien lança en anglais à Malko :

– Prenez votre pistolet par la crosse avec deux doigts et jetez-le par terre. Sinon, je la tue.

– Gustavo !

– Tais-toi, *puta* !

Les muscles de ses mâchoires semblaient tétanisés. Il était prêt à tirer. Malko fit ce qu'il demandait et laissa tomber le Glock à terre.

– Ôtez votre veste et tournez-vous ! lança le Vénézuélien.

Malko dut obéir. L'autre voulait vérifier qu'il n'avait pas d'autre arme. Lorsqu'il fut de nouveau face à lui, le général, calant son M 16 contre sa hanche, sortit son portable et l'activa de la main

gauche. Ils étaient si près les uns des autres que Malko
entendit la voix d'homme qui répondit. Il y eut une
très courte conversation en espagnol, puis le général
remit son portable dans la poche de sa chemise et leur
annonça :

– C'était Don Francisco. Il m'a ordonné de vous
tuer tous les deux.

**
* **

Francisco Cardenas se tourna vers Raul Blanco
assis à côté de lui et sourit.

– *Bueno*. Désormais, tu restes avec moi.

Il avait retrouvé le Salvadorien, après que celui-ci
eut garé le fourgon piégé à Belo Monte.

– Qu'est-ce que je dois faire ? demanda Raul
Blanco.

– Nous rentrons à la *quinta*.

Vingt minutes plus tard, ils franchissaient le portail
noir qui se referma derrière eux. Francisco Cardenas
fit pénétrer le Salvadorien dans la villa et l'installa à
la cuisine où se trouvait la petite *chula*.

– À partir de ce soir, six heures, annonça-t-il, tu
prends le Toyota et tu écoutes le téléphone de Doña
Miranda. Tout le matériel est prêt.

C'était la partie cruciale du projet. Il devait être à
même de prévoir l'arrivée de Hugo Chavez de façon
à positionner au dernier moment le fourgon piégé et
à pouvoir déclencher l'explosion à la vue du convoi.

**
* **

– Entrez dans le hangar ! ordonna le général
Berlusco.

Marisabel et Malko obéirent. Au passage, le Vénézuélien ramassa le Glock et le glissa dans sa ceinture.

Arrivé à l'intérieur, Malko se retourna. Marisabel

était très pâle, mais se contenait, le menton tremblant
légèrement. Il s'en voulait à mort de l'avoir entraînée
là-dedans.

– Général, dit-il, vous savez qui je suis. J'appar-
tiens à la CIA. Ils ne vous le pardonneront pas.

L'officier vénézuélien le fixa avec froideur.

– *Señor*, dans quelques jours, Hugo Chavez sera
mort et j'occuperai un poste important dans le nouveau gouvernement. Je ne pense pas que les États-
Unis me causeront des problèmes pour un incident
mineur. Par contre, je vais désobéir à mon ami Don
Francisco. Je suis un *caballero*, je ne tue pas les
femmes, même si elles sont méprisables comme Doña
Marisabel.

Il ne pouvait pas avouer qu'il n'arriverait pas à tuer
de sang-froid une femme qui avait été sa maîtresse et
dont il avait encore envie.

– C'est un geste qui vous honore, dit Malko sans
la moindre ironie.

Il se sentait froid comme un iceberg. Il avait toujours su qu'un jour, la chance l'abandonnerait. Qu'il
perdrait le dernier combat. Le général semblait hésiter. Il recula un peu et appela :

– Mark !

Pas de réponse. Les secondes tombaient comme
des gouttes de mercure. Marisabel semblait transformée en statue de sel, clouée au sol par l'émotion et la
peur. Le général appela encore et enfin, un homme
surgit de la *finca*, pas rasé, en jean et polo blanc. Un
des Irlandais qui avaient piégé le fourgon.

– *Mira*, lança le général, va chercher ton copain et
revenez ici.

L'Irlandais repartit sans trop se presser pour réapparaître quelques instants plus tard avec son ami. Ne
comprenant visiblement pas ce qui se passait.

– Tu vas l'emmener derrière le corral, ordonna le
général. Il y a une cabane à outils, là-bas. Qu'il creuse

un trou. Quand il aura terminé, *matalo*[1], et rebouche le trou.

Il lui tendit le M 16, prenant aussitôt le Glock. Les deux Irlandais semblaient perplexes. Mark prit le M 16 et le braqua sur Malko.

– *O.K. This way*[2].

Comme pour le motiver encore plus, le général Berlusco ajouta :

– C'est un agent de la CIA qui se préparait à nous dénoncer.

Les deux Irlandais, sans papiers, sans argent, n'avaient pas grand-chose à refuser à leur mentor. Sans lui, ils auraient été exécutés sommairement par les AUC en Colombie. La vie humaine n'avait absolument aucune importance à leurs yeux. C'étaient des *desperados*, lancés dans une fuite en avant sans issue. Comme Malko ne bougeait pas, Mark le poussa violemment avec le canon du M 16 et il dut se mettre en marche. Rassuré, le général Berlusco, d'un geste sec, ordonna à Marisabel de se diriger vers la *finca*. Les reins douloureux à cause du coup qu'il venait de recevoir, Malko se dit qu'il n'y avait vraiment que deux moments importants dans la vie, celui où on naît et celui où on meurt. Entre les deux, ce ne sont que des péripéties. En tout cas, pour une fois, il faisait beau.

Marisabel Mendoza marchait devant le général Berlusco, se forçant à avoir une démarche ferme, alors que ses jambes se dérobaient sous elle. Arrivé à l'intérieur de la *quinta*, il posa son pistolet et la fixa en secouant la tête.

1. Tue-le.
2. Par ici.

– Comment as-tu pu t'allier à nos ennemis ! lança-t-il d'une voix pleine de reproches.

– Quels ennemis ?

– Les Américains.

– Ce ne sont pas nos ennemis, protesta Marisabel. Le général secoua la tête.

– Toi qui voulais tellement te débarrasser de la *Bicha* ! Qui as milité depuis des années contre Chavez. Tu n'as pas honte ? C'est parce que tu as couché avec cet agent de la CIA ?

La jeune femme croisa son regard et ce qu'elle y vit lui donna une toute petite lueur d'espoir. Gustavo Berlusco, en cet instant, avait très envie d'elle. Le temps lui était compté. Elle ignorait combien de temps il fallait pour creuser une tombe, mais cela ne devait pas être bien long. Il n'y avait aucune chance de fléchir les deux Irlandais, des assassins professionnels sans aucun état d'âme. Comme elle et le général se regardaient en chiens de faïence, elle fit un pas vers lui, puis s'arrêta, plongeant ses yeux verts dans ceux de son ancien amant.

– Gustavo, fit-elle de sa voix la plus caressante, je n'ai pas couché avec cet homme.

Elle vit le regard de Gustavo Berlusco vaciller.

– Tu mens ! fit-il. Tu as couché avec lui. Don Francisco me l'a dit. Tu n'es qu'une *perra*[1].

– Sur la tête de ma fille Isabel, je te jure que non ! assura Marisabel avec toute la fougue dont elle était capable. Que le ciel s'effondre sur moi si je mens…

Touché par ce lyrisme tropical, le général Berlusco sentit son cœur et son ventre s'enflammer. Enfermé dans cette *finca* depuis son retour de Colombie, il crevait de désir. Son regard parcourut Marisabel de haut en bas. Le chemisier moulait les seins qu'il connaissait et le jean mettait en valeur les longues jambes.

---

1. Chienne.

Son regard se fixa sur le ventre de la jeune femme, et son cœur se mit à pomper du sang comme un fou dans toutes ses artères.

Tendue comme une corde à violon, prête à tout pour sauver Malko, Marisabel se concentra pour donner à ses traits l'expression la plus sensuelle possible.

– Je vais t'enfermer ! annonça le général, d'une voix mal assurée.

Deux secondes plus tard, Marisabel était contre lui. De tout son corps. Comme ils étaient à peu près de la même taille, elle mesura tout de suite l'effet qu'elle lui faisait. Il tenta mollement de la repousser, détourna la tête lorsqu'elle voulut l'embrasser, mais fondit lorsqu'elle plaqua sa main sur lui en murmurant :

– Tu te souviens, à l'*Aladdin* ?

En cette seconde, il était prêt à n'importe quoi. Il bascula d'un coup, crispant ses mains sur la croupe de Marisabel, puis malaxant sauvagement sa poitrine. Quelques instants, ils vacillèrent comme des ivrognes au milieu de la pièce. Marisabel ne savait plus si elle avait vraiment envie de lui ou si elle se racontait des histoires. Ce sexe tendu contre elle la troublait, mais elle conservait la tête froide.

Glissant la main entre eux, elle saisit le Glock, l'arracha de la ceinture et le jeta sur le canapé en peau de vache.

– Ça me gêne ! lança-t-elle.

Gustavo Berlusco n'était plus en état de raisonner. Son cerveau était descendu sous sa taille… Comme un furieux, il défit le jean de la jeune femme, le tira brutalement jusqu'à mi-cuisses, en fit autant avec le string et poussa Marisabel contre le bras du canapé, la retournant, courbée en deux.

À son tour, il se libéra et, avec la fougue d'un collégien, envahit Marisabel d'une seule poussée, avec l'impression d'entrer au paradis.

Le choc fut si violent que la jeune femme bascula en avant, les bras tendus. Tout occupé à la labourer comme un bûcheron, le général Berlusco ne remarqua même pas que les doigts de la jeune femme se trouvaient à quelques centimètres du Glock.

***

La chemise collée à son dos par la transpiration, Malko creusait. À quelques mètres de lui, plusieurs chevaux mâchaient de l'herbe paisiblement. Un des Irlandais, assis sur la balustrade de bois du corral, les observait attentivement. Cela devait lui rappeler son Irlande natale. Le second, debout, le M 16 au creux du bras, surveillait Malko.

– *Faster!* grommela-t-il *Faster! Fucking sun is hot*[1]*!*

Il s'essuya le front, de mauvaise humeur. Malko n'avait guère creusé que cinquante centimètres de terre meuble. Brusquement, il en eut assez et jeta sa pelle.

– *Fuck you*[2], lança-t-il.

L'Irlandais braqua sur lui le M 16, fou de rage. Malko sentit une contraction à l'épigastre. Il allait tirer.

– *Motherfucker*[3]*!* gronda l'Irlandais. Reprends cette putain de pelle!

– *No way*[4], fit Malko.

Mourir pour mourir, autant le faire dans la dignité. Il y eut quelques secondes tendues, puis la paresse prit le dessus sur la rage.

– Tim, lança l'Irlandais, *go digging*[5]!

1. Plus vite! Ce putain de soleil est brûlant!
2. Allez vous faire foutre.
3. Enculé!
4. Pas question.
5. Va creuser!

– Hé, pourquoi moi ? répliqua Tim Burton, perché sur sa barrière.

– Parce que j'ai le flingue !

En maugréant, le rouquin descendit de la barrière et prit la pelle, commençant à arracher des pelletées de terre. Ravi de cette minuscule victoire, Malko regarda en direction de la *quinta*. Sauf miracle, il n'avait plus longtemps à vivre.

Ébloui de bonheur, Gustavo Berlusco se retira du ventre de Marisabel. Tout son sang semblait s'être concentré dans son ventre. Occupé à se rajuster, il ne vit pas la jeune femme allonger le bras et saisir le pistolet. Lorsqu'il s'en aperçut, il était trop tard. Marisabel, son jean encore sur les genoux, de guingois sur le canapé, braquait le Glock sur lui. Sans méchanceté mais avec détermination. Bêtement, le général tendit la main et ordonna d'une voix impérieuse :

– Donne-moi ça, idiote !

« Idiote » était de trop. Marisabel Mendoza aimait les hommes virils, pas les machos.

De la main gauche, elle remonta son jean et l'avertit :

– Gustavo, si tu essaies de le prendre, je te tue. Recule.

Il obéit, terminant de se rajuster, et jeta à Marisabel :

– Qu'est-ce que tu veux ?

– Que tu leur dises de ne pas tuer cet homme.

La bouche de Gustavo Berlusco se tordit de fureur.

– *¡ Perra inmunda !* Tu m'as menti ! C'est ton amant. Dieu te punira de t'être parjurée.

– Gustavo, si tu ne fais pas cela, je vais te tuer.

Le général Berlusco avait des défauts, mais ce n'était pas un lâche. Croisant les bras sur sa poitrine, il défia la jeune femme du regard.

– Vas-y !

Le sang battait aux tempes de Marisabel. Elle avait l'impression que les secondes tombaient dans son cerveau comme des gouttes de plomb brûlant, s'attendant à entendre à chaque instant la rafale qui mettrait fin à la vie de Malko. Pourtant, elle se sentait incapable de tuer Gustavo Berlusco de sang-froid. Elle avisa un vestiaire d'invités à la porte entrouverte et entrevit une solution.

— Entre là-dedans, ordonna-t-elle.

Comme il ne bougeait pas, elle insista.

— Sinon, je te tire une balle dans le genou et tu boiteras toute ta vie.

Le Vénézuélien se déplaça lentement et pénétra dans le cagibi. Aussitôt, elle claqua la porte et tourna la clef dans la serrure. La porte s'ouvrant vers l'intérieur, il ne s'échapperait pas tout de suite. Fébrilement, elle reboutonna son jean, glissant le Glock dans son dos, et sortit. Sans avoir la moindre idée de la façon dont elle allait s'y prendre pour neutraliser les Irlandais.

*
* *

Tim Burton creusait de mauvaise grâce, entrecoupant chaque pelletée de terre de jurons furieux. Debout à côté du trou, Malko conservait une immobilité absolue, mais son cerveau bouillait. Il n'avait pas envie de mourir. Pas tout de suite. Soudain, son regard accrocha une silhouette qui sortait de la villa.

Marisabel.

Son pouls partit vers le ciel.

Que s'était-il passé ?

Les deux Irlandais n'avaient pas encore vu la jeune femme. C'est Tim Burton qui l'aperçut le premier et lança à son copain :

— Hé, regarde qui arrive !

Du coup, il en profita pour s'arrêter de creuser.

Mark Dudley tourna la tête, suivant la jeune femme des yeux. Il eut un petit sifflement admiratif.

– *Beautiful lady!*

Comme il avait déjà vu Marisabel à plusieurs reprises, il ne se méfiait pas pariculièrement, ne voulant pas se mêler aux salades des Latinos. Marisabel n'était plus qu'à quelques mètres.

Elle lança :

– *Hello, guys!*

– *Hello, ma'am!* répondirent en chœur les deux Irlandais.

Sans même regarder Malko, elle s'arrêta derrière Mark Dudley qui tenait le M 16. Il se retourna en souriant et se trouva face au canon du Glock. Braqué à dix centimètres de son front.

– *Drop your gun!* ordonna Marisabel. *Now*.

Mark Dudley vit le chien relevé, le rond noir du canon et se dit qu'il était trop jeune pour mourir. Le M 16 tomba sans bruit sur l'herbe. Trois secondes plus tard, il était entre les mains de Malko.

Éberlué, Tim Burton, appuyé sur sa pelle, contemplait la scène. Tout à coup, il jaillit de la fosse et détala comme un lapin vers la *quinta*.

– Stop! cria Malko. Stop!

L'Irlandais courut de plus belle. Il y avait certainement des armes dans la maison. Il n'avait pas le choix. Visant les jambes, il appuya sur la détente du M 16.

Les détonations claquèrent, assourdissantes, et l'Irlandais boula comme un lapin, demeurant étendu sur le sol. Malko courut jusqu'à lui. À ses yeux vitreux, il comprit immédiatement. Le M 16 tirait un peu haut et une partie de la rafale avait atteint Tim Burton dans les reins.

Il agonisait.

Mark Dudley tremblait de tous ses membres. Lorsque Malko revint, il leva les bras et bredouilla :

– *Please, don't kill me! Please.*

Malko avait un goût de cendres dans la bouche. Il prit Marisabel par le bras et l'entraîna.

– Viens. Vite. Nous n'avons plus rien à faire ici. Où est le général ?

– Enfermé. Qu'est-ce que tu… ?

– On les laisse. Ils se débrouilleront.

Les clés étaient sur la Kia. Il laissa le M 16 contre le mur et lança le moteur. Il y avait un bip sur le tableau de bord. Il l'actionna et le portail commença à coulisser. Malko traversa l'avenue, s'engageant dans le chemin par lequel ils étaient venus. Cinq minutes plus tard, il garait la Kia dans la petite rue déserte et ils rentrèrent chez Marisabel à pied. Les policiers de la DISIP penseraient qu'ils avaient fait la grasse matinée. Pendant qu'ils marchaient, Malko demanda :

– Comment as-tu fait pour neutraliser le général ?

Marisabel n'hésita pas.

– J'ai baisé avec lui et je me suis parjurée ! Il faudra que j'aille me confesser.

Toujours le mélange latino de foi et de violence. Malko avait déjà un autre souci. Beaucoup plus urgent.

– Il faut retrouver le fourgon, dit-il. Ou neutraliser Francisco Cardenas. Je pense qu'il a décidé d'agir très vite.

CHAPITRE XXIII

Toute la journée, Marisabel et Malko avaient cherché Francisco Cardenas. Sa *quinta*, comme d'habitude, était une véritable forterese où personne ne répondait. On ne l'avait vu ni au Tennis Club d'Altamira, ni au Country Club, à côté de chez lui.

Bien sûr, ils avaient traîné derrière eux les suiveurs de la DISIP, mais leur emploi du temps n'avait rien de suspect. Quant à chercher le fourgon piégé, cela relevait de l'impossible dans la mesure où ils ignoraient l'adresse de Miranda Abrego. Il n'y avait rien à son nom dans l'annuaire. Aucune nouvelle de la *finca* Daktari, mais l'action ne se trouvait plus là. Ni les Irlandais ni le général Berlusco n'allaient jouer un rôle décisif dans la dernière partie de l'opération.

— Qu'est-ce qu'on fait ? demanda Marisabel, alors qu'ils sortaient pour la seconde fois du Tennis Club.

— Je vais passer au *Tamanaco* prendre des affaires, proposa Malko. Ensuite, nous retournons à El Hatillo. Les gens de la DISIP vont penser que nous y passons le week-end. Là-bas, nous avons un avantage énorme : en partant par-derrière, nous leur faussons compagnie.

La Kia blanche était toujours garée dans la colline.

— Et ensuite ?

— Nous sommes samedi, dit Malko. D'après ce

que nous savons, Hugo Chavez a l'habitude d'aller voir sa maîtresse le week-end. Hélas, il est impossible de le surveiller, *lui*. Nous ignorons également où vit sa « blonde atomique ». Il ne nous reste donc qu'une possibilité : retrouver Francisco Cardenas et le suivre. Je pense qu'il a décidé d'intervenir personnellement dans la dernière phase de l'opération. Notre seule chance c'est lui. En plus, nous savons que Chavez ne rend visite à sa maîtresse que la nuit. Il n'y a plus qu'à planquer devant la *quinta* de Francisco Cardenas. En espérant qu'il s'y trouve et qu'il n'a pas déjà filé.

– ¡ *Vamos!* approuva simplement Marisabel.

Elle semblait encore choquée par les événements du matin et Malko lui-même avait du mal à ne pas se revoir en train de creuser sa propre tombe.

*
* *

Malko, qui avait pris le volant de la Kia, descendait la calle Lacuna tout doucement, après être passé, au début de la rue, devant la *quinta* de Francisco Cardenas. Le portail noir était fermé, les projecteurs allumés en haut des murs, mais cela ne voulait rien dire : le vieux milliardaire pouvait être déjà parti.

Il se gara un peu plus bas, dans une impasse menant à une autre propriété, et fit demi-tour, prêt à repartir. La nuit était tombée et les aiguilles lumineuses de sa Breitling annonçaient huit heures dix.

Encore trop tôt pour Hugo Chavez, mais ils ne pouvaient prendre le risque que Francisco Cardenas leur glisse entre les doigts. Lui aussi devait prendre de la marge.

La calle Lacuna était en sens unique. Si une voiture sortait de la *quinta*, elle passerait obligatoirement devant eux. Mais ils ignoraient quel véhicule le vieux milliardaire allait utiliser. Malko coupa les phares, arrêta le moteur et se tourna vers Marisabel.

– Il n'y a plus qu'à attendre. Et à prier.

*

C'était une veillée d'armes. Francisco Cardenas avait donné congé à Sinaia, la petite *chula*, qui avait laissé un buffet froid. Dans le salon plongé dans l'ombre, Francisco Cardenas et le général Gustavo Berlusco étaient murés dans le silence. Le général vénézuélien était arrivé au milieu de l'après-midi chez son ami et lui avait raconté ce qui s'était passé à la *finca*. L'Irlandais survivant, prostré, buvait du scotch dans sa chambre, après avoir enterré sommairement son copain.

– Tout cela n'a aucune importance, avait conclu Francisco Cardenas. Cet agent de la CIA n'osera rien faire officiellement, à cause du DVD. Et il ignore où demeure Miranda. Il doit penser que je suis parti d'ici depuis longtemps.

Ils se demandaient s'ils allaient attendre quelques heures, un jour ou une semaine. Hugo Chavez était imprévisible. Si l'attentat ne se passait pas pendant le week-end, c'était plus ennuyeux. L'enquête sur le meurtre de Jorge Montesinos pouvait dévoiler le rôle de Francisco Cardenas.

Un portable était posé sur la table basse, à côté de lui. Un appareil enregistré à un nom bidon, qui n'avait encore jamais été utilisé. Il servait à assurer la liaison avec Raul Blanco qui, planqué dans son véhicule à proximité du domicile de Miranda, écoutait le portable de la jeune femme, à l'aide d'une « valise » spéciale dissimulée dans le coffre de la voiture.

Le plan de Francisco Cardenas était simple : dès que Hugo Chavez aurait annoncé sa venue, ils filaient à Belo Monte, placer le fourgon piégé sur le parcours du chef de l'État. Ensuite, il n'y aurait plus qu'à déclencher l'explosion à l'aide du portable.

Perdus dans leurs pensées, les deux hommes ne parlaient guère. Il y avait bien une bouteille de Taittinger Comtes de Champagne Blanc de Blancs millésimé 1996 dans un seau à glace, mais ce serait pour fêter la mort de la *Bicha*.

Francisco Cardenas alluma machinalement la télé. La soirée s'étirait, interminable. À plusieurs reprises, ses paupières se fermèrent et il sursauta, sentant sa tête tomber sur sa poitrine. Gustavo Berlusco ne valait guère mieux. De guingois sur le canapé, lui aussi luttait contre le sommeil.

La sonnerie du portable leur expédia un jet brutal d'adrénaline dans les artères.

– Attention ! Il se passe quelque chose !

Les projecteurs surmontant les murs de la *quinta* de Francisco Cardenas venaient de s'allumer. Malko baissa les yeux sur les aiguilles lumineuses de sa Breitling : une heure dix du matin. Un faisceau lumineux apparut, jaillissant de la *quinta*, éclairant la route. Une voiture sortait. Elle passa devant l'impasse, si vite qu'ils ne purent l'identifier. Malko démarra aussitôt, sans allumer ses phares, tourna à gauche dans la calle Lacuna et aperçut les feux arrière de la voiture. Il parcourut quelques centaines de mètres, phares éteints, puis, au croisement d'une rue transversale, les alluma comme s'il venait de déboucher calle Lacuna. À cette heure tardive, ce n'était pas évident de suivre quelqu'un sans se faire repérer. D'autant que Francisco Cardenas devait être sur ses gardes. Le véhicule qu'ils suivaient tourna à droite, dans l'avenida San-Francisco-de-Miranda. La circulation y était beaucoup plus dense, à cause des restaurants et bars qui la jalonnaient. Malko prit le risque de se rapprocher et reconnut la Mercedes de Francisco Cardenas dont il avait noté le numéro. Celle-ci bifurqua dans l'avenida del Libertador, puis tourna à gauche un peu plus loin, dans une rue sombre descendant vers l'*autopista*.

– On dirait qu'il va à El Rosal, annonça Marisabel.

De nouveau, il n'y avait plus de circulation et Malko dut se maintenir assez loin. Virage, revirage. Ils n'allaient pas à El Rosal et ils se retrouvèrent sur l'*autopista* pour sortir un peu plus loin et emprunter l'interminable avenue Rio-de-Janeiro. La Mercedes tourna à gauche, vers les collines de Belo Monte, et disparut. Lorsqu'ils arrivèrent là où elle avait tourné, ils découvrirent que cette voie se scindait en trois, un peu plus loin, trois rues escaladant les collines, formant un véritable labyrinthe. Au hasard, Malko prit celle du milieu, mais au bout de deux cents mètres, se retrouva dans une impasse.

Ils avaient perdu Francisco Cardenas.

Gustavo Berlusco se glissa hors de la Mercedes de son ami et partit à pied dans la pénombre. Cinquante mètres plus loin, il atteignit le fourgon et se glissa au volant. Le cœur battant, il lança le moteur et fit demi-tour.

Un coup de phares.

La Mercedes lui indiquait la voie à suivre. Il la suivit, à bonne distance, dans le dédale de rues calmes et sinueuses. La Mercedes s'immobilisa quelques instants calle Caurimare, indiquant ainsi l'endroit où devait stationner le fourgon. Le général se gara, coupa le moteur, éteignit les phares et descendit. La Mercedes attendait un peu plus loin.

– ¡*Muy bien!* approuva Francisco Cardenas, quand Berlusco le rejoignit.

Presque aussitôt, il tourna à gauche, dans une petite rue escaladant la colline, en surplomb de la calle Caurimare, distante d'une centaine de mètres à vol d'oiseau. Il stoppa et coupa ses phares, invisible d'en bas.

Ils n'étaient pas là depuis cinq minutes que le portable sonna.

– Il vient de quitter Miraflores, annonça Francisco Cardenas après avoir répondu.

Le général félon sentit des picotements sur le dessus de ses mains. Ils y étaient.

– Tu es sûr qu'il va passer devant le..

– C'est le chemin qu'il emprunte chaque fois, affirma Francisco Cardenas. J'ai un point de repère. Le dernier virage quand on monte, avant la ligne droite où nous avons placé le fourgon. À partir de ce moment, il faut compter dix secondes…

Dans ce quartier calme, sans trafic à cette heure, ils étaient sûrs de repérer le convoi de Hugo Chavez en train de grimper la colline.

– Et si tu calcules mal ? s'inquiéta le général Berlusco.

– Ce n'est pas grave, assura Francisco Cardenas. Avec une charge pareille, cela laisse de la marge…

Le silence retomba. Du palais Miraflores il fallait au mieux une demi-heure. Francisco Cardenas se mit à prier très fort. Dieu ne pouvait être que de son côté.

Il réalisa, en serrant le portable fatal dans sa main, qu'il transpirait à grosses gouttes.

*
* *

Le convoi composé de deux Toyota Land Cruiser blindées, escortées de six motards de la DISIP, jaillit du côté est du palais Miraflores, salué par les sentinelles. La routine. Presque toutes les nuits, le chef de l'État travaillait tard. Le convoi prit la direction du sud, comme s'il allait à Forte Tiuna.

Bien calé sur la banquette arrière, Hugo Chavez se sentait parfaitement en sécurité, entre son blindage et sa protection rapprochée : le chauffeur et un garde dans sa voiture, cinq autres dans celle qui le suivait. Plus les motards.

Les rues désertes défilaient comme dans un rêve. Les rares véhicules s'écartaient devant les gyrophares et les brefs coups de sirène. Quand un automobiliste ne le faisait pas assez vite, un des motards, d'un coup de botte dans la carrosserie, le rappelait aux bonnes manières...

Le chef de l'État ferma les yeux, se demandant quelle surprise sexuelle Miranda Abrego lui avait préparée. Il était tendu, fatigué, grognon, mais savait que la jeune femme allait se comporter en vestale, le ramenant à la vie, éveillant sa libido. Aucune difficulté : il était dans la force de l'âge et cette sexualité débordante lui convenait parfaitement. Parfois, elle l'attendait déguisée en femme fatale avec des bas, une voilette et même une guêpière. D'autre fois, c'était la *chica guapa* [1] des *ranchitos*, juste un top sans rien, une mini et une culotte, pour qu'il puisse la lui arracher. Avec, toujours, les talons aiguilles... C'est cette version-là que Hugo Chavez préférait. La fille du peuple, naturellement bandante et sans trop d'apprêt. Mais Miranda pouvait aussi jouer les putes et s'agenouiller devant lui, à peine était-il entré.

Ils fonçaient à plus de 120 sur l'*autopista* Francisco-Fajardo. Puis le convoi sortit et tourna dans l'avenida Rio-de-Janeiro. Ils approchaient.

Le chef de sa sécurité avait à plusieurs reprises reconnu le parcours de jour, pour étudier des itinéraires alternatifs, mais dans la dernière partie, il n'y en avait pas...

1. Jolie fille.

Hugo Chavez fut projeté en avant : le convoi ralentissait, il se rapprochait du bonheur.

Les dents serrées, muet de fureur, Malko avait l'impression de tourner dans un labyrinthe. Toutes ces petites rues qui s'entrecroisaient au flanc des collines, redescendaient, se terminaient en impasse, formaient un labyrinthe inextricable. Les minutes passaient. À chaque seconde, il craignait d'entendre l'explosion qui détruirait le convoi de Hugo Chavez. Aucune trace de la Mercedes de Francisco Cardenas. Et soudain, en arrivant à un carrefour, il écrasa le frein. Un convoi venait de passer en trombe devant lui : deux gros 4×4 noirs et plusieurs motards. Cela ne pouvait être que Hugo Chavez. En quelques secondes, il eut disparu à sa gauche

– *Himmel !*

Il redémarra comme un fou, instinctivement, à la poursuite du convoi dont on ne voyait même plus les feux.

– Tu es fou ! cria Marisabel. Nous allons sauter avec eux.

Malko ne réfléchissait plus. Coûte que coûte, il voulait savoir où allait ce convoi. C'est vrai qu'il risquait sa vie, mais il n'en avait cure…

Les pinceaux lumineux des phares furent visibles bien avant que le véhicule de tête négocie son virage, derrière deux motards.

C'était le moment qu'attendait depuis si longtemps Francisco Cardenas. Il commença à compter, s'arrêta à huit et le pouls à 200, appuya sur l'icône verte de son portable, envoyant le signal radio.

Rien ne se passa.

Il appuya à nouveau, le cerveau en compote. Le seul bruit qu'il entendit fut celui des coups de freins, et puis le silence, troublé par des claquements de portières. Hugo Chavez était arrivé chez sa maîtresse, sain et sauf : la mise à feu du fourgon piégé n'avait pas fonctionné.

De fureur, Francisco Cardenas jeta le portable sur le plancher de la voiture et hurla :

— Salauds d'Irlandais ! Ils se sont foutus de moi. Je vais les tuer.

Oubliant qu'il y en avait déjà un de mort. Choqué lui aussi, le général Berlusco retrouva le premier son sang-froid.

— *Mira*, ce n'est peut-être pas de leur faute. Les voitures de Chavez doivent être équipées de contre-mesures électroniques qui ont brouillé le signal de ton téléphone.

Francisco Cardenas le fixa stupidement.

— Qu'est-ce qu'il faut faire, alors ? Il va repartir dans une heure, ou même moins.

— Ce sera le même problème, expliqua le général. Il n'y a qu'une méthode : utiliser la mise à feu directe. Dans ce cas, les contre-mesures ne sont pas efficaces. Seulement...

Il laissa sa phrase en suspens.

Dans ce cas, celui qui appuyait sur le déclencheur mourait en même temps que sa victime... Cela s'appelait un kamikaze... Francisco Cardenas demeura silencieux, puis se tourna vers son complice.

— *¡ Bueno !* fit-il d'une voix assez bien assurée. Je vais m'en charger.

Gustavo Berlusco sursauta.

— *¡ Hombre ! ¡ Tu eres loco* [1] *!* Tu vas mourir en même temps que lui.

---

1. Tu es fou.

Francisco Cardenas ne cilla pas.

— *Mira*. Si je ne meurs pas, il ne meurt pas. Je n'ai pas fait tout cela pour renoncer.

Il se tourna vers le général.

— Tu vas prendre la voiture et remonter chez moi. Je veux que quelqu'un puisse raconter ce qui s'est passé. Demain, quand ce sera terminé, tu me feras organiser un très bel enterrement. Je tiens à ce qu'on y joue notre hymne national.

Il chantonna quelques mots : « *Gloria al bravo pueblo que el yugo lanzo la ley respetando virtud y honor.* »

Le tout sur l'air du *Docteur Jivago*, ce qui avait évité de payer des droits d'auteur.

Les deux hommes se regardèrent, des larmes plein les yeux. Puis échangèrent une longue poignée de main.

— *¡Adios, mi hermano !* dit d'une voix étranglée le vieux milliardaire.

— *Adios*, répliqua le général, tu es *un hombre muy macho*.

Après avoir ramassé le portable, Francisco Cardenas sortit de la voiture, laissant la clef sur le contact et s'éloigna en direction de la calle Caurimare, faisant un détour pour ne pas passer devant l'immeuble de Miranda Abrego. Gustavo Berlusco attendit quelques secondes, puis, comme son ami ne se retournait pas, il se glissa au volant de la Mercedes et lança le moteur. La gorge nouée par l'émotion.

*   *
*

Miranda Abrego venait d'extraire de son nid un membre gorgé de sang. Elle émit un soupir à provoquer un infarctus chez un homme d'église et murmura :

— *Tu eres muy gordo*[1].

----

1. Tu es très gros.

Ensuite, elle s'abattit comme un vautour. Un cyclone tropical. La masse de cheveux blonds virevoltait, la langue tourbillonnait, les grosses lèvres botoxées pressaient juste là où il fallait. La jeune femme déployait une énergie d'enfer, avalant le sexe raidi jusqu'au dernier millimètre. Version vénézuélienne de *Deep Throat*.

Lorsqu'elle sentit son amant prêt à exploser, elle prit sa main et la posa sur sa nuque. Il fut secoué comme par une violente décharge électrique. C'était encore mieux que ce qu'il avait anticipé.

Apaisé, groggy, l'amant de Miranda regarda sa montre.

– *Bueno*, fit-il j'ai encore du travail.

Miranda protesta :

– *¡ Mi vida !* Tu n'es pas resté dix minutes.

Il se décida d'un coup.

– *Bueno*. Tu repars avec moi. Je te ferai raccompagner ensuite.

***

Malko montait à toute vitesse les lacets de la colline. Soudain, ses phares éclairèrent un véhicule arrêté sur la droite de la chaussée. Un fourgon. Malko ralentit et reconnut l'énorme graffiti noir sur la porte arrière.

C'était bien le fourgon piégé.

– Prends le volant, dit-il.

– Qu'est-ce que tu vas faire ?

– Je ne sais pas encore. Repars et essaye de trouver la voiture de Cardenas. Il ne doit pas être loin.

Il avança à pied et Marisabel repartit. En arrivant à hauteur de la cabine, Malko eut le choc de sa vie. Il y avait quelqu'un au volant !

Il prit la poignée et la tourna violemment. La

portière s'ouvrit et l'homme qui se trouvait à l'intérieur sursauta, se tournant vers lui.

C'était bien Francisco Cardenas.

Pendant quelques instants, ils se dévisagèrent sans un mot, puis le Vénézuélien croassa :

— Comment êtes-vous ici ?

— Peu importe, dit Malko.

— Que voulez-vous ?

— Que vous descendiez de ce véhicule.

Francisco Cardenas le toisa, l'œil mauvais.

— Vos amis américains ne veulent pas que Hugo Chavez meure ! Mais la *Bicha* va mourir. Dans quelques minutes. Il repart à Forte Tiuna avec son *amante*.

— Comment le savez-vous ?

— Elle avait laissé son portable ouvert. Raul a entendu tout ce qu'ils se sont dit depuis que Chavez est arrivé chez elle.

— Et vous allez tuer cette femme ?

Francisco Cardenas eut un sourire froid.

— C'est ce que vos amis américains appellent un dégât collatéral.

Malko revit la « blonde atomique » à l'institut. Révulsé, il répéta :

— *Señor* Cardenas, dit-il, descendez de ce fourgon.

Il avait sorti le Glock et le braquait sur le vieux milliardaire. Celui-ci, figé quelques secondes, se reprit aussitôt et posa l'index sur un bouton marron scotché au tableau de bord.

— *Señor* Linge, je vais appuyer sur ce bouton et nous allons sauter. Même si vous me tuez, j'en aurai le temps. Avez-vous envie de mourir ?

— Non, fit Malko.

Il regarda devant lui. Des phares venaient de s'allumer à environ deux cents mètres. Le convoi de Hugo Chavez allait repartir, passant devant le fourgon piégé. Il avait une certitude : si Francisco Cardenas appuyait *maintenant* sur le déclencheur de mise à feu, certes, ils sautaient tous les deux, mais Hugo Chavez s'en sortait.

Cela, le vieux milliardaire le savait aussi.

Donc, il ne mettrait pas sa menace à exécution. Pendant encore une poignée de secondes.

– *Señor* Cardenas, répéta Malko. Descendez !

Les phares du convoi présidentiel se rapprochaient. Le milliardaire ne bougea pas, disant simplement :

– Non.

Malko adressa une prière très brève au ciel et appuya sur la détente du Glock. L'explosion fut assourdissante dans le petit habitacle. Atteint en pleine tête, le vieux milliardaire fut rejeté sur le siège de droite, foudroyé.

Trente secondes plus tard, le convoi de Hugo Chavez frôla le fourgon dans un hurlement de moteurs. Malko, de l'adrénaline plein les artères, se sentit soudain faible comme un enfant. L'odeur fade du sang de Francisco Cardenas lui sauta aux narines et il réprima une terrible envie de vomir.

Cercle
Poche

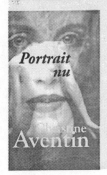

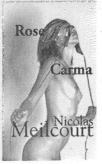

L'érotisme a trouvé sa collection...

Hank Frost, soldat de fortune.
Par dérision,
l'homme au bandeau noir s'est surnommé

LE MERCENAIRE

Il est marié avec l'Aventure.
Toutes les aventures.
De l'Afrique australe à l'Amazonie.
Des déserts du Yemen
aux jungles d'Amérique centrale.
Sachant qu'un jour,
il aura rendez-vous avec la mort.

CHEZ VOTRE LIBRAIRE LE N° 9

LES TUEURS
DU RIO NEGRO

Les premières aventures de Richard Blade

Projeté
par un ordinateur à travers l'immensité
de l'Univers et du Temps,
Richard Blade parcourt les mondes inconnus
des dimensions X pour le compte du
service secret britannique.

N° 1 LA HACHE DE BRONZE

N° 2 LE GUERRIER DE JADE

N° 3 LES AMAZONES DE THARN

N° 4 LES ESCLAVES DE SARMA

N° 5 LE LIBÉRATEUR DE JEDD

N° 6 LE MAUSOLÉE MALÉFIQUE

N° 7 LA PERLE DE PATMOS

N° 8 LES SAVANTS DE SELENA

N° 9 LA PRETRESSE DES SERPENTS

N° 10 LE MAITRE DES GLACES

N° 11 LA PRINCESSE DE ZUNGA

SÉRIE CULTE

SÉRIE KILLER

PRIX TTC : 5,80 €

INTÉGRALE

BRUSSOLO
ENFER VERTICAL
INTÉGRALE BRUSSOLO

BRUSSOLO
L'EPAVE
INTÉGRALE BRUSSOLO

INTÉGRALE BRUSSOLO
BRUSSOLO
VENT NOIR

INTÉGRALE BRUSSOLO
BRUSSOLO
RINOCÉROK

INTÉGRALE BRUSSOLO
BRUSSOLO
LES BRIGADES
DU CHAOS I

INTÉGRALE BRUSSOLO
BRUSSOLO
LA COLÈRE DES
TÉNÈBRES

BRUSSOLO

PRIX TTC : 6 €

Y COMPRIS LES TITRES ÉPUISÉS !

Gérard de Villiers

Achevé d'imprimer sur les presses de

BUSSIÈRE

GROUPE CPI

*à Saint-Amand-Montrond (Cher)
en mars 2006*

ÉDITIONS GÉRARD DE VILLIERS
14, rue Léonce Reynaud - 75116 Paris
Tél. : 01-40-70-95-57

— N° d'imp. 60428. —
Dépôt légal : mars 2006.
Imprimé en France